此心安处

高质量推进新型城镇化
地方实践的织里样本

李中文——著

浙江人民出版社

自　序

织里在哪里？

太湖之南，浙江之北，地理上的两个维度，涵养了织里深厚的人文底蕴，也昭示着当代织里的不凡追求。

太湖的润泽，赋予织里鱼米之乡的厚重底色，更与桑麻丝织产生万千关连；地处浙北，在特定的历史时期只能靠天吃饭的织里，也曾有过沦为“穷乡僻壤”的艰难岁月。

织里从哪里来？

从历史深处探寻，早在2000年前，织里人就擅长种植黄麻，纺织业发达，织里亦因此得名，史料中更有“户户皆绣机，遍闻机杼声”的记载。还有传说称，南宋皇帝赵构南渡时曾在织里一村庄借住一晚，整晚听着轧轧之声，便命名此村为轧村。

昔日的织里，往事如烟消散，仅留下些许承载美好祝愿的轶事；当今的织里，从“扁担街”一路走来，带着无数生动鲜活的故事。改革开放伊始，不甘于再过穷苦日子的织里人，开始在“扁担街”上集聚——一根扁担靠在墙上，挨着扁担的是一个硕大的黑布包和一双千层底老布鞋，黑布包摊开来就可以交易自家生产的绣花枕套和帐巾……正是凭借这种“一根扁担两个包，一双布鞋全国跑”的吃苦耐劳和坚韧不拔，织里由一条街扩展成一个镇，又由一个镇成长为产、城、人融合发展的现代“童装之都”。

从不足500米的“扁担街”创业起步，发展到建成区面积25平方千米、人口达45万之众的现代城镇，其中仅童装产业年产值就达600多亿元、童装销量占到全国的三分之二……40多年时间，织里的今昔之变、迅猛发展，映射的是改革开放带给浙江农村的发展红利、是新时期发展大势赋予一个新型城镇的勃勃生机。

是什么成就了织里从无到有、由小而大的发展传奇？

分析织里为何快速发展，人们首先想到的是穷则思变，而容易忽略这里厚积薄发的历史积淀。现代织里故事从丝织起步，与这里千年前就已种植黄麻、百年前就已“遍闻机杼声”有着密不可分的联系；至于织里乡贤凌濛初的传世名作“二拍”之深远影响和以明代雕版印刷为底色的贩书业能够兴盛一时，呈现的不仅仅是织里这片热土的人文底色，还有织里人千年传承的深沉自信。

织里之所以快速发展，在于织里赶上了改革开放以来一路飞奔的时代快车，更在于织里人敢想敢为、创新创强的行动探索。织里人是有胆识的，当年冒着“投机倒把”被抓起来的风险也想方设法让自己的口袋鼓起来。有了资本原始积累的织里人又开始选准附加值更高的童装产业发力，在“世界童装看织里”的声誉下又开始瞄准精密电子、生物医药等高精尖领域，这些不断探索和突破自我，既成就了今日织里的发展格局，也集聚了织里可持续发展的蓬勃之力。

织里能够成就今日之织里，更在于织里这片热土和织里人开放开明的磊落气度。这一气质在太湖南岸的鱼米之乡沉淀、在运河文明的南北交融中养成。尤其是改革开放以来，织里人一直在闯、在试、在不断寻求突破和蝶变，这就是织里总是第一时间踏准时代节拍，总能与经济发展、社会进步同频共振的重要缘由。

在我国经济尚未开放搞活的年代，胆大心细的织里人率先蹚开了“一根扁担两个包”的创业之路；在改革开放的春风涤荡江南水乡之时，又是织里人敏锐把握住发展先机，办市场、兴产业，让童装在织里这片热土迅速做大做强。织里的农民从纺织刺绣起步开启创业之路，改革开放的政策红利催生了童装这一人员密集产业，伴随着童装产业的壮大，织里也从一个籍籍无名的浙北小镇逐渐发展成为一座现代“童装之都”。织里演绎的是产业、城市与人的现实版互动，这里讲述的是“人因业而聚，业因人而兴”的鲜活故事。

产业迅猛膨胀、人员大量集聚，在快速发展的过程中，织里也曾付出过血的代价。织里曾有过两场大火、一次群体性事件的惨痛教训；痛定思痛，织里的发展没有因为挫折而止步，反而将发展中暴露的短板及时补齐，让织里之治、新老织里人和谐共处成为织里高质量推进新型城镇化的鲜明标识。面向未来，因童装而兴的织里并没有把所有的发展砝码都压在童装上，即便在产业推进最为顺风顺水的时候，织里依然没有简单进行“摊大饼”，而是科学理智地为产业发展预留空间，为城乡统筹、产业升级做了颇具情怀的长远布局。

今日织里，当地人津津乐道的是落户这里的小龙坎火锅、是知名品牌咖啡店，这里的企业老板跟你谈的是如何保持雷打不动的健身习惯，这里的工作人员会给你隆重推介童装城、也会让你到溇港文化遗存地走一走……这些不经意的举动，透出织里人的热情与自信，精巧展示的则是织里高质量推进新型城镇化、高质量发展建设共同富裕示范区的阶段性成果。

织里从历史深处走来，从丝织文化走来。织里因童装知名，而织里的发展后劲又远不止于童装；织里之治曾经声名远播，而织里的影响已远远超越社会治理层面。织里能依托“扁担街”一路成长壮大，织里能凝聚45万人生产生活，织里能编织产业华章、锤炼城市品质，靠的是改革红利、政策引领，靠的是勤劳致富、文化滋养，靠的是新老织里人携手共进、开拓进取。

梳理织里奋斗史，我们可以重温改革开放史，可以见证新时代发展史，我们还可以认识一批应运而生的创业者群像，可以透过这些人真切感悟到新老织里人的独特精神气质。

是为序。

目　录

第一章

发展之根 “扁担街”咏叹调

住惯了织里的人，从外地回到织里，会由衷生发出一份亲切感与自豪感。他们常常互相打趣说：“到周边各地走走看看之后，感觉还是我们织里既淳朴又大气。”

也难怪织里人傲骄，浙北平原在这里铺展的是一望无际的富足与丰饶，这些年织里人则在这里绘就了一幅幅政通人和的现代画卷。

织里人的兴奋和骄傲大多只在朋友面前小小地显露一下，更多时候则是一如既往的务实低调，甚至就连街道的名字也都起得朴实无华。吴兴大道、迎宾大道、湖织大道、大港路、富民路，织里的几条主干道像邻家兄弟般守护着织里的成长，当然也见证了织里从乡村走向城市、从偏僻走向繁华的精彩蝶变。

毕竟是新兴城镇，虽然织里名气很大，但城区面积并不大。从镇政府一路向北，不过几千米距离，就到了织里老街。除却旁边路上不时有汽车驶过，老街的寂静与镇里的喧嚣形成鲜明反差。老旧归老旧，寂静归寂静，老街在织里人心中的分量是很重很重的，织里人对老街的情感是任何别的地方都永远无法替代的。

老街是织里人的乡愁，老街是织里的发展之根。老街代表了老一代织里人永远无法忘怀的时代，老街承载着织里人对于辛勤创业、忘我打拼的最深沉记忆。

我们一行人一路奔赴老街而来，刚好赶上老街正在改造。这是2019年初冬的一个中午，风有些清冷，站在狮子桥上，同行的织里人开始给我指点当年老街上的著名建筑旧址、讲述发生在这里的那段激情燃烧的岁月。尽管当年为数不多的老建筑已经所剩无几，但老街记录的织里发展脉络与当地的风土人情，还是给我们这些初来乍到者留下了难以磨灭的深刻记忆。似乎也只有在这里，人们才能深切感受到织里是哪里、织里又要往何处去。

看到老街，织里的老一辈创业者就会想到改革开放之初那种乍暖还寒的发展氛围，就想到自己当年在老街上摆摊的峥嵘岁月、旧时风物。而今，狮子桥还在，影剧院还在，但老街已然“繁华”不再。周边的乡村搬迁的搬迁，改造的改造，唯有南横塘水依旧昼夜不息地流淌，让老一辈织里人还可追忆起当年乡亲们乘船来往穿梭的热闹场景。

老街，是织里人自发集聚、辛勤打拼的见证者。40多年前，就是在这里，很多当年吃不饱饭的织里人从赚钱补贴家用的质朴追求起步，由小变大，积少成多，由此攒下创业的第一桶金。

老街也还承载着织里人想过上好日子的真诚梦想，他们愿意在这里回忆过往、找寻初心。按照镇里最新的规划，老街会成为童装业和古镇水乡两个主题商业街区。在规划建设过程中，不时会有年迈的扁担客找上门来，急迫地表示愿意到自己最初创业打拼的地方，保留下一个门面，既可做经营的延续，也想留住一份旧日情怀。

“现在规划已经有了，我们也在考虑怎样把这里建得更好、更合理，毕竟，这里是很多织里企业家创业的宝地，要想办法把他们的记忆留下来。”

说这话的是时任湖州市吴兴区委副书记宁云。站在桥上俯瞰老街，宁云忆过往、谈未来，有关老街古往今来的精彩故事如同一幅幅画卷在我们面前展开。宁云把手向远处一指：“以老街为起点，织里40年前一路向南造城，迄今已有近30平方千米建成面积，45万人居住。而作为织里原点的老街，现在也到了自我提升、迭代升级的时候。”

织里的发展，既要考虑留住记忆，又要勇敢面向未来，好在一切都还可以从长计议。如今的老街上，影剧院和驳岸保留了下来，其余的建筑都已拆除。旧日时光已经走远，对于一个小镇来说，承载记忆的标志性建筑能够保留下来实属不易，而改造提升的责任与使命更是迫在眉睫。织里不会停留在过去的记忆中，但能让曾经在这里打拼的老人找到记忆深处的乡愁，这也是对织里发展历史的应有尊重。

老街风物可以改变容颜，而老街上那些时代弄潮儿的故事依旧鲜活。尽管这些当年敢闯敢拼的年轻人已经步入中老年，但正是他们的一路有勇有谋的打拼，撑起了织里由绣花枕巾到童装产业，由产业升级到多元化布局的发展脉络。这些弄潮儿大多是织里当地的普通农民、工人、教师、公务员，在老街上做“扁担客”是他们创业生涯迈出的第一步，他们的事业和情感植根于老街，老街在他们心目中的地位与作用无可替代。透过这些时代弄潮儿打拼的精彩故事，我们不仅可以感知当年创业的艰辛，更可窥见织里由街到镇、由镇变城的精彩故事。

如今的织里已非传统意义上的织里（眼下的织里镇由太湖、轧村、漾西、晟舍、织里5个乡镇合并而成），眼下的织里人也远非传统意义上的织里人（45万织里人中有35万是从全国各地来织里打工创业的），但所有的织里人拥有一条共同的老街——“扁担街”，织里人的生产、生活都有一个共同的起点——种桑养蚕、缫丝织绸。

从这样的起点出发，织里的产业发展脉络日渐清晰，织里的人文底蕴愈加深厚，而当代织里人的创业故事也在这里谱就华章。

1. 一艘书船出织里

载书于船，船行水上，游走于士大夫之门荐书、售书。多么诗意的场景，多么优雅的画面。能将生意做得如此风雅，恐非织里驶出的书船及船上的书客莫属。

书船之兴，应该同时满足经济繁荣、文化昌盛两个条件才行。明朝中叶前后，受逐渐兴起的经商风气影响，那时的文人在珍书、藏书的同时，也学会了雕版刻印图书，四处贩书，雕版印书业随之进入了明代乃至清代的经济领域，并逐步发展成为一个独立的商业门类。其间，湖州府乌程县（今吴兴区织里镇晟舍）中的闵、凌两家涌现了以凌濛初为首的大批刻书商人，经营雕版印书业和贩书业。

对于凌濛初这个名字，熟悉中国古典文学的人都知道，他是明代文学家、小说家，颇具盛名的《初刻拍案惊奇》和《二刻拍案惊奇》的编著者，这两本书和同时期的文学家冯梦龙所著的《喻世明言》《警世通言》《醒世恒言》合称“三言二拍”，是中国古典短篇小说的代表。但却很少人知道凌濛初还是雕版印书家，他在当时的刻书、贩书领域堪称成就斐然。

让我们一起回到明代的乌程晟舍，共同回望凌濛初一波三折的人生经历。

在中国文化史上，凌濛初既是文学家、小说家，同时也是套（雕）版印书家。即便有了这么多响当当的身份，却仍不足以涵盖他的丰富人生阅历。乃至千百年来，后来人能够记住的也仅是史上著名的“二拍”编著者而已。

凌濛初生于官宦世家，从小便勤奋好学，博览群书，青年时期已经名扬故里。然而，虽然少年得志，但凌濛初求仕之路却历尽坎坷。自万历二十八年（1600）起，凌濛初在20年内先后到杭州、南京、北京等地考试，却都以备榜落选告终。

年龄渐长，求仕之心消沉，凌濛初无奈走上刻书、贩书的经商之路。他在族人二色套印技术的基础上，首创了多色印版，正文和评语分色标示，且装帧精美，制作的书籍受到当时学者的广泛喜爱。文学家、评论家陈继儒曾语：“吴兴朱评书籍出，无问贫富，垂涎购之”；“自冯道以来，毋昭裔为宰相，一变而为雕版；布衣毕昇再变而为活版；闵氏三变而为朱评”。

书生原本只想求功名，怎奈时运不济、岁月蹉跎，凌濛初无奈为之的刻书、贩书营生，不想却为他的织里故里留下了千百年来一直引以为傲的雕版印刷金字招牌。

伴随着刻书业和书船贩书业的兴起，金陵（今南京）和北京都出现了闵、凌两家所开的书铺。晟舍一时成为书籍市场和集散地，镇上官宦府第连绵，文人宅居相望，商铺酒肆林立，衢港相通，亭台楼阁峙立其间。

而后，书商们已经不满足于在集镇上设铺售书。这时，织里书船应运而生。

所谓“书船”，是明、清乃至民国时期湖州独有的一种船，一种专门卖书的船。书船始于明初，嘉靖至万历年间，因雕版印刷业发达，步入鼎盛阶段。清朝同治《湖州府志》中记载：“书船出乌程织里及郑港、谈港诸村落。”

书商们载书于船，把书船开成水上流动书店，送书上门。清康熙时期的郑元庆在《湖录》中清晰记载：“由至钱塘，东南抵松江，北达京口，走士大夫之门，出书目袖中，低昂其价，所至每以礼接之，客之未座，号为书客。”

织里书船为当地农船改装而成，仅三五吨。置船棚，棚下两侧置书架，陈设各种书籍，中间设书桌和木椅，供选书者翻阅

织里书船

时享用。书商们向刻书家趸购书籍。装货出运，由两名船夫轮流摇橹，一路沿埠相售。

书船是方便文人购书的所在，船一到河埠系好缆绳后，就任人上船选择书籍。同时，书商将预备好的书目传单放在衣袖筒内，随时出入官宦、生员、举子之家，所到之处必受到热情的接待，让他们叨陪末座。书商从袖筒内取出书目单，任由主家浏览选择。书商们则被人们誉为“书客”。

书船业至清代仍久盛不衰。德清学者俞樾曾有诗存世：“湖贾书客斡乘舟，一棹烟波贩图史。”道光时南浔人董蠡舟在《浔溪棹歌》中也曾写道：“冰鲜大艑碇三板，织里书船聚水安。”

直至抗日战争全面爆发，日军汽艇入侵江河，书船才慢慢绝迹。

即便在文化史上成就几桩大事，凌濛初依旧念念不忘“学而优则仕”。直到自己的人生下半段，凌濛初终于有机会进入仕途，尽管最初职务不高，但他仍以清正口碑与做事扎实赢得政声。人生末期，凌濛初曾官至徐州通判，也正是在这个岗位上，他被农民起义军围困在房村，最终在奋力抵抗过程中呕血而死。

书船、书客的出现及流行，是织里文化繁荣的历史高点。反观作为“鱼米之乡”的织里，其丝织文化与丰饶物产，同样也可展现太湖南岸小镇的迷人风采。

地处太湖之南的湖州，是全国唯一因太湖而得名的城市，这里也是我国蚕桑丝绸文化最早的发祥地之一。

自商周之时的先民来此定居，水稻、渔业、蚕桑等种植、养殖业逐渐兴起，随后缫丝、织布以及雕版刻书业等手工业也跟着逐步发展起来。尤其是当地的蚕桑生产，早在宋代便已开始走向商业化。明清时期，随着湖州商业的兴盛与多样化，湖州商人作为一个新型群体开始进入人们的视野，当地厚积薄发的文化传统更使得湖州商潮一浪高过一浪。

到了清朝，晟舍当地特产市场逐步兴起。据清同治《晟舍镇志》记载，乾隆、嘉庆年间（1736—1820），晟舍当地“夏间襄饼市极盛，远近数百里咸来购焉”；道光中后期，镇上有鱼行五六家、山货行三四家，经营草染、萝卜青菜等；清末，尚有卖“六合小饼”。

晟舍还盛产鸟腊，当地人把野鸭、斑鸠、鹁鸪等野味腌制晒干，随后作为新年礼品送人，颇受欢迎。据《湖录》记载，“远近数百里驰名，新正时，里中各家借以为送礼”，“南浔、菱湖之物远逊于晟舍”，故“彼处纷纷来购”，“自冬令卖起，至春三月遂止”。这个习俗一直流传，尽管如今随时可以买到新鲜的鸡鸭鱼肉，每年腊月家家户户仍要在窗外晒腌制的腊鸡腊鸭腊肉，一看便知红红火火的新年将至。此外，这里还有冬春米市、笋市、叶市等，不一而足。

冬春米是湖州一大特产，晟舍一带“又甲于湖郡”，“春后发粜，远近来购”；每年春分后三日起至夏后三日，由山货行发贩于各店，每天一船；乡中村户“近处多植光（刚）竹”；出杜园笋，“复初山笋将势，此笋即出。乡人扎把震干市”。乌程晟舍人凌介禧的《笋档船》就描述了村民摇船售笋的欢快热闹场景，诗曰：“飞快帆樯笋档船，连朝返卖力争先。花篮无数堆舱上，装满人人肩一担。”

蚕时设行买卖桑叶，“至头二（蚕），叶行则各店皆是，半贩洞庭山桑叶来售与乡民，当育蚕时，帆樯梭织，人集如云，填街盈路，终日喧哗”（《晟舍镇志》卷二）。镇境特产有粗绵绸，“乡间妇女自育蚕毕后，比户终日打线至八九月间，咸织成绸，鬻于郡城、南浔、双林等。延其绸阔，准尺在二尺以外，长四五丈至十余丈不等”（《晟舍镇志》卷二）。

到了清光绪六年至十一年（1880—1885），湖城及四乡“东起新兴港，西至长兴，北自太湖、大钱，南至袁家汇、荻港”，织绸木机盛时两万台，织造湖绉、锦绸销于湖城诸绸庄，转上海“申庄”或“苏庄”销售。

“圆纱带，有纯白、有纯蓝，有蓝白相间，长一百尺成绞。”晟舍一带织工们取棉花弹松加工成长条形状，以纱合成线，再用12—16股的线绞成长100尺的圆纱带（又名带子），颜色有纯白、纯蓝和蓝白相间诸种，卖于湖城京货铺，在西路山乡盛行，这一行当在清中后期成为当地一种主业……

从古至今，丝织传统、经商基因就这样在织里人的血脉里慢慢沉淀下来。一旦遇到发展机遇，织里人就会以非凡毅力走南闯北，将自己制作的丝织用品销往全国各地乃至世界各地，从而积累了创业之初的第一笔资金。

就这样，萌芽于20世纪70年代的织里童装产业，历经几十年的风雨洗礼，从一条占地面积仅0.8平方千米的“扁担街”和一个吴兴东郊的布衣小镇，发展成国内规模最大、产业链最齐全的童装产业集群。

鱼米之乡、书船故里、改革前沿、创业热土，这几个关键词同时指向的都是织里。而织里正是从丝织、绣花起步，从百米长的老街出发，一步步走出了产业先行，产、城、人融合的可持续发展之路。

2. 古镇风物话短长

综观织里千年发展史，用“物华天宝，人杰地灵”概括最为恰切。

从地理方位上看，织里镇在湖州市东15千米，北滨太湖，南邻古荻塘，东接南浔，西连戴山，是一块难得的开阔平坦地块。这里深得太湖润泽，镇域范围内古芋连亘，古溇列次，古桥棋布，古村众多，有着颇为典型的江南水乡风貌。

织里自然禀赋优越，早在宋代以前就已吸引诸多先民在此聚居过活。据清同治《晟舍镇志》中闵宝梁的《自序》考证："晟舍之名始于唐，为（湖州）城东第一镇，相传李晟驻兵于此，故名。迨后户口繁滋，人文荟萃，历宋元明以迄清朝，科第联绵，簪缨绳继。"晟舍曾为湖州东乡大镇，现在是织里镇的南大门，其在唐代已有晟舍的称谓，而织里镇辖内众多村镇随后聚居而成村落的时间，最迟始于宋代的说法还是很保守的。闵宝梁又在《晟舍镇志·杂记》里说，"唐以前一芦荻之区耳，至宋而始有人烟，渐聚市"，而且"其时著姓者如钦、叶、黄、顾、李诸家。闵氏自（宋室）南渡来浙，遂占籍焉"。典籍里的记载清晰描述了织里的成长轨迹：晟舍、织里一带在宋代已经"聚市"了，而且晟舍一处就已经有了钦、叶、黄、顾、李等好几个大姓，而闵家则是南宋初年从北方迁来的。

往事越千年，再好的桃花源，也不会永远只是记录风花雪月、田园牧歌，那些血雨腥风、天灾人祸也难免会在历史转弯处暴露其狰狞面目。据明史记载，元末至正十六年至二十六年（1356—1366），张士诚与明太祖朱元璋的部下常遇春在湖、苏一带开展守攻拉锯战，晟舍则"当其冲"，晟舍至织里一带的村坊，就在元末这段时期遭到前所未有的战火破坏。一场发生在元末的拉锯战，毁掉了晟舍至织里一带积数年而成的建筑成果，却也将"晟舍镇"的称谓在明代之前就"记录在案"了。

现实中有故事，史书上有记载，这就是人们常说的人文底蕴吧。对于织里之名，梳理其行政区划演进脉络，并不只是为了搞清楚织里从哪里来，也是为了探寻一段文明史的发展、演进、升华过程。

翻阅宋时的《嘉泰吴兴志》和明清府志、县志、镇志，今织里镇所辖地与湖州市及周围著名古镇（如南浔、双林、菱湖、新市、乌镇等）一样，在宋、元时期实行乡里制，属乌程县常乐乡、震泽上乡与震泽下乡。其中，织里、晟舍一带属乌程县常乐乡，而织里老镇区及周围一带村坊则称为“常乐乡至德里”；漾西、胡溇、轧村、骥村一带属乌程县震泽上乡，胡溇一带则称震泽上乡吴南里；幻溇、金溇、义皋一带属乌程县震泽下乡。明成化八年（1472）实行区都里制，今织里镇所辖地为乌程县十一至十五区，其中织里为十一区三十二都，晟舍为十二区二十九都，太湖（幻溇）为十三区四十一都，漾西（陆家湾）为十四区四十一都，轧村为十五区三十五都。清雍正七年（1729）实行顺庄法，区属仍旧相沿，庄自一百十三庄至一百三十一庄、一百三十六庄至一百五十六庄。民国时期，今织里镇所辖地的乡镇有织里乡（1930年始建织里镇）、茗东镇（1930年夏为晟舍镇）、五和乡（义和镇）、义皋镇、骥村乡和轧村乡，其基本格局延续到新中国成立之初。

织里之名，按清乾隆《湖州府志》记载：“宝华院，在织里，僧元初循宋遗址重建。”早在宋代，应该就有织里之名了。织里在明成化年间（1465—1487）还被称为职里，明成化《湖州府志》记载，“清居禅寺，在县东职里”。以后又称织里，明崇祯《乌程县志》这样记载：“织里，三十二都，县东五十里，十一区。”“职”“织”互用，盖同韵之故也。所以，清光绪《乌程县志》这样记载：“织里村，一作职里。”这样，织里之名也就经历了至德里—职里—织里的过程。里在古代是建制单位，以五家为一邻，五邻为一里；也有说法是以三千亩为一里。至于以织冠名，则是因为丝绸织业兴旺之故，每至蚕后，乡间则遍闻机杼之声。《晟舍镇志》卷二就有这样的记载：“乡间妇女自育蚕毕后，比户终日打线至八九月间，咸织成绸……延其绸阔，准尺在二尺以外，长四五丈至十余丈不等。”

织里是在1930年才被称之为吴兴县织里镇，冠以镇名，此前的十几年则是织里乡。织里镇建制延至新中国成立后的1950年，此后为乡，为公社。直至1984年9月，才成为正式建制的织里镇。自1999年10月调整乡镇区划，原轧村镇、漾西镇、太湖乡及晟舍乡并入织里镇，织里镇由此成为湖州的近东大镇。

千百年来，尽管也有饥荒战乱打乱织里的发展节奏，但织里的文脉、根脉始终一以贯之，最终成就织里今天的政通人和、产业腾飞。从文化脉络上分析，今织里镇辖区的史前文化属良渚文化，即如湖州城南潜山漾遗址为标志的新石器时代晚期，距今已有4700多年历史。若根据辖区内轧村分水墩商周时期遗址的考古发掘来看，其史前期也在殷商以前，即早在3500多年前，就有人类在这里进行生产活动并繁衍生息了。正如此后文献所记载的那样，太湖之畔“陂塘四达，水潦易消”，即周礼所谓：“川泽之土，植物宜膏；原隰之土，植物宜丛。”这些，在太湖南畔这块土地上兼而有之。所以，前人在评价太湖之滨的桑蚕之盛时都冠以“地理既擅，人功尤备”的话。

文化上的繁荣昌盛，始终离不开地利之便的支撑。“地理既擅”四个字，就高度概括了太湖南畔广大流域的优越性。东西苕溪自天目山而下，迢迢迂回，纵横辗转，流经整个湖州地区，散作无数溪港湖漾，最后齐齐北上，由里塘河与北塘河横贯，再通过溇港归入太湖。这块地方因此变得地肥水美，孕育了悠久深厚的千古文明。

文化上的繁荣昌盛，同样离不开时代大潮的推动。客观而言，织里的大发展，更多源于宋室南迁，高宗建都临安，湖州成为京师临安的行都辅郡，于是“风化先被，英杰辈出。四方士大夫乐山水之胜者，鼎来卜居……至如城邑墟市，精庐相望”（南宋嘉泰《吴兴志》）。

现在的织里镇辖区历来物阜民丰、文明深厚，且和当时所谓“迄今东南文物为盛，湖乃甲于东南”的论断同归一体。在这泽国水乡之中，所有通津要口，想要便利往来，无不飞架石梁圆拱。正因如此，古桥众多成为织里的一大盛景。今天在织里可以见到的古代石拱桥和石梁桥，就有龙门桥、白龙塘桥、圆通塘桥、项王塘桥、太平桥、张官桥、广福桥、安庆桥、安乐桥、尚义桥、大溇桥、诸溇桥等20多座。其中圆通塘桥始建于三国吴赤乌年间（238—251），距今已有1700多年。项王塘桥的桥联所谓“桥号项王，率卒经过有项羽”，“当符独握虎将，从战八千辈”，则与秦末西楚霸王项羽起兵反秦有关。这些古桥梁通往邈远的历史，成为历史和现实相互映衬的最佳纽结点。

织里最值得称道的还是人文荟萃，这与织里一直以来坚持兴办教育密切相关。如《晟舍镇志》记载的，“我里向以读书为恒产”，即使贫家子弟，“每以馆谷终其身，故夜半书声不绝”。而清同治年间创办的陈溇五湖书院，是织里地区历史上第一所学校。当时做过苏州知府的吴云所撰的《五湖书院记》，记述了创办五湖书院的缘由：“濒湖三十六楼，秀艾之民，怀铅握素，讽诵相摩，而讲舍未兴，师道不立。”

正因如此，这里文风流畅，名人辈出。明初的广威将军谢贵世居湖滨谢溇，明洪武中的工部尚书严震直世居骥村，文学巨匠凌濛初则是织里晟舍人。记载所谓“科第联绵，簪缨绳继”，以晟舍镇为例，区区一镇，竟出了71名举人、31名进士。更令人叹服的是，在同一朝，竟有严震直（工部）、闵珪（刑部）、闵如霖（礼部）、闵梦得（兵部）、闵洪学（吏部）、闵义渠（刑部）6名尚书，出自织里这块热土。而弹丸之地晟舍，从闵珪任尚书的明弘治十三年（1500），至明末闵义渠任尚书（1644），前后144年，更是出了5名尚书，其集中性和高概率，堪称空前绝后、世所罕见。

由此可见，物产丰饶只是织里的表象，人文荟萃方为织里的精华。一代又一代的织里人接续传承，始有今日织里之兴盛，而织里更美好的明天，自然也将源于人们的接续奋斗。

3. 轧村织娘缝纫忙

说起织里的织造故事，一定先提到轧村（原为轧村乡）。

从吴兴区政府出发，一直向东北方向行进，半个小时就到了轧村。这里东界东迁镇，南连双林镇，西接织里、太湖二镇，北邻漾西镇，是个远近闻名的布艺小镇。

相传此地的织造业一直比较发达，夜深之时，家家户户不时传出织机“轧轧”之声。南渡夜泊此地的宋高宗，据此将这里更名为“轧村”。

轧村人没有辜负轧村之名，这里的织造传统一直没有中断，尤其是这里的床上用品，因做工精美、品种多样、质量上乘而声名远播。自20世纪80年代后期起，床上用品企业遍布全镇，轧村逐渐成为以布艺闻名的小镇。几年后，床上用品的种类由原来较为单调的床单、被套扩展到今天的床垫、枕垫、坐垫、凉席等，生产厂家也由原来的小型家庭作坊式升格为如今的大规模企业。

尽管手艺在手，但20世纪60年代至70年代的轧村，乡亲们的日子过得很苦。那个时候，计划经济严重束缚了自主生产，当地村民除了在生产队赚取工分之外，别无收入来源。哪怕手艺再好，也难有用武之地，尤其是严格的监管措施和“一刀切”的发展模式，让人们对靠自己的双手发家致富噤若寒蝉。

坚冰总是一点点被打破的，而打破坚冰的动力就来自人们对过上富足的好日子的殷切渴望。为了能改善生活，村里一些心思活络且胆子大的村民在集体劳动之余，开始想到靠织布、绣花手艺来补贴家用的法子。

1962年的一天，轧村乡抗三圩村的一个20岁出头的姑娘，心一狠，卖掉了家里的几头猪，和亲戚东拼西凑，筹集了120元，专程跑到上海，买了一台“飞轮牌”机械缝纫机。

织里老街蚕站附近自发形成的市场

“那时候，只能勉强保证温饱，所以想靠做衣服让家里人过得好一些。可机器买了，缝纫技术还很蹩脚，心里别提有多着急！”当时心里的那份焦虑让年逾八旬的吴宝珠记忆犹新，“回来后的第二天，就去隔壁村找了老师傅学技术，接连几周在那儿‘蹲点’，总算是将缝纫技术学了个七七八八。”

就这样，吴宝珠白天照常参加生产队的集体劳动，晚上利用休息时间为村上的小孩子缝制衣服。经过一两年的实战，吴宝珠的手艺越来越好，名气越来越响亮，生意也慢慢向邻村扩展，业余时间的缝纫收入逐渐超过集体劳动所得。

个人与集体，公与私，在那个年代是原则问题。如何处理好这样两对关系，吴宝珠靠的是初生牛犊不怕虎的闯劲，但同时也把事情做得小心谨慎。不但正常参加集体劳动，而且还力争当上积极分子。私底下揽活，则是尽量悄无声息地进行。总之，就是一句话，集体的事、公家的事，一定要尽量做好，不授人以柄；私下里给人做衣服，则利用休息时间悄悄地进行。

1963年，一个偶然的机会让吴宝珠发现了“新天地”。

原来，轧村抗三圩大队茹家达自然村有一个小姑娘名叫沈利亚，她聪明且好学。沈利亚比吴宝珠买缝纫机还早，为了用好缝纫机，为了把缝纫活儿做好，她小小年纪就只身前往苏州学习。她去学艺的地方是苏州绣花厂，她在那里学会了利用缝纫机绣花的技术。

沈利亚是吴宝珠从小玩到大的朋友，虽然只比吴宝珠大一两岁，但平时做事很有主见，这从她主动跑到外地学艺这件事上就可以看出来。直到今天，两位年过八旬的老人还保持着联系。吴宝珠笑眯眯地说，老姐姐沈利亚现在在大城市生活，还经常打电话来和她话话家常，两人最爱聊的就是那段互帮互学的青春岁月。

1963年，在沈利亚短暂回村的时光里，吴宝珠从她那儿学到了这门手艺。

“原先的缝纫机只能简单缝制衣服，沈利亚的方法是在缝纫机上装上一块小铁夹板（绣花板），用竹绷将布料绷紧，通过这种方法，可以在衣服上绣一些花草、动物，让布料更加美观，也更受大家喜欢。”说到这里，吴宝珠老人还拿出来自己压箱底的“宝贝”——近40年前使用的绣花板，细细讲解其中的门道。

有了绣花技术后，吴宝珠顺理成章地成了附近的“金裁缝”。一开始是小孩穿的肚兜、衣服，随后又开始制作结婚用的帐檐、枕套、被套，服务对象和业务范围不断扩大。

销量大了，吴宝珠只能熬夜赶工。“白天生产队要做7个工

缝纫机

分（5角钱），我只能连夜绣花。基本上每天都要忙到凌晨3点，偶尔还得通宵。”干缝纫活儿和绣花都是辛苦活，要手脚协调，用眼用得也厉害，老人眼神不好的毛病就是那个时候落下的。

开始都是村民上门找吴宝珠订制衣服和床上用品，有时闲有时忙，空闲了，她就开始主动加工一下床单、枕巾等产品。为了销售这些没有订单的床品，吴宝珠和母亲挎着篮子到附近的村子兜售。吴宝珠老人满脸骄傲地回忆起，当时一个帐檐可以换到3.5元和2尺半的布票，比生产队一天5角钱的收入足足高出了好多倍，这真是给她熬夜加班加点缝制更多产品增添了无穷动力。

“不管是做买卖还是干私活，都要偷偷摸摸地干！虽然当时搞点副业也是大家心照不宣的，但是在那个年代，这是搞资本主义，是‘投机倒把’！”吴宝珠说，为了让缝纫机发出的声音小点，她会在踏板上铺上一层绒布，甚至连窗帘都拉得严严实实，生怕透出去一点声响和光亮。

当时还是人民公社的集体所有制经济，绣花业自然会被当作“资本主义的尾巴”而被明令禁止。吴宝珠说，大队干部有的时候会搞“突击检查”，一旦发现有人在做私活，就会给缝纫机贴上封条，那就一连几个星期都别想绣花了。

尽管是在严查严管的年代，可毕竟已经有很多像吴宝珠一样“第一个吃螃蟹的人”勇于尝试着在严管织就的篱笆墙上打开一个缺口，这个缺口恰恰让想过上好日子的人们看到了希望之光。

没过多久，吴宝珠绣花赚钱的消息在村里不胫而走。

“绣花手艺本身并不算难，讲究的是一个熟能生巧。”慢慢地，吴宝珠每天晚上开始绣花的时候，身边总会围坐几个前来“取经”的妇女。一传十、十传百，前来讨教的人不断增多，并且向周边村扩展。到了1972年，梅林港大队、轧村大队的村民也开始绣花。

到了1976年，吴宝珠家里已经有了3台缝纫机，连女儿也加入到绣花的行列中。也是那一年，刚刚高中毕业的儿子取代了奶奶，开始走村入户贩售产品。这时候吴宝珠发现，短短几年时间，越来越多的人和自家一样开始绣花，并走村入户兜售枕套等刺绣产品了。

1978年，党的十一届三中全会召开后，允许人们从事手工业的政策一下子明朗起来。轧村绣花人数呈爆发式增长，1980年，轧村全公社绣花人数突破2000人，甚至有不少年轻的男村民也加入到绣花的队伍中。这是轧村人渴盼劳动致富的想法被压制后，一旦政策松动带来的反弹，当然也是想过上好日子的轧村人集体用脚“投票”的结果。

在信息闭塞、管控严格的年代，是轧村这批敢于“先吃螃蟹”的人为自己的生计闯出了一条出路，客观上也为织里发展丝织乃至童装产业打开了一扇门。没有什么比吃饱穿暖更重要，没有什么比用自己的双手创造财富更有号召力，这是生活教给轧村人的朴素道理，这也是轧村人带给织里的特殊贡献。

放眼全国，轧村人加工绣花枕套的经历，也可以说在各地都不同程度地存在着。区别在于，轧村人把加工绣花枕套做出了规模，做成了产业，而其他地方加工绣花枕套还停留在或是自给自足、或是补贴家用的初级形态，始终无法形成规模效应，而绣花枕套的加工长期以松散形式出现，逐渐退出历史舞台也就成为必然了。

4. 走南闯北卖枕套

1977年，就在抗三圩村不远处的云村村，刚刚退伍的姚水法身背一大袋行李，缓步走回已经阔别多年的家乡。

当时的织里，正处在经济社会转型前夜，云村村也失去了以往的宁静。面对既陌生又熟悉的家乡，有了一些阅历的姚水法知道，今后要走的路并不平坦。

在部队历练多年，25岁的姚水法有着一股坚毅、不服输的劲儿。即便是面临生产劳动强度大、集体经济举步维艰等一系列问题，姚水法仍然在不断寻找让家人过上好日子的办法。

即便过去了40多年，当姚水法回忆起那段举步维艰的岁月时，他依然十分感谢那段特殊时光的淬炼：“奋斗的日子毫无疑问是苦日子，也是最难忘的一段时光！”

姚水法喜动也喜静，是一个能够耐着性子琢磨事儿的人。经过一段时间观察，姚水法终于找到了自己的发力之处：“村里用缝纫机绣花的技术已经比较普遍了，大家也都会做一些枕套、被套去周边卖，但怎么卖、卖给谁是需要好好研究的关键问题。”

因为当过几年兵，虽然识字不算多，但姚水法的见识和胆识显然比同村的人高出不少，再加上普通话说得流利，家里人的绣花技术也不错，一个外出经商的念头在他脑海中滋生了。

要想在外面跑，生产队的活就不能兼顾，为此，姚水法还得向生产大队缴纳每个月60元的“管理费”。对于姚水法来说，这是一个必须做出取舍的问题。

“其实就是买断了工分。钱交了以后，就把自己的后路给断了！”说到这段经历，姚水法的口气还是像当年那样果敢坚毅。要知道，当时在生产队干一天也才1元，60元钱可以说是一笔巨款，家里人七拼八凑才筹出来。

既然做了选择就当机立断，毫不犹豫，亲朋好友的规劝也动摇不了姚水法外出闯荡的决心。第二天，姚水法就将装满枕套的编织袋挑上了扁担，义无反顾地走上了这条“经商路”。

“除了肩上的扁担，一本《新华字典》和一册《中国地图册》是我的法宝！”姚水法挥着手，提起当年的经历还是很兴奋，他的家中至今还留着一本翻烂的《中国地图册》，像宝贝一样收藏着。他说，地图用来问路和确定方向，遇见不认识的字，他也会查字典。“有的时候查到地名不知道咋读，就‘依样画葫芦’写在纸上，把纸给别人看！”

然而，第一次出门经商的姚水法并没有赚到第一桶金。“去了南京，带了50个枕套，用七天时间卖掉了29个，一分钱没赚！”这几个关键数字如钢印一般印在姚水法的脑海里，生性要强的他并没有认输，“算账的时候，就像被浇了一盆冷水，但心想，至少没亏钱，如果能把经验教训总结出来，下次肯定没问题。”

没多久，重整行装的姚水法再次出发，目的地是长沙。为了能最大限度地节省开销，姚水法和同行的村民都自带了口粮，沿途也做好准备，选择最便宜的旅馆住宿。

姚水法知道，自己这次是真的没有退路了。

这一趟，他先到长沙，之后途经岳阳、洪湖，最后到了武汉。

一路上，他们省吃俭用，一天吃两顿干粮，住最便宜的招待所，有时甚至就在火车站的长凳上对付一晚上……“为了保证自己不走错地方，我就用了笨办法——用小饭馆的牙签测量地图上每两个地方之间的距离！”年近70的姚水法回忆说，如今，他依然能清楚地记得那几个地方之间

传统绣品展厅

到底隔了多少根牙签。

一次次地走村入户，一次次地风餐露宿和一趟趟颠簸的旅途终于收到了回报。这一次，姚水法总算赚到了钱。“在武汉卖掉最后一个枕套的时候，眼泪几乎就在眼眶里打转，我知道这能让我们家过上好日子了！”姚水法回忆说，那一趟，他足足净赚100多元。这在当年已经是个不小的数目了！

走南闯北卖枕套的时间一长，姚水法越来越驾轻就熟，钱也越赚越多。

有一次，听到了东北地区枕套畅销的消息，他立马背上满满两大袋枕套出发了。“一个县一个县地跑过来，平时跑杂货店或是贸易站，他们打烊或是休息的时候，我们就在当地走村入户地叫卖。”姚水法说，那时各种方法都用上了，一种方法不行，马上改变销售思路，一个地方不行，就马上换一个地方。

这种销售模式为姚水法带来了回报。在吉林省的图们，他将200多个枕套以6元的单价，一次性卖掉了，赚了1000多元。“那时候，生产队一年分红才700元，我一次性就拿了1000多元，一下子就成了村里的‘大户人家’。”赚了钱，就是为了把日子过好，这次姚水法同样没有犹豫，他在村里第一个买了电视机，买了摩托车。“电视机搬回家，摩托车开回家，村里乡亲的眼睛也跟着亮起来，这是对走南闯北卖枕套最有感召力的褒奖。”时至今日，姚水法对当时的场景依然记忆犹新，谈到兴奋处更是满脸笑意。

到了20世纪70年代末80年代初，改革开放的春风已经吹进了千家万户，人们思想深处的重重顾虑也已烟消云散，这时农民的自主经营主体地位确立起来了，织里家家户户又响起机杼声，曾经热切渴盼劳动致富的人们又有了新念想。在姚水法等一批先行者的带领下，村民们纷纷挑起了扁担，走向全国到处卖枕套。“一根扁担两个包，一双布鞋全国跑”一时间成了织里人“走出去”的真实写照。

有数据显示，1983年，总户数不到5000的轧村乡已有了近3800台缝纫机，大部分劳力都投入到绣花行业，其中各种类型的专业户达2000多户。而像姚水法这种走南闯北卖枕套的人，不但自己靠劳动发了家，客观上也为壮大轧村绣花产业做出了积极贡献。先行先试，敢闯敢试，就这样被姚水法等人用行动和智慧标记出来，并逐渐成为织里精神的生动写照。

5. 从绣花转到童装

童装产业是今日织里的标志性产业，在早期的摸索过程中，织里与童装是怎样走到一起的呢？

探寻这个在织里发展历程中的重要转折点，不必拉开架势进行理论探讨，只需沿着织里童装产业的自然发展脉络就能找到答案。

选择童装作为主攻方向，是织里人当年做出的务实选择，也是推动织里童装逐步做大的关键一步。童装产业的从无到有，从小到大，从大到强，是无数织里人协力推动、共同努力的成果。而在织里童装的早期探索中，被誉为“织里童装第一人”的吴小章（1942—2019）的独特作用显然是不可替代的。

早在20世纪60年代，吴小章就开始接触绣花。作为原轧村中学的老师，他还对绘画情有独钟，寥寥数笔就能将一条龙、一朵花绘得栩栩如生，这一天赋为他后来在绣花领域大展身手埋下了伏笔。

有文化、有才能、爱动脑筋，这是年轻的吴小章给家乡人留下的深刻印象。

1971年春天，吴小章去上海出差，在天潼路看到一家绣花厂里的工人用绣花针板（把压脚去掉）绣花——把布绷在绷子上绣花，操作简单，可复制性很强。

当时吴小章就想，是否也可以利用家中的缝纫机，利用晚上时间来绣花，搞点家庭副业，增加家庭收入。回到家与爱人商量后，他去南埠亲戚家用毛竹自制了几个绷子，又去上海购买了绣花针板，按当时农村风俗设计龙凤、金鱼、花鸟之类的图案，绣好后做成枕套、帐帘等，利用节假日走村串户偷偷摸摸地销售。

1978年，“织里童装第一人”吴小章走出村庄，开启了走南闯北的经商之路

由于那个特定时期的历史原因，吴小章的行为经常会受到各种各样的阻挠。一次在常潞丁家桥，村干部看到吴小章在兜售枕套、帐帘，硬要强行没收，当地群众看到这一情形，就纷纷围过来求情，大家好说歹说，最后才算免了被没收东西的遭遇。

卖枕巾、帐帘容易惹事端，自己在家加工这些产品也是提心吊胆怕被发现。所以，他每晚只能轻手轻脚地趴在缝纫机上绣花。即便如此，后来还是被公社领导发现了，除了没收产品，还把缝纫机都贴上了封条，并多次在大会上、广播里批斗吴小章。同时，学校也用各种形式批判吴小章走资本主义道路。

吴小章是一个有主心骨的人，认准的事情就要做到底。各种监视、盘查、批评，都不能阻止他继续加工枕巾、帐帘的行动。自家没有缝纫机，他就从朋友那里借来一台，白天绣花容易被发现，他就选择天黑开始绣花，再趁周末偷偷摸摸兜售产品。

吴小章一家“神秘”地绣花绣了两年后，他妻子的几个小姐妹，如王母兜村的胡金珠、郁阿子及亲戚郁小玲、陈菊英等知道后，就拜他爱人郁玉英为师。此后，周边村镇偷偷摸摸绣花的队伍逐渐壮大起来，并迅速向原织里乡的东部蔓延。

“那段时间，我始终相信自己是对的，因为那都是自己劳动所得的。”前些年，吴小章在接受采访时曾这样说，他当时一个月的工资35元钱，妻子在生产队劳动一天赚几毛钱。一对枕套3元多，卖一天枕套的钱相当于一个月的工资。

1977年，去上海收购原材料的吴小章路过了上海缝纫厂，他发现那里的绣品样式新颖、质量上乘，更是大胆萌发了自己在村里办绣花制品加工厂并为上海缝纫厂代工的想法。

说干就干。回到村里的吴小章跟村委干部说了自己的想法，并得到了他们的支持。于是，吴小章着手在村里的基建房创办了绣花制品加工厂。工厂一开办，就吸引了附近几个村的妇女自带缝纫机来干活。

得知林圩村方文桃认识江苏的绣花师傅，增圩村党支部原副书记陈阿培（已故）就请方文桃和吴小章去请江苏的师傅，希望把织里的技术水平尽快提上来。总之，当时能够想到的办法都想了，就是为了把为上海缝纫厂代工的事情做好。

事与愿违，由于上海承接的业务都是外贸用品，要求特别严，他们的产品一时很难达到出口标准，结果厂子办了一个月不到，就撑不下去解散了。

办厂虽然失败了，但这个经历却打开了大家的眼界和思路。但凡参加绣花厂培训的妇女基本上掌握了绣花技巧，她们回家后就一教十、十传百，从而使增圩、抗三圩、王母兜、林圩等村掀起了群众性绣花热潮，并逐步形成了绣品市场。

1979年，绣花业已普遍成为群众性家庭副业，竞争激烈，走村串户销售很难生存下去，吴小章便组织了几台家用缝纫机在家（王母兜村）做织锦缎，尝试将加工业务转向童装行业。后因儿子年纪较小以及销售人员不稳定等原因，童装产业做了半年左右，他就改行做棉布生意，直至1991年。

20世纪90年代初，织里童装业已初具规模。吴小章的儿子有缝纫机修理技术，他们就在当时的织里北路租房开设缝纫机修配店。随着童装业的快速发展，为适应市场需求，吴小章一家又从单一从事缝纫机修理逐渐扩大经营范围，开始从事缝纫机销售和配件服务。

能从加工业务转向童装生产，这充分显示了吴小章的聪明与智慧。尽管他自己从事童装生产并未走远，但他颇有远见的尝试却为织里童装产业集群的形成发挥了独特作用。

鉴于吴小章在织里发展童装产业过程中的特殊贡献，2004年，在织里镇举办的第二届中国·织里童装博览会上，吴小章被评为“织里童装（绣花）第一人”。

关于传统绣花制品与童装产业的过渡和发展，吴小章生前曾不止一次说过：“枕套、帐帘的市场毕竟有限，而同样需要用到绣花技术的童装，市场则要大得多。”由此可见，织里童装产业的基础毫无疑问是传统绣花制品，但童装产业的诞生则是精明的织里人开拓市场的必然选择。

适时将发展重心转向童装，这是织里人基于当时国情做出的正确产业发展选择。当时国民经济快速发展，人们生活水平普遍提高，独生子女政策开始推行，童装市场成为一片蓝海，率先抓住这一发展机遇使得织里很快步入发展快车道。

6. 从作坊到联合体

家家机器响，户户绣花忙。

党的十一届三中全会召开以后，大包干、责任制使家庭绣花制品生产在轧村迅猛发展起来。

绣品生产从一两个大队的少数农户，很快发展到全乡16个大队，当时的2931户农民已经拥有缝纫机3300余台。产品从绣花枕头套发展到台毯、窗帘、连衣裙、童装、男女服装等十几种绣花产品。

家庭绣品生产的快速发展给人们的生活带来喜人的变化，最主要的变化就是口袋鼓起来了，生活富足了，但同时也出现了一些新问题。

大郏村村民陆新民是当时的“扁担客”之一，主要跑东北地区销售绣花枕套、窗帘等绣花产品。

“齐齐哈尔到北京的168次列车，途经泰来、镇赉、白城、洮南、开通、太平川、宝龙山、通辽、甘旗卡、彰武、新立屯、黑山、大虎山、沟帮子、锦西、锦州、兴城、绥中、山海关、秦皇岛、昌黎、兰县、古冶、唐山、塘沽、天津、廊坊、丰台……”时至今天，陆新民还能像说顺口溜一般报出当时坐火车的沿途站名。

过了几年挑扁担走街串巷的日子之后，陆新民发现，百货商场和老百姓对产品数量、质量的要求越来越高，家庭作坊的生产力显得力不从心，捉襟见肘。

1983年5月，陆新民和同村的吴金海等三人带着自己生产的绣花枕套、儿童连衣裙等产品到吉林省白城推销。当地几家百货公司看了产品后非常满意，竞相订货，并有意向签下总计4000元的绣品合同。

这可把三个人难住了，当时他们都是“各自为战”，人手少、资金缺、技术力量薄弱等一系列问题使他们根本无法在短时间内生产出如此大量的产品。三个人坐下来仔细盘算一番后，决定把资金集中在一起，统一进行加工、经销，联合经营这笔业务。

“如果还是这样自顾自的，不仅完不成这个大单子，也可能会失掉这块市场!”经过商量后，陆新民觉得应该成立联合体，大家一致同意。回乡后，他们又和村里其他三户人家商量，由六户人家各出5000元，并自带缝纫机、锁边机等主要生产工具，采用投资入股的办法，一是为了筹集联合体的资金，二是可使联合体保持相对稳定，组成了当时织里乡第一个长时间运营的绣花制品联合体——大郏服装绣品厂。

“联合办厂不但可以提高产量，还可以保证产品的质量。”这是陆新民通过办联合体得到的认识，厂里当时有三四十个工人绣花，一年下来他们每户人家每个入股的人都能分到七八百元钱。这种打包生产、销售的方式，让他们初次尝到了联合起来的甜头。

这些绣花经济联合体还保留了家庭生产、经营的优越性，采用“统一进料，分户加工，严格检验，统一销售”的方法，避免了改革开放初期集中劳动的弊病，各户可以充分利用零星的劳动时间，发挥家庭经营的优越性。针对资金“吃不完”的业务，也大多采用外包工的办法委托给附近一些绣花生产专业户加工。

“经济联合体相比各自为战的家庭作坊更有优势，也更适合市场。”这是陆新民等人在实践中得出的结论。之后没多久，附近的李家坝、红光村、大潘兜等村的21户农户也先后办起了三个经济联合体。到了1983年底，这些联合体每户平均收入2000元左右，这比全乡从事绣品生产专业户的平均收入要高出近五分之一。

四个经济联合体的成功开阔了大家的视野，更给当时织里的干部群众指明了发展商品生产的方向，经济联合体发展得更快了。后来，村民们也相继效仿陆新民等人开办联合体，轧村绣品生产模式也逐渐从原来的小型家庭作坊式发展为联合生产模式。

从手工作坊生产、各自为战销售，到大家的资金、生产、销售联合起来，这就是织里人以市场导向统筹产、供、销的雏形。怎么样合理就怎么来，怎么能打开市场就怎么来，这就是织里人最朴素的市场经济意识。

在改革开放初期，大家都在想尽办法把政策红利转化为经济红利，仅以卖绣花枕套为例，早期的产品受到热烈欢迎，那是因为市场需求太过旺盛，而产品供给还不能充分满足需求。等到大家都一窝蜂地做起绣花产品，而市场还是那个市场，这个时候就要在提高产品质量和满足规模性市场需求上下功夫。

织里人的聪明之处在于，大家走南闯北单干的时候，每个人都能把自己的事情办好；而需要联合起来做事的时候，大家很快就能统一意见，把分散的力量集合起来，携起手来做大事。也正是有了这样“心往一处想，劲往一起使”的一群人，形成了同心协力的发展氛围，织里的绣花产业才能慢慢做大，紧随其后的童装产业才能慢慢做大。

回顾织里绣花产业发展史，人们都在为早期织里的“扁担客”走南闯北鼓掌欢呼，实际上同样值得称颂的，还有这些“扁担客”对全国各地市场的敏感性与适时联合行动的判断力。

在市场经济的大潮中，大家比拼的是敢闯敢试、敢为人先，说到底要有敏锐的判断力与强大的执行力。毋庸置疑，织里人在开拓绣品市场和童装市场的起步环节、发展环节、转型环节，都能走在全国各地的前列，织里童装市场最终成为中国第一号童装市场，也就水到渠成、顺理成章了。

7. 绣花服务部面世

织里童装产业能有今天的发展规模，和新老织里人有勇有谋、顽强打拼息息相关，当然也和当地党委、政府及时转变观念、千方百计呵护童装产业成长密切相关。

“20世纪七八十年代的织里镇，人多地少，什么资源都没有。没有集体企业，织布贩卖可以说是为数不多的赚钱手段。可那时，这被认为是资本主义的尾巴。”时任浙江省湖州市织里镇党委书记的吴子性调到织里工作后，面临的第一个任务就是要拆掉这些织布机。

但吴子性认为，不能跟老百姓对着干，因为他们首先要生存，要发展，想要过上美好的生活，没有其他的路子可以走。老百姓已经形成的生产力更不能简单粗暴地破坏掉。

不拆，怎么办？

吴子性大着胆子向时任湖州市委书记提出：“可以尝试搞一

个多种所有制并存，有利于经济发展的经营活动，你网开一面，让我试试看！”

1978年，改革开放的号角终于合着时代发展的节拍吹响了。在这样的背景下，织里的织机不仅一台没拆，吴子性的想法还得到了省、市领导的支持，织里绣品产业终于迎来了发展壮大的好时机。

“销路打通了，原材料却成了‘老大难’！”老兵姚水法清楚记得，刚开始走南闯北的时候，每次买布匹、丝线都只能在回来的时候顺道去上海买，而上海供货商给的原料颜色、尺寸都不能确定，每次都是有啥拿啥。多年的走南闯北经验让姚水法还总结出了一套规律：“鲜艳的颜色去北方卖，淡色的要卖到南方！”

伴随着绣花业的发展，轧村对布料、绣花线等原材料的需求量不断上升，也有了相对固定的原料采购点。起初，大家乘坐开往上海的班轮船，到各百货商场购买“的确良”等面料，在城隍庙购买绣花线等辅料。后来也有人到各地百货公司购买比较便宜的“的确良”零头布。

20世纪70年代后期，生产绣品的家庭作坊越来越多，已经扩展到织里大部分农村。织里需要大量棉布料和辅料，原先统一的购买渠道已经不能充分满足大家的需求，设立集中原品交易所就这样顺理成章地提上了议事日程。

1976年下半年开始，范村（今属骥村村）大队的范善根、陈占新发现江苏盛泽的社办企业生产的特丽纶化纤布质优价廉。

那时化纤布还是时新货，做化纤布生意的好处是不需要布票，可大量购买。同样是因当时公社和大队管得很紧，大家只能悄悄进行交易。

原轧村乡党委书记方新泉见证了轧村绣花制品从“暗”转“明”的过程。

1978年10月，刚到轧村任职的方新泉已经发现村民们普遍存在“干私活”“开小灶”的情况。虽然当时政策上还不明确，但看着公社里的社员凭自己的双手和技术，靠兜售绣花制品过上好日子，方新泉决定“睁一只眼，闭一只眼”，能让村民过上好日子总不会是坏事儿。

方新泉一边默许着这种模式，一方面找机会向上级领导逐步渗透绣花致富的信息。

1978年党的十一届三中全会召开后，轧村公社党委决定将影剧院向经营者开放，并配备了竹榻，出租给经营者。整个影剧院由此成了面料和辅料交易市场，固定经营面料的多达70多人。

产业做大需要不断完善产业链，织里的发展也是这样一环扣一环地走过来。有了交易市场后，人们又发现加工面料更赚钱。赤家兜村村民陈善根、陈占新、钱林江、陈建章、吴阿大，轧西大队闵玉林等人到莫蓉公社的社办企业购买特丽纶坯布，随后将这些布挑到三济桥，然后用拖拉机装到安吉晓市印染厂染色，接着再运回三济桥，最后在轧村的地摊市场销售。

随着绣花产业越做越大，附近社办企业的产品已经满足不了轧村对布料的需求，他们开始到轧村印染厂开具采购面料介绍信，到全国各地采购，采购产品增加了三等品及以下的纯棉布、涤棉布等。一些外地厂家甚至直接来轧村销售，轧村俨然成了布料的集散中心。

到了1980年，上级领导终于有了回应，他把方新泉叫到了办公室，颇为严肃地说：“你可以按照自己的想法去做，我不会鼓励你，当然也不会给你下绊子。”直到这时，方新泉一颗悬着的心才放了下来。

此后，在全县大会上，这种家庭工业模式被摆到了台面上，绣花制品也公开化了。同一年，轧村大礼堂门口的空地上，一个自发形成的、规模更大的绣品交易地摊集市正式出现了。

为了促进产业的发展，1982年，原轧村乡还以轧村公社的名义办起了绣花制品服务公司（绣品服务部）。

也就是在1980年前后，费新华开始担任轧村公社的工办主任，他见证了绣品服务部最兴旺的时候。

“20世纪80年代初，从事绣花制品工作已经很普遍了，与他们自己去上海采购原料相比，以公社名义统一采购更方便，效率也更高，因此建造在轧村公社办公楼边上的绣品服务部门庭若市。”说起当年的绣品服务部，费新华的口气中充满自豪。其实，绣品服务部的功能还不止于此，一些头脑比较灵活的商户还印了带有“绣品服务部”字样的名片，这样他们出门谈生意的时候就有了“官方头衔”。此外，凡去外地跑销售的经商户都可以

湖州织里绣制品服务合作社（吴团宝摄）

把钱款先汇到服务公司，公司收取少量手续费为他们代收代转汇款，这也为很多外出经商者解决了后顾之忧。

费新华估算，最鼎盛的时候，绣品服务部要为3000多户商户提供服务，这在全国都是少有的。

1992年，随着织里经济开放区挂牌成立，浙江省率先对织里的个体工商户实施土地优惠、税收减免等利好政策。政策一松绑，企业活起来了，镇上从纺织发展而来的童装加工企业很快猛增到1.3万家。

在织里童装产业的起步阶段，童装业主做了大量突破各种束缚的工作，而这些突破性工作针对的往往就是各级政府部门。可以说，商品经济发展到一定程度，单靠私营企业单打独斗已经力不从心了，这个时候政府职能部门能否从以往被突破的主体转化为支持私营企业发展的同盟军，化被动为主动，就显得尤为重要。一直以来，织里镇党委、政府对童装产业这个富民产业始终持支持、保护的态度，这给织里童装产业注入了绵绵不断的发展后劲，也令织里童装产业几度化险为夷，重入正轨。正是这样一种互相成就的心态与行动，逐渐构筑了织里的亲清政商关系，当然也为织里童装做大做强埋下了伏笔。

8. 你好，“扁担街”

户户响起机杼声，人人奔向致富路。

产业的发展催生了体量更大、专业性更强的交易市场。

到了1981年，织里老街虹桥两岸码头出现了一个自由交易集市；1982年，老街茧站附近以及狮子桥堍也开始形成地摊市场，这两处正是“扁担街”集市。

“‘扁担街’开创了织里的第一代交易市场，也是湖州乃至全省最早的专业市场之一。”参与织里镇志编撰工作的乡贤徐世尧是原织里镇文化站站长，在这条窄长的老街上居住和工作了多年。说起这条老街的历史，他能够如数家珍般讲出老街的很多故事，尤其是在改革开放初期，老街成了织里发展的风向标。

徐世尧感叹，他对于老街的感情更胜于自家老宅，在2017年拆迁改造前，每年都会去街上走上几个来回，浏览和关注一下老街的变化。

老街何以称为老街？原来，这条街距湖州府城东30里，在清代为乌程县管辖，属十一区一百十四庄。新中国成立后，织里区、乡、公社、镇的行政机关驻地都设在这条街上。20世纪90年代初，织里镇被列为经济开放区，自北向南筑成新街，并连绵发展。至此，织里街也被称为“老街”。

老街还有一个更知名的称谓，也就是“扁担街”。得名“扁担街”的具体缘由似乎已经无从考证，据徐世尧推测，主要有两个原因：其一，老街就像一根扁担，长长窄窄的；其二，在20世纪80年代初期，附近的农民每天都会用扁担挑着大包小包，将自家缝制的绣花枕套、儿童肚兜等小商品拿到路边摆摊。人们喜欢用“扁担”来命名老街，其实也蕴含着过来人对那段创业历程的一份深情。

老街并不长，东头横跨虹桥，塘河南接頔塘，北接横塘与霅溪，中市丰乐桥边设有航船停泊码头，旧时大钱、义皋、东迁、轧村、旧馆、晟舍等地的航船都会来往于此地。每天清晨，航船载客而来，进行商贸互动，下午载客归去。

老街形成历史悠久，且自古便是织里的商业“命脉”。清乾隆《湖州府志》曾记载：“宝华院，在织里，僧元初循宋遗址重建。”可见，织里街聚市于宋代以前，至明初已形成繁华集镇。在这里，周边地区的产品，诸如湖丝、棉兜、绵绸、棉纱带等皆上市交易。

清末至抗日战争前，织里老街一直是方圆十里的商贸集镇。街道人流如织，河道舟楫云集。

今天，繁华一时的老街已经彻底沉寂下来。2017年，当地政府启动了老街提升改造工程。除了影剧院和原来的驳岸被保留外，其余的建筑都已拆除。现在这块区域被规划成了童装业和古镇水乡两个主题的商业中心。

虽然老街原有的样貌已经不复存在，但老街在织里产业发展过程中却一直是起到承前启后作用的那个鲜明标识。

“老街是织里的根基，也是很多40岁以上织里人的回忆。”徐世尧说，在自己的脑海里，对老街最深的记忆始终是30年前最繁华的样子。

“荡舟五溪漾，听小鸟啁啾，观鹅鸭嬉游，绿萍漂游，不亦快哉。登宝镜桥远眺，渔夫撒网，白帆悠悠，田埂上老水牛踱步，此种景色，令人心旷神怡。”在徐世尧的脑海中，老街的每

织里影剧院（吴团宝摄）

一个角落都是那么清晰，老街的店铺临织溪而建，皆水阁廊棚。米行、鱼行、丝绸行、酱杂店、旧货店、当铺、铁匠铺、茶馆、客栈、纸马店、饭馆紧挨相连。镇里郑氏所开的同泰布店，石淙望族陈氏所创的一达南货店以及裕泰园酱盐店、四茂春茶馆、福泰昌、大兴店等老字号店铺中也总是挤满了看货的百姓。

到了20世纪六七十年代，作为原织里公社的驻地，老街被当作政务中心和商业中心打造。当地政府先后在老街上建立了粮管所、茧站、卫生院以及影剧院，老街迎来了“黄金时间”。

1982年，“扁担街”地摊绣品市场的设立，让附近的商贩蜂拥而至。因为地理位置更有优势，又没有轧村那边管得那么严格，很多轧村摆摊业主纷纷涌向织里，露天售卖枕套等刺绣品，还有布料、辅料、花线等。

20世纪80年代轧村影剧院门口的绣品地摊市场

织溪沿岸，狮子桥堍一带是地摊云集的地方。每天清晨，商贩们或肩挑扁担步行而来，或泛舟而至，在靠近河岸一侧的地上铺上麻布，将自家最有“排面”的产品依次摆开，供买家挑选。

一时间，窄长的“扁担街”上人头攒动，人声鼎沸。卖家在摊位前大声兜售着自家的产品，买家则走走停停、挑挑拣拣，双方砍价还价，一单单生意就在这样的欢快气氛中达成。

1983年，织里工商所顶住压力，在“扁担街”上用玻璃钢瓦搭起了36个简易棚，用实际行动支持老百姓的自发经营行为。这些简易棚，不仅让流动摊贩们有了挡风遮雨的固定场地，更让他们感觉到政府的支持与认可，从此经商的底气更足了。生意红火起来的同时，这些摊贩们也发现，曾经冷门的儿童服装，越来越呈现出热销的态势。于是在此后的10多年时间里，越来越多的织里人开始投身到童装制造行业中来。

20世纪80年代老街上沿街搭建的玻璃钢摊位

童装为什么会在这个时期火起来？放眼全国，彼时开始推行的独生子女政策是织里童装产业发展的大背景。1978年，计划生育政策正式写入宪法，国家推行计划生育，使人口的增长同经济和社会发展计划相适应。提倡“一对夫妇生育一个孩子”，是当时人口政策的基调，这是在1980年中央召开五次人口座谈会后确定下来的。而在此之前，20世纪70年代流行的计生口号是“一个太少，两个正好，三个多了”。家贫多子是50、60、70年代很多家庭的真实写照，穿衣服自然就是“新老大，旧老二，缝缝补补是老三”，哪有每个孩子都穿新衣服的可能！

独生子女政策的推行，无论城市还是农村，家家户户孩子生得少了，自然就金贵了。加上改革开放，经济搞活，人们生活富裕了，钱包鼓了，对孩子的投入自然就高了，穿得新，穿得好，穿得漂亮，穿得舒服，让每个孩子都成为“小公主”“小王子”是每个家庭的核心需求。于是乎，从单纯的生产枕套、床品转型到生产童装，是勤劳智慧的织里人在恰当时机做出的正确选择。

根据国家统计数据，1980—2019年的新生儿出生人数，1980年为1776万人，1981—1997年年均为2000万人以上，其中1987年达到峰值2508万人。2019年的新生儿人口略有下降，为1465万人。40多年来的新生人口总数达到7.6亿人，按每个孩子一年两三套新衣服计算，就是一个天文数字！

在市场需求旺盛、政策支持到位的大背景下，“扁担街”为织里早期交易市场的形成和特色产业的壮大起到了重要的助推作用，从而促成了织里交易市场的不断升级，使一个个专业市场不断形成，如今的专业市场已经迭代升级到第八代——织里中国童装城。

抚今追昔，尽管作为织里商埠的“扁担街”早已谢幕，但时代已然记录下那一个个肩挑扁担的背影和一张张练摊叫卖的面孔。正是从这里起步，织里逐渐成长为世界童装之都；正是在这里埋下种子，织里逐步迈向45万新老织里人和谐共处的新型现代化城镇。

9.“扁担客”可做大事

草根企业家潘阿祥的传奇，在湖州几乎家喻户晓。一直以来，他也是织里本地企业家的典型代表。

潘阿祥是轧村曹家簖村人，年轻时候是一个不折不扣的“扁担客”。

改革开放前的苦，是潘阿祥心中永远的痛：“当时最苦最难的时候，根本吃不饱饭，歉收的年份甚至还要吃树皮度日。虽然人不多地也不少，但大家干活的积极性就是不太高。”

直到改革开放后，这种状况才算有了改观。

总结自己这些年走过的路，年满70岁依旧身体硬朗的潘阿祥认为，自己做的最有成就的事就是“踩对了时代步点”。

1951年，潘阿祥出生在一个共有兄妹6人的农民家庭中，因家境贫寒，他没上过一天学，8岁便开始跟随父母下地干农活。

“几乎365天都要在田里劳作，甚至比在家的时间还长。”这样的生存状态潘阿祥一直持续多年，直到20世纪80年代初开始流行“不管黑猫白猫，捉到老鼠就是好猫”的务实做法，他的命运才开始发生改变。

1980年前后，随着织里家庭作坊式纺织业的兴起，潘阿祥决定跟随这个潮流，用自己半年的积蓄买来一台机械缝纫机，学习绣花，随后又挑上扁担，走南闯北去了。

改革开放初期，很多政策尚未明朗，计划经济的枷锁也没有完全摘除，所以头几年做生意的经历让潘阿祥至今想起来依然心酸。

“每次回来都会接受当时生产队的批斗，要为‘投机倒把’反省。”潘阿祥无奈地说。尽管如此，倔强的他还是在每一次被批斗后继续收拾担子再出发，义无反顾地走南闯北，因为他向往过上富足的好日子，也坚信用自己的双手赚来的钱改善自己的生活并没有错。

几年下来，潘阿祥先后到过西安、兰州、西宁等地兜售绣品。走过这么多地方，他印象最深刻的是西安。

正是在古都西安，他闯出了一片天地。30多年过去，潘阿祥对当年的舟车劳顿依然记得清清楚楚：“过去要先坐汽车去苏州，然后将自己的绣品托运，坐一整天火车到西安。”

就这样，潘阿祥成了苏州往返西安这段旅程的常客。在三年内往返了几十趟，每趟赚三五百元钱。通过七八年的奔波，潘阿祥攒下了近3万元，这为他自己后来创业积累下了“第一桶金”。

1992年，潘阿祥看新闻的时候敏锐地捕捉到一个信息：家家户户要通电话。

在市场中摸爬滚打的直觉告诉他这是个好机会。于是他借款20万元创办了“振兴电缆厂”，招了20多名员工，吃住都在厂里。

一个月后，第一批价值20多万元的电缆成功面世了。

然而，兴奋劲儿还没过，一盆冷水就“泼”了过来——头一批生产的电缆经过检测，质量没有达到客户的要求。

潘阿祥简直愁死了，为办这个厂他已经倾其所有，还背上了20多万元的债。怎么办？有人建议他便宜点卖给那些小贩，先渡过这个难关。经过一番激烈的思想斗争后，潘阿祥决定把20多万元的电缆全部报废。他极为清醒地认识到：“办企业以质量求生存、求发展，如果以次充好，最终还是砸自己的牌子。”

为了保证产品的质量，潘阿祥又借钱买了一台检测设备，还说服了一位经验丰富的工程师到他厂里做专职的技术员。“这次生产出来的产品，经过检测全部合格了！”在拿到检测报告的那一刻，百感交集的潘阿祥禁不住流下了激动的泪水。

凭借这次产品过关，振兴电缆厂度过了艰难的起步阶段。

有了产品，到哪里去找市场呢？潘阿祥又做出了一个大胆的决定，把产品放在经销商那里，卖完了再给钱，卖得不好可以退回来。

这对于刚刚成立的公司来说风险巨大，可潘阿祥对自己的产品有信心。果不其然，经销商们纷纷打电话来，争先要求购买“阿祥牌”电缆。对于这点，潘阿祥并不意外。他说：“做生意想要长久，最重要的就是把产品品质做好，我相信他们一定愿意和我合作。”

潘阿祥的口碑在客户中一传十、十传百。就这样“阿祥牌”电缆渐渐在全国打开销路，当年就实现了利润60多万元。潘阿祥趁热打铁，把这些钱全部用于购买设备，聘请技术人员，提高生产能力。

一旦得到了市场和客户的认可，振兴电缆厂很快进入发展的快车道：仅用两年时间，阿祥集团成了邮电部生产通信电缆定点企业。1997年，产值突破亿元大关。到1999年底，实现销售收入2.53亿元，实现利税3300万元。

2000年，潘阿祥看到国家发出建设新农村的号召，敏锐的他再次看到了机会：“我当时就想着去做铝合金厂，一定有很好的前景。”于是他投5500万元成立了一家铝业公司，两年后产值突破2亿元大关。

2003年，潘阿祥又开了一家亚麻厂，同样是因为看到了商机：“当时国内对亚麻的需求很大，80%是进口的。而当时东北作为国内的亚麻主产地，产品质量很差，所以我感觉做亚麻厂的成功率很高。”果然，阿祥亚麻获得良好的发展。“我们进行了6次技改，扩大亚麻纱生产能力，企业利润空间得到提升，市场竞

潘阿祥（中）正与员工交流经验

争力得到提高。”如今，阿祥又开始进军重工领域，产业版图再次扩大。

类似的案例，在潘阿祥的创业过程中比比皆是。今天，阿祥集团年销售额已经超过30亿元，横跨纺织、装备、房产等多个领域。

目不识丁的潘阿祥虽然看不了书报，也没法上网，但这并不影响他培养敏锐的观察与分析能力。“通过电视和广播吸收、消化相关信息是我的‘独门秘籍’，集团很多企业诞生的起因都是我从新闻里看到了创业线索和市场潜力。”

潘阿祥从不避讳自己的短处：“我不识字是短处，长处是心很细，我相信只要扬长避短，就能成功！”

通过常年看电视新闻、听广播新闻，潘阿祥逐渐形成了自己的创业理念——以国家政策鼓励和市场需求为核心，依靠独特的营销策略，进行资源、人才的整合。

这一理念让潘阿祥在几十年时间里鲜有失手。

除了这套“秘籍”，潘阿祥创业之初还留下一本只有自己看得懂的电话本。

书记画个图章，公安局长画把枪，烟草公司老总就画一根烟，杨姓就画一只羊，女性就画一个扎辫子的姑娘……在潘阿祥的电话本上，每个号码前都画着一个在外人看来奇奇怪怪的符号，正是通过这些形象的“文字”，他把每个客户、合作伙伴的电话、职务都记得清清楚楚。

今天，这本富有传奇色彩的电话本已经在浙商博物馆中陈列。

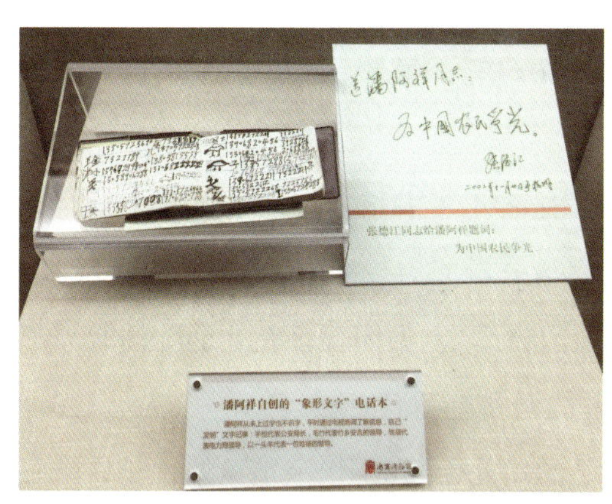

浙商博物馆保存了潘阿祥的传奇电话本

凭借着“踩准步点”的敏锐以及“扬长避短”的策略，潘阿祥一直坚持只做实业、不赚快钱，历经20多年打造了产值超30亿元的浙江振兴阿祥集团有限公司。

现在已经有几十亿元身家的潘阿祥并没有忘本，而是时时刻刻想着如何去回报家乡、回报社会。“我们赶上了改革开放的好时光，我现在有点‘本钱’了，更是要担起回馈社会的责任。”多年来，潘阿祥已经累计向社会捐款7500万元，在各级慈善总会和红十字会建立了专项“阿祥爱心基金”，总额超过4000万元，他也因此获得了“中华慈善奖”的荣誉。

在目不识丁的潘阿祥身上，我们看到了一名典型织里创业客的顽强与韧性、品格与追求。潘阿祥把自己的成功归功于改革开放、归功于党和政府，这不是他的客套话，而是他的心声。正是因为赶上改革开放的好时代，正是因为织里这片热土的温润与滋养，一批又一批像潘阿祥一样的企业家找到了最好的干事创业机会，而一批又一批企业的成长壮大，又加速了织里的升级与蝶变，让织里人过上好日子的梦想成为现实。

10. 奋斗精神是精髓

“扁担街”最繁盛时，还在读初中的罗玉花是这里的常客。

“1983年以后，几乎所有的缝纫机的配件、绣品的辅料都是从这里买来的。”对于“扁担街”，罗玉花情有独钟，“从医院到茧站，长100米、宽约3米的路是当时织里最热闹的地方。这里一开始主要是售卖布料、辅料以及刺绣的配套产品，到了后来，商品种类越来越多，从衣服、饰品到粮食和肥料都有了。”

罗玉花是织里王母兜村人，留着一头短发的她为人热心、爽快，街坊邻居们都称她“花姐”。

20世纪80年代初，正在上初中的罗玉花利用课余时间跟着小姐妹开始学绣花。15岁的时候，她已经是个十足的熟练工了。“那时候叫踩‘洋机’，通过绣花板，我们把花、动物之类的图案绣上去。”罗玉花手巧，动作麻利，别人一天平均只能绣10对枕套，她最多能绣上21对枕套。

能干的罗玉花自然成了家里绣花的主力军，为了激励她干活，母亲给了她一天10对枕套的指标，超过的每对给罗玉花2毛2分钱作为奖励。

因为是家里的老幺，罗玉花绣枕套赚来的钱就被当作零花钱。“买弹珠、订报纸、买连环画。”说起当年，罗玉花的笑容里带着自豪。绣花成了村里大多数学生们的课余生活，大家比赛着干，都很有干劲儿，一方面可以赚点零花钱，再者，还能为自家过上好生活出上一把力。

于是，20世纪80年代后期，还不到20岁的花姐也开始了“一根扁担两个包，走南闯北到处跑”的生活。

年纪不大的“花姐”嫌扁担挑包不好看，就手拎个大大的旅行包，揣着借来的路费，和哥哥一起出发了。在湖北宜昌五峰，为了能将手上的枕套、被套卖掉，她和哥哥在当地供销社开会的宾馆门口打起了持久战。“那时候做生意要顾及人情世故，不熟的人，他们不会跟你谈。”为了能谈成这单生意，花姐和哥哥软磨硬泡，终于混熟了脸。

供销社负责采购的工作人员见兄妹二人都是老实人，态度极为诚恳，主要是手上货品质量不错，最终订下了200个枕套、200件织锦缎棉衣和200个被面的大单子。

尽管“初生牛犊不怕虎”，年轻的花姐闯劲儿十足，但有些事情如今回想起来还是很危险的。花姐至今还记得，当年有天晚上坐汽车去宜宾，弯弯曲曲的盘山路十分狭窄，只能容下一辆车，天亮后才发现，他们沿着悬崖晃晃悠悠走了一夜，现在想起来还是很后怕。

“还有一次去湖北巴东野山关镇，因为当地治安不好，路上还有可能碰到‘劫道’的，但是为了能做成生意，只能眼一闭上了大巴车。”一上车，罗玉花坐到了副驾驶座，一路上她几乎都不敢睁眼。幸运的是，那一次并没有遇到危险。

“花姐”罗玉花

老家拆迁后，罗玉花家里的老物件大多散失了，但她特意保留了一对自己当年绣的枕套，算是对那段艰苦时光的怀念。

走南闯北的经历，让罗玉花得到全方位锻炼。之后数年，在商海里摸爬滚打，罗玉花总拿年轻时练摊的经历作比照，感觉再苦再难也都能挺过来。眼下，罗玉花是湖州大家园职业技能培训学校董事长、吴兴区巾帼创业就业指导服务中心负责人，还创办了湖州织里伊昕服饰有限公司。她要把自己的经验和技能传授给更多人，通过技能培训和就业指导让年轻人找到自己的兴趣所在和适合自己的职业。

前些年，电子商务刚兴起，她就捷足先登，带头在镇里开设了童装电商孵化中心，并与外地技术学校合作，学生培训完就能进企业就业。

“多的时候，我们每年培训四五千人，主要是美工、运营、仓储、客服等，后来开始培训企业的负责人。接下来，我们会将更多精力放在直播领域。”罗玉花充满自豪地说，她每一步，都尽量紧跟社会发展潮流，敏锐地捕捉市场变化趋势。这几年，创业的人越来越多，也有越来越多的年轻人来织里了。

企业做大了，企业家承担的社会责任也要随之增加。2019年8月，罗玉花承接了湖州市吴兴区织里镇对口支援四川省青川县凉水镇“扶贫（培训）车间”项目，开启了为期三年的青川、吴兴两地协作脱贫攻坚之路。

借助织里健全的童装产业链优势，罗玉花把湖州大家园职业技能培训学校“链”上的“智多星”带入扶贫车间，为当地培育童装生产技能型人才，架起了从培训到就业的桥梁，开启了个人增收到集体增收的良性循环。目前，青川县已有4批77名学员完成培训并实现就业，月收入都达到了1800—3000元，基本可以改善家庭生活条件。

正是因为有了当年做“扁担客”那段非比寻常的打拼磨炼，罗玉花更加珍惜现下的生活，也更愿意去帮助那些奋斗中的人。她坚毅乐观地说：“‘扁担客’精神就是一种奋斗的精神，是对美好生活最真切的期盼!”

不论是潘阿祥、罗玉花，还是姚水法、吴小章、吴宝珠，在这些“扁担客”身上，我们看到的、感悟到的是不辞辛苦、不畏艰难、善抓机会、敢闯敢试的奋斗精神。正是因为有了这样一种破茧成蝶的开拓勇气，正是因为有了这样一群有勇有谋的带头人，才成就了今天的织里，才成就了国际童装之都的大事业。

探寻潘阿祥等人身上奋斗不息、自我突破精神的源泉，有南太湖鱼米之乡的千年滋养，有改革开放日渐深入的春风化雨，更有人们埋在心底想通过自己的双手创造美好生活的深切渴盼，当然，如果没有敢想敢为、创新创强、开放开明的精气神，没有与时俱进、埋头苦干的奋进状态，没有海纳百川、兼容并蓄的宽广胸怀，织里不会成为今天的织里，45万新老织里人携手共创美好家园的和谐氛围也不会如期出现。

第二章
产业之基　世界童装看织里

织里中国童装城，是织里童装的主要集散中心。这座位于织里镇的童装城占地面积600亩，总面积为70多万平方米，是中国最大的童装城。走进童装城，这里完全是童装的世界——选料配料、童装加工、童装设计、童装发布、童装展览、童装销售，一应俱全。

童装城的人气有多旺？这似乎并不需要用多少人在这里工作、有多少人来过这里来证明。织里人会自豪地用两个小例子来说明童装城的火爆：其一，童装城对面有一家咖啡店，这家咖啡店在湖州同一品牌咖啡的连锁店铺中，日销咖啡量居全市第一；其二，童装城附近有一家小龙坎火锅，这个牌子的火锅店很少在小城市开店，但就是这个品牌的火锅不但在织里镇开了店，而且天天爆满、热闹非凡。

坐拥全国三分之二童装的销售额，织里的童装确实不是浪得虚名。每天，童装城内都如赶集一般熙熙攘攘，操着全国各地口音的采购商活跃其间，只需几句简单交谈，便签下万元、几十万元大单。在这里，时间就是金钱，早一日下单就可早一日发货，新产品早一日面世就可以早一日抢占市场。

在童装城周边的餐饮场所，喝咖啡、吃火锅业已成为一种社交活动，来自全国乃至世界各地的采购商们会交流各种信息：某某设计师作品出得快，卖得也好；某某布料商价格便宜，还包送货；某某加工厂当天接单，当天出货……在这里，大家做的是童装生意，享受的是现代生活。

织里中国童装城只是织里众多童装市场中最具代表性的一个。在织里，与童装相关的各类专业市场可谓应有尽有。因为这里共有童装生产企业1万多家，童装电商企业数千家且仍在迅速增长，年产童装十几亿件（套），形成了从童装设计、研发、生产、销售，到面辅料供应、物流仓储、品牌运营的完整产业链，是中国规模最大、分工协作最紧密、反应速度最快的童装产业集群。

华灯初上，漫步在织里街头，你会很快感受到这座“不夜城”的独特魅力。工厂里，一台台机器正在高速运转，将花色各异的布匹一点点剪裁缝制成童装。厂区周边路上，一辆辆拉着成捆成捆成衣的三轮车正飞奔在去往物流站的途中。街角一个个小店内，刚下了工的工人们正“吸溜吸溜”大口吃着热气腾腾的面条。路边一个个童装品牌店里，老板们正在整理货物，一件件

“新鲜出炉”的童装正等待挂上货架。

织里童装产业并不是一开始就是这个样子，而是经历从自发聚集“扁担街”到几代专业市场的更新迭代，才有了功能齐全、现代大气的织里中国童装城。织里童装产业的发展，是几代新老织里人主动应对市场需求转换、不断升级换代一点点干出来的。不是织里人有多聪明，只是他们更勤奋、能更早一步抢抓市场机遇，如此这般，才有了织里童装当今的江湖地位。

织里童装的不断发展壮大，关键在于童装企业的一次次转型升级，更离不开政府部门的强力助推与贴心服务。如果说，“扁担街”时代更多体现的是“扁担客”的胆识，那么前后几代专业市场的升级，则更多体现的是政府部门的主动作为。至于说到打造“世界童装之都”的远景目标，更是需要织里镇政府部门与所有童装企业齐心协力打拼才能实现。

外界看织里童装，看到的大多是光鲜的表象；内行人看织里童装，看到的则是现存问题与深层隐忧。织里童装能够发展到今天的状态，殊为不易、值得珍惜；织里童装能够做到持续提升，借助的则是企业的韧劲与政府的定力。把小童装做成大产业、把传统服装做出现代韵味，织里开了一个先河、成就了一个传奇，这是几代织里人接续奋斗的成果，当然也是织里这片热土致敬世界童装的特殊方式。

童装与织里，就这样结下了不解之缘；今日之童装，已成为织里的最鲜明标识。那么，织里的第一件童装是如何生产出来的？织里童装又如何从为数不多的家庭作坊发展成了千家万户从事的富民产业？这些童装创业者有着怎样的人生故事？织里又给他们带来怎样的机遇与改变？回答好这些问题，也就等同于梳理了织里童装从无到有的发展历程，也就等同于揭开了织里童装产业快速成长的奥秘。

1. 童装遇到“的确良”

特定时代，总有特定的服饰印记。

20世纪六七十年代，沉闷的黑色、蓝色、灰色，成为国人服装的主色调。给这种沉闷色调带来冲击与变化的，当年的“的确良”功不可没。

说起“的确良”，出生于20世纪七八十年代的人不会感到陌生。当年，穿惯了样式单一、颜色单调、数量有限的棉布衣服，年轻人能够拥有一件“的确良”衣服，那是值得骄傲和炫耀的事。至于说到“的确良”引领一时潮流，曾经还有这么一句顺口溜——“一年土，二年洋，三年手表‘的确良’”。

记忆中的“的确良”，和时髦、前卫画着等号。至于说到“的确良”这种面料更广泛的应用范围，很多人并不知道“的确良”和童装之间会有啥关联。事实上，织里童装最初能够很快发展起来，还真和“的确良”有着密不可分的关系。

“的确良”其实就是化纤布，属于一种西方的化学纤维，刚刚进入中国的时候叫作“达克龙”，一开始在香港流行，后来传入广东地区，曾被叫成“的确靓”。后来这种衣料在国内越传越广，才逐渐被更名为“的确良”。

“的确良”能够在国内受到追捧，其实是有原因的。一来，那时国内多数人的衣服都是以传统棉布为主，虽然穿着柔软舒适，但因为生产水平有限，形式单一，基本上颜色和款式都只有那么几种，非常单调。而这种“的确良”布花色多样、色泽鲜艳，做出来的衣服自然美观很多。二来，改革开放前，棉布的使用受到购销限制，必须凭布票才能购买。而“的确良”刚引进中国时，由于生产规模小，销售并不受限，只是价格要贵一些。这样，“的确良”的出现，就很好地解决了凭票供应带来的原材料短缺问题，为满足群众穿衣需求起到很好的补充作用。

童装这个服饰门类，在国际上起步也并不早。至于说到童装在织里的亮相，却有一段很接“地气”的经历。20世纪60年代末70年代初，计划经济严重束缚生产，村民生活极度贫困，织里有不少人开始学习缝纫机绣花技术，大多是加工一些枕套、被套之类的产品拿到各地叫卖。其中有一些头脑灵活的人，还会将做枕套、被套的下脚料拼接起来，绣上花，做成小孩肚兜到附近村庄兜售，十分受欢迎。而这些肚兜，就是童装的雏形。

在国内实行计划生育政策之前，国人信奉的是多子多福，一家三四个孩子很正常，七八个孩子也不稀奇。孩子多，收入少，小孩子的衣服自然是能省就省，大的穿小了小的穿，穿破了补补穿，20世纪70年代之前出生的人，有几个没穿过带补丁的衣服呢，又有几个孩子能经常穿上新衣服呢？

聪明节俭的织里人将做枕套、被套的下脚料进行拼接，绣上花做成小孩肚兜，这是用有限的资源改善儿童穿衣条件的变通之法。一定程度上，这也反映出童装在各种服饰品类中并没有突出的地位。毕竟，如果说当年枕套、被套是新婚必备，更符合那个年代的消费需求，而童装的改善还没有提上应有的日程。

织里童装真正从绣制品生产中剥离出来，则跟"的确良"的出现密不可分。在织里镇社会事务办公室工作人员潘小平的印象中，20世纪70年代末80年代初，绣制品生产最早从轧村起步，随着生产户数的增多，不少轧村人自发在轧村影剧院门前交易，形成了绣品地摊市场，交易的货品除绣制品外，还有棉布料和辅料。为啥交易的货品还会有棉布料和辅料？就是因为制作各种绣制品，还需要棉布料和辅料，而且交易的绣制品越多，对棉布料和辅料的需求量也就越大。

"有些人不能创造时机，但是他能够抓住已经出现的时机。""的确良"传入国内后，轧村范村（今属漾村村）人及时发现蕴藏其中的商机，率先在市场上做起了化纤布生意。由于化纤布是时新货，大多来自一些村办企业，购买不需要布票，化纤布颜色鲜艳，还不起皱、不缩水、不掉色，胜过色彩单调还起皱缩水的棉布，用化纤布做的儿童连衣裙，款式新颖，色泽亮丽，一时风靡市场。从那时起，以小孩连衣裙为主的童装业即从绣制品行业中脱颖而出。

那么，范村人又是如何发现商机并把化纤布生意做大的呢？原来，从1976年下半年开始，范村的范善根、陈占新等人发现江苏盛泽社办企业生产的化纤布质优价廉，便开始批量购买，除部分自用外，大部分化纤布加价转让给了周边绣花的农户。大家很快发现加工面料更赚钱，赤家兜和轧西的陈建章、吴阿大、闵玉林等人便到莫蓉公社的社办企业购买特丽纶坯布，运到安吉晓市印染厂染色后在轧村地摊市场销售。随着童装产业越做越大，附近的社办企业已经满足不了轧村对布料的需求，一些专门经营布料的村民便到轧村印染厂开具采购面料介绍信，到全国各地采购。一些外地厂家甚至直接到轧村销售，轧村俨然成了布料集散中心。

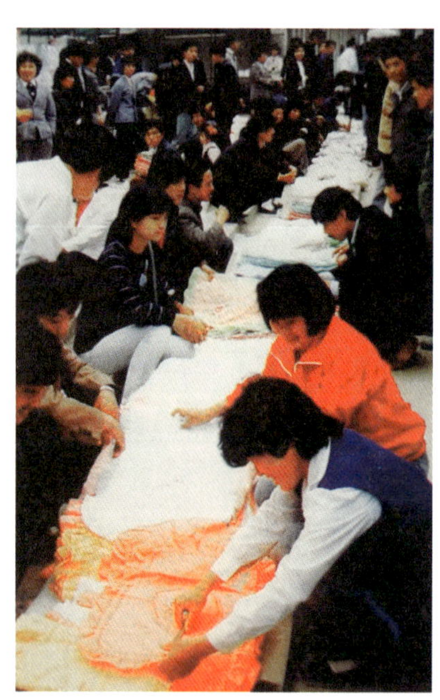

轻纺绣品市场

就这样，在轧村人的手摇缝纫机上，最早的一批童装和枕套一起生产出来了。而这种以“的确良”为面料的童装和枕套一经上市，很快便得到市场的热捧，最早销售面料的一部分人很快富裕起来了。范村赤家兜是经营面料人数最多的自然村，当时被称为“百万富村”。

市场销路好，原材料又有充足保障，织里童装从此便一发不可收。也就是从“的确良”布料可以大批量供应市场起，童装与织里真正结缘，并在随后的日子里越做越大，最终成为织里的标志性产业。

试想，当时全国各地的织造业发展局面大同小异，为啥只有织里等少数几个地方能够把看似不那么起眼的童装发展成产业？追根溯源，是老底子织里人勤劳的做事风格、敏锐的市场意识，让童装产业有机会在织里生根发芽，而在童装产业的成长壮大过程中，织里人、织里镇内涵与外延的变化用“翻天覆地”形容也不为过。

2. 返乡创业成潮流

织里童装产业的萌芽，源于织里人的勤劳肯干与勇敢智慧；而织里童装产业的大发展，则离不开当地政府的大力扶持与改革开放的强力助推。

1992年8月，湖州市政府批准成立织里经济开放区，将包括土地、规划等影响经济发展的诸多市级审批权限下放，这从体制机制上为织里超常规发展奠定了基础；1995年，织里镇被批准列为全国小城镇综合改革试点单位，赋予部分县级经济管理权限，这为织里快速发展破除了更多有形与无形的障碍。

这两个重大的改革举措一经颁布，已经积累了丰富市场经验的织里人很快捕捉到其中蕴涵的发展良机。

当时，织里的童装产业已经渐成规模，织里镇30个行政村中有24个童装专业村，从业1.5万人，90%以上农户从事童装生产。另一个不可忽视的现象则是——当时全国各地的批发客已经大批量涌入织里，有些人就在织里长期包酒店客房，一次可能就住上大半年，当地已成为全国大型童装交易中心之一。

炙手可热的发展氛围，加上织里镇党委、政府诚意相邀，很多游走全国各地做生意的织里人由此动了回家乡发展童装产业的心思。

浙江不可比喻服饰有限公司董事长兼总经理朱会强就是返乡创业大军中的一员。

朱会强是地道的织里人，他说话声音浑厚，做起事来有条不紊。1988年中学毕业后，他来到当地的供销社上班。那时一个月工资约为一两百元。当时，织里有不少人在外面做生意，卖衣服、床上用品，很多人都成了万元户。

朱会强正帮顾客挑选衣物

当年的万元户是先富起来的那部分人，当然也让朱会强很羡慕。1994年，他下定决心辞掉了供销社的工作，跟着老乡到常熟卖衣服。那年，常熟招商城开业，他揣着借来的钱租了一间档口，卖起了成人衣服裤子。当时，他在外面卖衣服，他的妻子在家找了台缝纫机生产，两人起早贪黑、配合默契，虽然辛苦，但是收入稳步提高，还是很让人羡慕的。

卖衣服时间一长，朱会强不再满足于做档口生意，他要找个属于自己的门面卖衣服。当年在常熟，买一个摊位的价格大概需10万元左右，他就努力攒钱，但是等到他一年挣到十几二十万元的时候，门面已经涨了200多万元。他觉得这样太被动，靠攒钱永远也追不上门面的价格。

由于老家织里的亲戚朋友一直在做童装，所以他每年六一儿童节前夕也会做一点童装，对这一行并不陌生。随着常熟门面价格的疯涨，在外做生意的成本和压力越来越大，一直不甘于租个小摊位做小本生意的朱会强在1998年加入了返乡大军，转做童装生意。

回归织里之后，朱会强用在常熟赚到的第一桶金在织里新华路租下了两间门店，当年的童装生意真是火爆，全国各地都来拿货。“之后量做大了，又租了4间门店，总共就有了6间。”随着生意像滚雪球般越做越大，朱会强和家人在2000年成立了不可比喻服饰有限公司，之后做事果敢的他又在镇里拿下一块土地开始建设厂房……就这样，2003年，不可比喻服饰有限公司已经成为织里镇首个拥有自主童装工业园的企业。

在服装领域，童装品牌化相对滞后。但朱会强非常清醒地认识到，要想长期稳定发展，就算走批发路线，也要有自己的设计师团队和品牌。于是，不可比喻服饰有限公司首个定位批发市场的童装品牌“开米洛”应运而生。同时，他还组建了设计研发团队。设计团队的效果很快就体现出来了，以前一个季度，不可比喻只卖三五个款式，有了设计团队，一个季度就能生产上百个款式，涉及各个童装产品品类。

不仅如此，朱会强还要求各个批发商的省代理在批发市场里面装修一个独立的批发形象店，展示“开米洛”形象，打响品牌知名度。服装批发系统的建立让朱会强的销售渠道更加畅通，那一年他赚得盆满钵满。

然而，这种顺风顺水的“产销两旺”态势并没有一直持续下去。随着近年来批发市场的萎缩，库存积压问题越来越严重。为此，朱会强决心向垂直管理的品牌连锁店模式转型。

虽然已下决心做品牌连锁，但品牌定位着实让朱会强有些举棋不定。不同于批发市场，做品牌连锁需要有自己的细分定位。凑巧的是，2008年，在他的孩子长到一定年龄阶段的时候，突然发现买不到合适的衣服了。他立刻进行了市场调研，发现当时市面上没有适合一米三、一米四身高的孩子的童装品牌。找到了市场空白，他兴奋极了，马上组织设计团队，及时推出了定位大童、走轻潮牌路线的“不可比喻”连锁品牌。

一开始做大童服装，朱会强还是走了一些弯路。他把批发市场的针织面料用来生产零售品牌童装，虽然这些针织面料也很高端，但是推出后，受到许多消费者差评，不少消费者甚至来到门店要求退货。这次教训，让朱会强更强烈地意识到做零售品牌，品质是第一位的，必须远远高于批发市场，由此也坚定了他加快企业转型步伐的决心。转型期间，不可比喻服饰有限公司还在杭州钱江新城设立了一个运营中心，支持全国品牌连锁店的拓展战略。2018年，他将总部迁入了织里新建成的工业园内。

近年来，随着我国新生人口数量减少，童装需求在不断减少。与此同时，森马、海澜之家、太平鸟、安踏、361°等纷纷通过创立子品牌或海内外并购等方式，加入童装市场争夺战，而这些品牌本身知名度就比较高，这也让朱会强的童装生意越来越不好做。朱会强再次意识到，童装生产必须再次转型。为此，他提出从以往百分之百生产期货的模式，向“期货＋现货”的模式转型。“现在我们出70%的期货，做30%的现货，未来我们可能做50%的期货，50%的现货。”朱会强透露，“顾客随时要，货品随时就有，这样他们对品牌的好感度、黏性就会提升。”

2020年，不可比喻服饰有限公司在全国的品牌连锁门店净数量为700多家，平均每家年销售量在50万件左右。朱会强正在为上市做准备，包括开拓更多的销售渠道和更多品牌。他认为，上市一定能让企业迎来一次“华丽转身”，让企业实现质的飞跃。

从走南闯北到返乡创业，从广营织造到专注童装，老底子织里人见了世面、长了本事之后，又在家门口完成了从赤脚上岸到创业打拼的转变。也正是在这一转变过程中，织里童装开始进入快速发展期，织里镇和织里人也迎来自己的高光时刻。

朱会强回乡创业获得成功，是他当年善于抢抓机遇的回报。为什么是织里而不是其他的地方成为童装之都？这和织里一直迎合着时代的节拍跳动有着密切关联，当然也和织里有着创业者最为满意的政商关系息息相关。但是，仅有织里做得好，老底子织里人自身不努力或是满足于小富即安也不会成就大事。这从朱会强返乡后的创业故事就可以得出这一结论。

谈及织里与织里人，有人也在试图搞清楚这样一个问题——到底是织里的发展氛围成就了织里人，还是织里人成就了织里的大发展？其实，这一问题的答案很简单，织里的大发展，是织里人与织里相辅相成、互相成就的结果。是织里这片土地赋予织里人无穷勇气、无尽动力，是织里人以厚积薄发、永不止步的奋进姿态成就了织里传奇。

3. 产业带火大市场

随着返乡大军的加入，织里童装产业进入快速发展期。而织里两次城市规划的调整，更让童装产业发展“如虎添翼”。

1999年，织里地方行政区划调整，实行“五镇合一”，镇域面积达到了135.8平方千米；2000年以后，随着吴兴大道、富民路、织里路、湖织大道的修建，镇区南北连接并进行东西向拓展，建成区达到了20平方千米。在推进新型城镇化的过程中，大量的农村家庭作坊随着镇区扩建拆迁，搬进了楼房，开始了“三合一”式的工厂化生产。

“那时的童装实在太好卖了。”这是布衣草人总经理潘水琴回忆当年市场盛况时的由衷感慨。

经多年历练，喜欢剪干练短发、着职业装的潘水琴，已经是典型的职业女性。

潘水琴是湖州人，原本在吴兴区一家外贸公司做财务管理。1997年的一天，她来到织里看望朋友，恰巧，这个朋友就是做童装的。公司一楼摆了几台缝纫机，正在繁忙地运转；二楼是仓库，堆放着面料等辅材；三楼则是员工住的地方。令她感到不解的是，在大门口等待的客户毫无例外地都坐在一堆堆刚刚剪裁好的衣服上面。

“你们为什么坐在衣服上面？”潘水琴好奇地问道。那些客户头也不抬地答道：“不坐在这里，这堆衣服就不是我的了。”潘水琴心里暗暗感叹，织里童装竟然已经畅销到这种程度。在这之后，她还打听到一件事儿，当地很多做童装的人为了发货快，竟然连成衣都不裁，只发衣片过去就行，客户会自行组装。

就这样，潘水琴渐渐萌生了做童装的想法。1998年，她从外贸公司辞职后来到了织里，租了一个三开间。创业伊始，吃苦自然不必说。最早时只有5台缝纫机，聘请了5个工人，还有1个烧饭阿姨，加上她和丈夫，整个工厂只有8个人。那时，她和丈夫跟工人们一样干活，买样衣打版，买布，裁布，加工，做完了之后再卖。

潘水琴（中）正与员工开会

2003年，潘水

琴将工厂搬到了利济路上，当时工厂规模已经扩大到四五千平方米，工人有100多个，年产童装七八十万件。那时，她就确立了自己公司的定位，一定要做童装品牌，她给自己的童装品牌起名叫“布衣草人”，就是要做淳朴舒适、自然大方的儿童服装。

潘水琴把自己的童装品牌“布衣草人”做得风生水起，说起开专卖店的经历，潘水琴也颇有心得。经过对周边童装同行的仔细观察，加之商业上的直觉，她很早把6间厂房中的两间拿出来当门面，专门用来展示服装。那时，织里大多数做童装的人只知道埋头生产，客户上门看货，一般就只能临时从仓库找几件成品，或者干脆就在缝纫机边的墙上装个网片，选几件好看的挂在上面当作展示。

潘水琴的专卖店一开，客户在门口就能将商品一览无余，十分方便。专卖店对童装销售的带动立竿见影，当年童装销量就翻了一倍。

为了让自己的“布衣草人”在浩瀚的童装海洋里脱颖而出，潘水琴很早就请来了童装设计师。2003年，她到江西服装设计学院去招工，招了三四个学生，有一些设计师留在她这里做了七年时间。她还是织里较早在报纸上登广告招聘设计师的。那时《钱江晚报》上一个字要几十元钱，她不惜重金，连登了好几年，招揽了很多优秀人才。

从买样衣到自己设计生产，潘水琴创出了自己的童装特色。她认为，2000年到2010年这10年，是她的童装品牌“布衣草人”的黄金时代。那时，每天早上5点她就会被客户催着发货。客户在电话里对她说：“你的货再不发过来，要影响我档口的生意了。”潘水琴问：“为什么我的货不发会影响你的生意？”客户说：“顾客是冲着你的货来补货的，这是我的流量款。”那时，布衣草人的仓库门口，每天都会停着好几辆5吨或7吨大卡车，都是客户安排来拉货的。见到潘水琴，他们通常会直截了当地说：“你今天出的所有货我全部拉走。”

在织里创业多年，潘水琴对童装市场的感情也是非比寻常。

织里有大大小小很多专业市场，其中最大的两个，一个叫作中国织里童装城，一个叫作织里中国童装城，很多第一次来织里的外地人，常常会搞混。但潘水琴不会，因为中国织里童装城前的公交站，让她记忆犹新。

回织里创业的第一年，潘水琴基本每天都只睡两三个小时。那时候织里市面上只有棉布卖，其他材质的没有，买化纤面料要到江苏吴江的盛泽镇，买加绒面料要到绍兴柯桥。很长一段时间，她早上3点要起床，到盛泽去买布。当时织里每天只有1班公交车到盛泽，从童装城站发车，要赶早，去晚了就没有位置。

潘水琴还记得最开始做童装时，冬天特别冷，天还没有亮，车站已经挤满了人。人们拿着蛇皮袋、各式编织袋，等待乘车到盛泽去。回来后，公交车里堆满了货物，人只能躺在货物上。第一年她赚了5万元钱，她当即就用这笔钱去买了辆货车，就是为了不用每天凌晨3点去车站等车。

产业发展推动市场升级，这是规律，也是必然。中国织里童装城建于1996年，是织里第五代专业市场。织里中国童装城建于2010年，无论规模还是定位，都比中国织里童装城要高，是新一代专业市场。

对于织里最初的市场形态，当年的"扁担客"记得真真切切：最早的市场是1982年在织里老街茧站附近自发形成的地摊市场，那时市场上卖的主要还是枕套、被套之类，兼营一些小孩肚兜等；1983年，织里工商所在政府支持下，开始整顿和管理老街自发集市，在沿织溪河边搭建了36个玻璃钢瓦简易棚，用水泥板砌成交易摊位，这被称为织里第一代交易市场。随着交易人员渐渐增多，这个市场常被挤得水泄不通，还时常发生抢摊位现象。为此，1984年，织里工商所在政府支持下，又投资31万元，征地4444平方米，在今天的织里北路建设了湖州织里小商品市场，成为织里第一个脱离沿街摆摊的专业市场。

1985年，织里镇政府又投资了30万元，在织里小商品市场的基础上，建成有80间营业房、400个摊位规模的织里绣制品市场，从而结束了占道经营、沿街设摊的局面。这是织里第二代专业市场，俗称"西场"。随着绣品、童装等行业的迅速发展，进场交易的人越来越多，棉坯布、服装辅料等其他行业同时兴旺起来，市场摊位供不应求，拥挤不堪。为此，织里镇政府在1989年又投资了230万元，建立了织里轻纺绣品市场，俗称"东场"，以面辅料交易为主。原有的织里绣制品市场（西场）则以童装交易为主。至此，织里童装第一次有了专门固定场所的市场，这是织里第三代专业市场。

进入20世纪90年代，织里确立了“以市兴镇”的发展战略，专业市场加速更新换代。织里第四代专业市场，即中国织里商城应运而生。随着交易规模扩大，1995年，扩展中国织里商城，建成第五交易区和第六交易区。

随着交易规模的不断扩大，1995年，织里镇政府在318国道和长湖申“黄金水道”边建设了中国织里童装城，这被称为织里第五代专业市场。为解决辅料难题，2001年织里投资1.3亿元建设了织里棉布城。织里中国童装城建于2010年，实际投资达到了8亿元。

漫步在织里中国童装城一楼，长长的走廊两端，是一间又一间卖布料的店铺，布料品种之多，颜色之丰富，令人应接不暇，仿佛走进了面料的海洋。临近年末，一些商户已经回家过年，店铺门口的布料样品还没来得及收，就那样静静地挂在那里，任来来往往的顾客评判挑拣。来到二楼，一间又一间的童装店铺鳞次栉比，随意驻足在一家店铺门口放眼望去，墙上、衣架上、展示台上的童装，竟然没有一件重复的。织里童装样式之丰富，令人目不暇接、赞叹不已。正是这一间间店铺，一位位经营者，一个个市场，叫响了织里童装之都的名头、充实了织里童装之都的内涵，也让织里成为群英荟萃、产业汇聚的活力之城。

1983年，在织里老街自发形成的沿街设摊的绣制品集市

1985年，由织里工商所投资兴建的湖州市织里小商品市场

1989年，织里工商所投资建成的织里轻纺绣品市场

1993年，织里镇政府兴建的中国织里商城

1995年，织里商城发展公司投资建设的中国织里童装城

2010年，织里中国童装城

七秒易购
洛小米
LOVE'S ME KIDS
中国童装城
隆重招商
面料宝
湖州(织里)童装及日用消费品交易中心
湖州(织里)童装及日用消费品交易中心
国家级跨境电商综试区

2014年，中国服装协会童装产业示范园区

湖州（织里）童装及日用品交易中心

4. 外地人涌入织里

织里童装产业迅猛发展的火爆态势，还吸引了不少外地的童装生产者，有的人甚至把工厂都搬了过来，东北大姐徐维丽就是其中之一。

来自辽宁海城的徐维丽特别爱笑，爱跟人聊天，总能听见她爽朗的笑声。她从20世纪90年代就开始做童装，在老家农村，她的厂子也算小有规模，一天能生产两三千件童装。

在她的老家辽宁，有个西柳镇综合性批发市场，汇集了面料、服装等各种纺织品，东三省很多批发商都来这里拿货。徐维丽的工厂距离这个市场有一个多小时的车程。早前，徐维丽没有货车，她只能凌晨两三点起来开三轮车拉货到镇上，然后把货装到去往西柳的客车上。有了点积蓄之后，她就买了辆小“解放”牌卡车，自己开车拉货到西柳镇批发市场。她每天凌晨5点半到市场，7点钟就开张卖货了。

那时都是露天卖货，每天到了卖衣服的地方，徐维丽就拉根绳子，把带来的衣服一件件挂在上面。东北的冬天特别冷，出门前，徐维丽把自己裹得严严实实。身上穿的是父母给缝的棉衣棉裤，外面还要套件军大衣。鞋子是千层底，常常比脚要大一码，里面要塞很多的棉花。手套要戴两层，外面是皮手套，里面是毛线手套，要露着手指头的那种，这样才便于数钱。胸前挂个包，装着所有票据。就这样，还常常手脚都被冻得生疼。

下午4点卖完货，徐维丽就会采购辅料、选款、打版。回到家吃完晚饭，她就蹲守在工厂里，盯质量，抓进度。靠着不分白天黑夜的勤扒苦挣，徐维丽的童装生意日渐兴隆。2000年，她就用赚到的钱在老家买了一栋550平方米的大别墅。

徐维丽最早听到织里的名字，是在老乡的口中。那时，海城不少做童装的人都到织里买样衣，她的邻居就常来织里。她常常听他们讲，织里的童装品种样式如何齐全，款式如何新颖。因为2003年的“非典”疫情，徐维丽的童装生意也受到了影响，空闲时间一下子多了起来。那年，她去绍兴柯桥买面料，就顺道去了一趟织里。

这一去，可把徐维丽吸引住了。前店后厂的生产格局实现了就地生产就地卖，省略了备货环节。市场的火爆，让商家只收现金，资金链得到了保证。“当时来的时候觉得这种模式适合我，在老家办厂头一天来回3个小时耽误在路上，缺一点辅料，还要第二天才能去拿。在织里，我骑个摩托车10分钟就搞定了，节约了很多时间。”

时间，对于服装生意越做越大的徐维丽来说，已经变得越来越宝贵。

回到东北，她立刻着手搬迁事宜。她跟工人们说，下星期就走，愿意跟着一起走的，身份证交上来，她统一买票。她向工人们保证，到了织里，保证工资翻一番，在老家一菜一饭，出去保证三菜一汤。没费什么口舌，40个工人就一致同意跟着她过来。同时，徐维丽还花8000元钱包了一辆物流车，将老家的设备一股脑儿运了过来。

说起当年刚到织里，徐维丽依然有满满的自豪感。她是2003年7月20日到的织里，8月20日厂子就开始出货了，这完全得益于她自带的工人。在一楼生产车间，徐维丽在几台缝纫机旁摆了张桌子，就开始卖货了。一开始，虽然只有五六个款，但生意依然好得一塌糊涂，每天来采购童装的人络绎不绝。忙起来，徐维丽常常忘了手头的东西，第一年，手机就丢了5部，摩托车丢了3辆。

生性要强的徐维丽认为，一个外地人要想在织里站稳脚跟，一定要付出更多的辛苦。织里本地商户一般上午10点钟才开门，她7点半就开门了。因为缺零工，她常常自己亲自打包货物，忙到后半夜两三点。原来只懂管理、不擅长干活的徐维丽，为此累哭过好几回。但她也尝到了把厂子搬到织里的甜头。在织里，衣服所需的面辅料一应俱全，一次就能购齐。而且这里客流量大，如果出了爆款，一传十、十传百，很快就会有一大波客人上门抢购，根本不愁销售。

凭着辛勤打拼挣下的好名声，徐维丽在织里扎下了根。不仅如此，每次回辽宁老家，她都会推荐老家的亲戚朋友来织里，几乎每一个亲戚朋友来到织里就没有再走，如今她的织里“亲友团”已有100多人规模。

像很多东北大姐一样，徐维丽乐观豁达、心直口快，爱“管闲事”出了名，谁家拌嘴、谁家吵架，她都会第一时间前去劝解。时间久了，徐维丽寻思着：为何不成立一个组织，让更多的热心人加入到矛盾化解中来？2015年，一个名为“平安大姐”的志愿服务组织应运而生。

“平安大姐”志愿团由来自全国15个省的28名织里女企业家组成，工作室就设在徐维丽所办企业的办公楼里。“平安大姐”们大多来自外地，织里的外来务工者几乎都是她们的老乡，

徐维丽在“平安大姐”工作室中作调解

平时做童装生意，遇到纠纷就充当调解员，年龄、性别和地域的优势，让这些“平安大姐”们既懂童装行情，更懂人心。当然，对做好矛盾化解、纠纷调解工作，快人快语的徐维丽也有满满的自信：“做好调解工作，首先自己的企业要办得好、自己的口碑也要好，如果自己的事情都做不好，谁还相信你？”

“自成立‘平安大姐’工作室后，我和姐妹们共调解各类纠纷700余起，成功率100%。”说起工作室的日常运行，徐维丽一脸自豪。最开始，开展活动的花销都是大姐们自己掏腰包，后来大家就开始探讨，有没有一种机制可以保证活动长久开展下去？于是，一个新公司诞生了。2017年7月1日，由14位“平安大姐”众筹并作为股东成立了湖州安姐实业股份有限公司。大家商议，公司利润大部分用于公益活动和平安建设。

2017年12月17日，一家服装厂老板跑路，引发近40名员工集体讨薪。“平安大姐”们得到消息，第一时间参与进来，并很快联系上老板刘某的母亲。“第二天，他就给我回电话了。”徐维丽说。12月20日下午，刘某母亲来到工作室，经过协商，刘某母亲先凑了10万元解决了部分员工的燃眉之急。

“我们了解到情况，服装厂有一笔应收款，对方还没付。大家都有业务往来，我们一个大姐就联系了对方，说我们的钱可以先欠着，你把服装厂的钱付了，好给工人发工资，就这样又凑了一些。”最终，刘某母亲拿出应付工资总额的60%，剩下的安姐公司以公益基金作担保，如果刘某春节过后还没有将剩余工资结清，就动用公益基金代为发放。2018年5月，该厂工人拿到了自己的全部工资。

“我是辽宁人，也是织里人。这些年我在织里赚了钱，就想为这片土地多做点贡献。看到新老居民能够融洽地生活、工作在一起，我很开心。”这是徐维丽的肺腑之言，更是包括她在内的“平安大姐”们多年坚持从事公益活动的动力。

当年，看好来织里打拼创业的并不只是徐维丽这种来织里创业的“外地人”。童装产业入职门槛不高，又是劳动密集型产业，加之织里的发展氛围好、配套政策给力，一时间“外地人”蜂拥而至。这些外来人口，有的在工厂里做工，有的自己办企业，也有的在童装产业的上下游产业链中打拼。不管从事什么行当，“外地人”来到织里，整体上走的少留的多，不然也不会出现35万新织里人这个群体。

对于织里，“外地人”抱有相对复杂的情感，但所有情感中感恩织里是主流。织里之于“外地人”，自然有一个匹配公共服务资源并予以接纳的过程，“外地人”来到织里，也有一个从疏离到融入的过程，而最好的接纳、最好的融入，就是经历风风雨雨之后，“外地人”的称谓成为历史，取而代之的则是新织里人的自我认知。

5. 一次“失败”的创牌

随着织里童装产业的发展，市场竞争越来越激烈。当地一部分眼光长远的童装从业者开始琢磨着转型升级，他们看好的是创立品牌。

“我不过50岁嘛，还是吴兴区青年企业家协会常务副会长呢!”织里东兜村人杨建平是最早从事童装产业的第一代民营企业家，曾担任织里童装商会会长，如今还经营着一家童装厂、一家面料批发行，同时还兼任东兜村党支部书记，被称为“斜杠青年”。

“斜杠青年”，是指不再满足“专一职业”的生活方式、选择拥有多重身份、多元生活的人。在担任织里童装商会会长期间，他联合另外四位企业家创立了“男生女生”品牌，如今这个品牌已成为织里最著名的童装品牌之一。

说起来，杨建平也是靠卖童装才挖到了“第一桶金”。会赚钱也懂得花钱的杨建平，在织里创造了好几个“第一”的纪录：第一个装程控电话机的人，第一个买“大哥大”的人，第一个买本田摩托车的人，第一个买小汽车的人，第一个购买厂房的人。

杨建平性格洒脱，是个拿得起放得下的人。见到杨建平时，他正在位于镇中心的自家别墅里悠闲地泡茶喝。桌子上，并排放着几部手机，不时有购货商打电话进来。谈起过去，他的口气轻松愉快，无论成功、失败，他都当成了难得的经历。

杨建平家里兄妹两个，父亲是位老师。改革开放前，他的家里一直很穷。由于父亲是老师，家里一个月挣不了几个工分。按当时村里流行的一句话，叫作“十个老师九个穷，十只黄猫九只雄”。

当年的一个场景，一直深深印刻在杨建平的脑海里：夏日的一个午后，他和母亲正在地里劳作，一个卖棒冰的人背着用棉布包裹着的小箱子沿着田垄走来。他馋得不行，眼巴巴地望着母亲。为了满足儿子的愿望，母亲放下了锄头，翻遍口袋只找到了两分钱，不得已又找人借了三分钱，才给他买到一支棒冰。

1989年，杨建平初中毕业后，进了当地邮电局工作，吃上了公家饭，家里的条件得到了些许改善。那时，他每天上班骑着绿色的三八大杠自行车，腰间跨个绿色邮包，感觉自己很威风。然而，和同村几个好兄弟一聚，杨建平坐不住了。

在饭桌上，杨建平经常听他的好兄弟们聊床上用品的生意如何好做，一年轻轻松松就能赚一两万元。对比之下，他工作一年，才能拿到1000元的工资。也许是小时候穷困的经历深深影响着他，杨建平决定辞职下海。下定决心辞职后，杨建平并没有急于开始做生意，而是揣着积攒下来的1000元积蓄，跑到全国

杨建平在挑选面料

各地考察市场。

那时的杨建平才20多岁。揣着1000元钱，他坐上了去往苏州的轮船。饿了就吃口炒米，渴了就向别人讨口水喝，累了往桌子底下一钻就呼呼大睡。就这样，他从织里到苏州，苏州到郑州，郑州到邯郸，邯郸到北京，北京到呼和浩特，呼和浩特到包头，包头到兰州，兰州回过头再到北京，再到承德，再到开封，再回织里，整整走了一大圈。

这一大圈走下来，他用近一个月时间先后来到全国大大小小十几个城市。在不同的城市里他都能看到，摆着童装的百货柜台前，常常人满为患。逢年过节，给孩子们置办新衣是刚需。谁家小孩刚出生，人们也愿意给新生儿做一套新衣服。而且童装使用的布料少，卖价却高，利润空间很大。

这一趟跑下来，他的口袋里只剩下200多元，但他也有重大收获——那就是做童装生意的决心已定。他做生意的第一笔资金是向父亲的朋友借的钱，1万元，借期一年，每月利息300元。

第一年，他就靠卖童装赚到了两万多元，连本带息还了借款。

杨建平对自己的生意很有信心，他把童装市场定位在南京，离家近，运费便宜，而且南京消费能力强。在南京新北服装市场，他租了一个柜台，雇了营业员看柜。在自己家里设了工厂，雇用了8个工人。白天有时间，他就出去看版型，挑样衣，晚上和工人一起生产。家里地方小，杨建平就和工人挤在一张床上睡觉。

做生意的人越来越多，商场生意也越来越难做，1996年，跟着返乡大军，杨建平也回到了织里。从多年积蓄中，他拿出了两三百万元，盖了一幢杨氏大厦，足足有12间房子，作为自己的生产基地。2002年，他又买地盖了厂房，那时工人已经达到300多人，童装年产值达到五六千万元。

随着竞争的加剧，给别人做代加工的利润越来越薄，杨建平意识到创立品牌的重要性。担任织里童装商会会长期间，他曾多次出国考察，最终决定，回织里创办自己的品牌。那年，他联合4个童装企业家，每人投资500万元创立了“男生女生”品牌，目标是要做中国最好的童装。

作为公司第一任法定代表人，杨建平尽心尽力，考察新技术、招聘品牌运营人才、宣传推广等，但投入大量的资金后却没有见到收益，公司资金吃紧，他愈发感到吃力。最终，“男生女生”品牌被转让了出去，杨建平的创牌之路失败了。

尽管没有在自己手上将品牌做大做强，杨建平的创牌尝试还是带给人很多经验和启发。如今，杨建平的企业中已经走出了上百名老板，他们都是有了相关从业经验后开始自立门户，并成为童装行业中的佼佼者。

这就是织里企业家在商海里摸爬滚打的真实生态，不见得每一次努力都能获得成功，但每一次尝试都不会白白浪费财力和精力。创品牌、谋创新，重要的是敢闯敢试，十次创新活动不见得每次都能取得预想效果，但只要有三四个、哪怕一两个成功了，这样的创新尝试也就非常值得。几十年来，新老织里人创办的企业，就是在这样的氛围中摸爬滚打，探索实践，始终保持进取姿态。凭着这样一群敢打敢拼的企业家，凭着这样一种你追我赶的发展生态，织里童装最终领跑国内童装市场也是理所当然的。

即便是时至今日，织里的童装企业家依然以创新为己任，而且更加重视抱团谋发展。或许在外人眼里，很多织里的童装企业家已经功成名就，但他们丝毫没有懈怠，而是时不时聚在一起探讨童装产业的发展趋势，琢磨如何集中各自优势把童装产业做大做强。懂生活、懂创新、肯钻研、有韧劲，织里有了这样一批企业家携手做事，童装产业自然未来可期。

6. 千锤百炼强品牌

“一根扁担挑着胆量与命运，两只布包装满希望与憧憬，北上那长城内外王府井，南下那深圳特区椰树林，沙漠盆地留过足印，都市边境回响乡音。”每每听到《走南闯北织里人》这首歌，今童王制衣有限公司董事长濮新泉就会想起自己在“扁担街”上的练摊经历：“摊位靠抢，逛铺靠挤！”

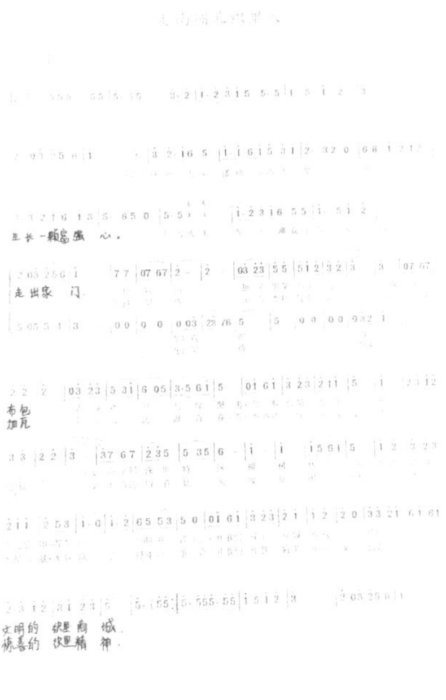

濮新泉是湖州南浔双林镇人，他的老家离织里并不远。为了生计，刚刚初中毕业的濮新泉就去上海闯荡，做了一名木匠。做了一年后，濮新泉觉得打工不是个长久的事儿，便回织里做起了小生意。

《走南闯北织里人》曲谱

那时，所谓的小生意就是从上海布店里拿布票买点零头布，自己踩着踏板“洋机”加工成枕套和被套，在绣品地摊市场上交易。那时的摊位很简单，拿一张塑料纸往地上一铺，就可以卖东西了。

练摊儿不久，他看准了当时织里绣品行业火热的行情，也开始做起了绣花和面料生意。常年在市场上打磨历练，加上爱观察爱分析，他逐渐找到了做生意的“门道”。

1970年前后，我国还处于计划经济年代，批发业务完全由国营公司负责经营，流转环节为：一级批发为中央站，属商业部和当地主管部门双重领导，按商品归口由中央站全部收购；二级站在地级市，从中央站进货，批发给三级店市（县）批发部；三级店批发给零售单位。这就是当时的商品流转环节。

濮新泉很快发现，把东西卖给二级批发站，不仅能卖得多，而且批发站人员还不太讲价，卖价高，比走街串巷来钱快多了。有一次，他带了两包枕套到重庆，打开以后，批发站人员看了两眼就全要了，一下子就挣了1000多元。没多久，化纤布兴起，再出门做生意，他就带着枕套和少量化纤布童装一起卖。发现童装明显脱手更快后，他干脆改行只卖童装。

河北石家庄二级批发站是他发掘的大客户之一。每个月，他都会定时运送一卡车货过去。担心货物中途丢失，他还亲自押车。那时开车到石家庄要两天，连晚上也在开车。货车是“解放牌”，烧柴油，冬天夜里开车，睡觉不能超过一个小时，不然柴油就会冻上了。为此，他们经常是两天两夜不睡觉，一口气把货送到指定地点。

北方的冬天非常寒冷，温度常常降到零下。车上没有暖气，夜里寒气逼人，两个人就裹件军大衣缩在驾驶室里。风太大了，他们就拿封装货物的纸箱把驾驶室的门缝挡上。

改革开放后，中国由计划经济转向了市场经济，批发市场兴盛了起来。1991年，第一批批发客来到了织里，直接替代了中间环节。二级批发站眼看没了生意，童装又将卖向哪里？濮新泉将眼光瞄准了北京的百货商场。

“那时商场生意好得一塌糊涂！”濮新泉忆起当年的场景仍激动不已，人们来买童装，也不需要试穿，只需指一指柜台后面网片上展示的衣服，等服务员摘下来放在柜台上，摸一摸质量，比一比大小，就可以开票了。平均一天下来，销售额高达1万多元，忙时服务员连开票都来不及。

然而，进商场是有门槛的，尤其是进王府井百货大楼这样的大商场，门槛自然不低。个体户因为没有品牌，质量差，商场一概拒绝。

濮新泉费尽周折，好不容易找到一家外贸企业的童装做贴牌，童装产品的销售业绩也十分喜人，可惜却被偶然来到商场柜台的被贴牌企业负责人发现，贴牌计划就此告终。

正是这一段在北京包柜台的经历，让濮新泉意识到了做品牌的重要性。

1995年，濮新泉返乡后创立了“今童王”品牌，他的目标是做今日中国的童装之王。当时的织里，童装生产普遍存在粗制滥造现象，裤脚长短不一致，少缝个口袋，脱线……一些质量问题常让人哭笑不得。濮新泉知道，要做品牌，首先要做好质量管控，好质量就是好口碑。

当时，工人们车缝时由于技术条件限制，常常会断针，些许不注意，这些断掉的针头就会被缝进衣服里，成为潜在的危险。这些衣服是给孩子们穿的，一旦断针扎到孩子，后果不堪设想。针对这个问题，濮新泉提出了一个口号——“针尖混入衣服中，好比扎在心头上”，并且规定工人们领用新的缝衣针，必须带上两截断掉的针头，二者必须能对得上才行。

濮新泉的厂房建在318国道边上，许多外地客人来到织里都要经过这里。为此，他花了3000元做了一个巨幅广告牌“今童王童装”，立在自家厂房顶上，招徕客户。果然，广告奏效了。有一次，一批从上海来的客户到织里采购高档童装，看了一圈，没找到质量符合标准的生产厂家，只好打道回府。经过318国道，他们远远看到“今童王”三个字，赶紧示意客车司机停车。到了厂子门口，他们走进去转了一圈，对品质非常认同，发现这里的童装甚至比上海做得还好，虽然单价比织里别的厂家贵5元，但还是在这里下了订单。

后来濮新泉打听到，他们是那时国内规模最大的童装批发商群体之一。那时在上海，有个叫香港街的地方，专门卖外贸工厂的尾货。最初，全国各地许多批发商都赶到这里来买样衣打版，然后批量生产。慢慢地，这个市场越来越大，许多批发商自己来不及生产，就会找其他工厂代工。织里工厂虽多，但因产品质量不过关，流失了大量订单。

没想到，一个偶然机会，濮新泉将这批订单拿了下来。慢慢地，濮新泉的童装生意越做越大，当时甚至流传一句话，叫作“做夹克衫，找今童王；今童王，夹克之王”。一次，一家上海公司有一批货来不及生产，便专门找濮新泉代工，而这家工厂是有设计开发能力的。

在为这家上海公司打样的过程中，濮新泉学到了很多东西，并渐渐有了自信。他发现，就算不是专业设计师，也是可以做好产品设计开发的。不会画图怎么办？濮新泉想了一个办法，他剪了一套模板，有前片、袖子、后片等，放在随身的裤兜里。出去看样衣，太贵了不舍得花钱，他就把模板放在衣服上比划，哪里有口袋、哪里有绣花一一标记在模板上。那时也没有裁剪师，如何将模板落实下来？他找到了工人，按照模板将布料分片裁好，将设计按比例放大，自己踩线，自己拼。就这样，濮新泉走上了当设计师的道路。

按照这种方法，濮新泉生产了大量款式新颖的童装，童装一度供不应求，几次卖断货。一些批发商到了他的办公室，直接把裹着蛇皮袋的现金往桌上一扔，半开玩笑似的“命令”濮新泉：“连续给我发，我不叫停，你不要停。”

到了2000年，濮新泉的今童王已经做到上千万元的产值，成为了织里排名第一的童装品牌。此时，濮新泉又考虑到一个问题：这个模式到底能走多远？那时，计算机已经兴起，濮新泉就报名到杭州学习技术。2001年，他在上海创立了今童王设计公司，成为第一家到上海办设计公司的织里企业。这次他直接请了三个专业设计师，专门进行童装设计。

恰逢当年5月上海国际服装节举办设计大奖赛，濮新泉就让设计师报名试试看，没想到，最后竟然得到了唯一的一个金奖，今童王一下子在全国出名了。有了这个金字招牌，今童王一脚踏进了上海的高端商场。

2003年，濮新泉的工厂迁入织里工业园区。为了打响品牌，濮新泉甚至不惜重金，设计制作动漫在权威媒体上投放广告。如今的今童王自动化流水线上，完成一件童装连衣裙只需要45秒。通过电脑裁剪系统、智能自动流水线，再将每道工序进行精细化管理，不仅可减少成本15%，还能大大降低返工率。眼下，濮新泉又盯上了“轻奢潮品”的少年装，力争在细分市场拔得头筹。

总结今童王的创牌之路，没有与时俱进的发展理念不足以成事，没有坚韧不拔的意志不足以成事，没有百转千回的磨砺不足以成事，没有真金白银的投入不足以成事。为什么大家都知道品牌重要，但却只有少数企业能够坚持不懈做品牌，就是因为创牌的确不是一件容易事。创牌不易，守牌也不可能一劳永逸，深谙其道的濮新泉没有一刻放松、没有一丝懈怠。或许这就是成功创牌的代价，但不论怎样，相比于打造一个知名童装品牌的荣耀，就算付出再多的辛苦也都值得吧！

7. 与时俱进做销售

走进花田彩童装公司，仿佛进入了北欧童话世界。转角摆放的几盆龟背竹生长得正茂盛，靠墙的一整面镂空书架上，摆放着各类设计书籍，还有精致的雕塑摆件。

花田彩童装门店

总经理郑华英的办公室在最里面。听到有客人到访，她从里面迎出来。化着精致的妆容，穿着时下流行的阔腿裤，手里拿着正在审定的设计方案，郑华英给人的第一印象是时尚大方。

尽管年龄不大，但从混档口到代理制，再到专卖店，郑华英十几年内见证了织里童装销售模式的变迁。

郑华英2010年才涉足童装，最初在织里安康西路上花3.5万元租了门店，先买一些样衣过来，稍加改动后再成为自己的设计。产品备在仓库，她每天就坐在店里等客上门。

在小门店当坐商，如何带动门店生意有起色？郑华英首先想到的是做外地批发商的生意。不管怎么说，店面开在织里的企业，对于童装市场的风吹草动是敏感的，对市场欢迎什么、淘汰什么也是有自己的判断的。“店面最初能够开起来，赌的就是自己的判断力。”的确，凭着直觉进的货好不好卖，主要看自己的眼光。如果遇到爆款，可能一下子卖断货。但如果版式不好，也可能一下子压几千件货，只能赔钱甩货。“那个时候进货真的像坐过山车一样，有时候并不是很看好的货反倒卖得出奇的好，有时候特别看好的货反倒差点砸在手里。在这样的市场历练中，也算锻炼出了一颗强大心脏。”在郑华英心中，她特别感恩的是织里这个大市场，“我们更多是借助织里童装之都的名声，靠着来自全国各地的批发商的海量涌入。尽管最初这种散货模式风险很大，但我们的小店一开业就赚到了很多钱。”

但好景不长，郑华英感到生意越来越不好做了。市场是社会经济发展的晴雨表，网店与商业超市的兴起，让传统的批发市场生意大受影响。这首先导致来织里的批发商越来越少，以前在童装集中上市的季节，总会有一个抢货季，现在竟渐渐没有了。以前靠的是海量人潮涌入，现在客户来得少了，怎么才能把这个欠缺补上？郑华英开始琢磨以新的营销模式对冲人流减少带来的影响。

经过一段时间的观察与调研，她改变原来等客上门的模式，而是与一些长期合作客户签订协议，实行代理制，约定销售目标。最热闹的时候，是一季度一次的订货会。那时，来自全国各地的经销商都会云集到花田彩，操着各种口音的人彼此虽不认识，却都像许久不见的老熟人，大家彼此热烈地讨论着童装的款式和价格。货架上，并列摆放着几千件刚开发出来的童装新款，代理商们根据各自需要，挑选款式，下单拿货。大家边谈生意边交流感情，在现场签单的同时也等同于在共担风险。

2014年至2017年间，郑华英采用的就是这种代理制，它的好处在于，使销量变得可控，生产也能更有计划。而到了2018年，郑华英发现，这种模式也持续不下去了，每季度订货会来的代理商越来越少。一些代理商反映，压货越来越多，很多时候在亏钱。

代理制的核心在于将供货商一家的风险转化为供货商与代理商共担风险，而一旦有的商品在销售上出了问题，代理商就要付出真金白银的代价。代理制的销售模式变得不可持续，接下来该怎么办？在销售遇到具体问题时，郑华英没有简单就事论事，而是尽量透过现象看本质。追根溯源，郑华英找到了问题的症结之所在——没有自己的童装品牌，没有自己的特色，只靠走量，在个性化消费的当下，很容易被市场抛弃。为此，她专门梳理了花田彩的品牌定位，主要是面向0至16岁儿童，产品风格为日韩、轻潮。她还提出要做有爱的童装，她的口号是“用宽厚的爱，做细小的事”。

花田彩的LOGO最早是一个类似于四叶草的图案，灵感来源于郑华英女儿的一幅画。如今的LOGO是一大一小两只龙猫，郑华英还设计了龙猫一家人，并开发出一些童装周边产品，如抱枕等。花田彩一直孜孜以求的，是运用灵动的色彩搭配打造独有的产品体系，这也是郑华英与家人创办花田彩的初心。

2019年，郑华英在杭州成立了由十几人组成的设计师团队。每年，这个设计师团队会根据当季的流行趋势，制订相应的设计方案。最新一季的主题是将花田彩的LOGO印在牛仔面料上，打造成一个潮系列。“做服装

郑华英正与设计师一起讨论流行面料趋势

就是要用自己的产品讲故事，故事能不能被消费者接受，要看产品是否符合市场潮流，也要看故事的讲述方式是否引人入胜。”这是郑华英对如何做好童装销售的理解，也是她在童装市场的风云变幻中得出的切身体会。

现在，郑华英在全国经营着400多家花田彩专卖店，从店铺装修到风格搭配，全由设计团队一手策划。每年，郑华英在设计上的投入达到500多万元。基于深度市场研究，未来花田彩还将建立自己的网络平台，通过大数据分析预知消费需求，精准判断客户使用场景，着力提升客户体验。

花田彩的努力，得到了市场应有的回报。在花田彩2021年秋冬新品发布会上，三天时间内，现场签约90家专卖店，订货会单场订货额更是突破1.1亿元大关。

花田彩的成长轨迹，是织里童装产业重视“微笑曲线”两端的一个缩影。研究表明，一件童装在生产环节的利润只有15%左右，80%以上的利润产生在前端的研发和后端的营销环节，因此，着力提升设计和销售能力成为童装产业高质量发展的必然要求。

如何让童装产业“微笑曲线”的两端扬起来？设计层面需要招揽人才、加大投入，销售层面需要大胆创新、勇于探索，如何平衡好投入与产出的关系，是每一个企业当家人必须做好的功课。当前的童装产业正处在“不改变就可能被淘汰出局”的发展阶段，如何应对残酷的市场竞争？花田彩提出带着责任和爱心做事，这种看似“四两拨千斤”的应对，其实悟到的是办好企业的精髓。

8.“创二代”出手不凡

眼前的胡群雅，让人很难把她和“富二代”联系起来。朴素的白衬衫，泛白的牛仔裤，素颜，笑起来眼角有浅浅的鱼尾纹，说话声音又轻又温柔。

胡群雅是一名海归“创二代”，她的母亲陈华蛟是“一休”童装的创始人，当年赫赫有名的商界女精英。

2008年回国后，胡群雅在织里创办了弗兰尼尔(湖州)服饰有限公司，并将国际先进的经营理念带到了织里。

21世纪的第一个十年，也是织里童装发展的黄金时期，彼时，胡群雅在美国最大的童装进口公司做资深买手，常飞到各国买设计、买材料，对市场潮流有着比较精准的把握。

当她在美国一年的采购量达到两亿美元时，职场天花板的压力不期而至，于是她有了回国自主创业的想法。当时，她到过多地考察，最终选择了织里。

进入21世纪的织里镇，已形成了从童装设计、研发、生产、销售，到面辅料供应、物流仓储、品牌运营等相对完整的产业链，成为中国规模最大、分工协作最紧密、反应速度最快的童装产业集群。这是织里童装的公认优势，当然也是让她最满意的地方。

2006年，胡群雅注册了弗兰尼尔服饰公司，经历了审批土地、建设厂房的漫长过程；2008年，工厂正式开工生产。

要办就办一个全新的童装工厂，首先要在设备上让人耳目一新。为此，公司成立之初，胡群雅顶住来自各个方面的压力，将所有资金都投入到设备更新上。陈华蛟为了支持女儿，将自己的房子做了抵押。近800万元砸进去后，公司“脱胎换骨”，引进了日本重机缝纫机、自动锁眼钉扣机等，这些在织里的童装企业里都是首次出现。

公司运转前三年，胡群雅以外贸出口为主。她跟以前一位做耐克品牌采头的同事商定，一方给干股，一方给订单，靠着这个模式，公司赚到不少钱。2007年3月，金融危机来了，耐克服装的订单随之锐减。不得已，胡群雅只能另谋出路。后来，她一度跟雅戈尔合作，还曾去福建寻找合作机会。

在福建，她跟七匹狼男装的老板沟通得非常愉快。彼时闽派男装做得风生水起，为了将品牌打造成全国第一，不惜重金请西方设计师。然而，由于理念差异，西方设计师的理念总不能很好地应用在设计生产上，但这些对胡群雅来说不是问题。她将自己的设计理念与西方设计师理念融合，利用ODM模式，为七匹

拿着服装观摩的胡群雅

狼开发设计了一系列新款男装，受到了市场欢迎。

不仅如此，她还独自做研发。2019年，她的技术团队推出了免烫的汉麻衬衫。汉麻一个很重要的功能，就是天然抗菌。加入新工艺的汉麻，解决了衣服易皱的弊病，一经推出就成为爆款，半年里就卖出了6万件。

在和杰克琼斯的合作中，她又将品质控制提升到了一个新水平。国内衬衫针脚密疏不同，但在她的工厂，3厘米18针是一个“硬杠杠”。在长期做成人装的过程中，胡群雅一直有一个设想，那就是想把先进的设计理念运用到童装生产中来。

在她看来，织里多数童装企业的生产是有些盲目的。他们对于市场的把握，大多数是凭感觉，很少去寻找其中的规律，建立相应的数据模型，为自己的订单生产作支撑。她一有时间就去访问其他的童装业主，希望从中找到规律，为童装生产建立一套科学的数据体系。此外，从前两年开始她就在生产线上进行数字化和智能化管理，为将来发展C2M（用户直连制造）做铺垫。前不久，她还创立了自己的童装品牌，希望为织里童装走向国际一流蹚出一条新路来。

在织里，如果说胡群雅这个“创二代”给人带来耳目一新的观感，那么给人带来类似观感的“创二代”，她并不是第一个、更不是唯一的一个。

在湖州，珍贝是一个家喻户晓的品牌，也是国内羊绒品牌的领军企业。身材发福、笑容憨厚的邱小永，就是“羊绒帝国”珍贝的接班人，同时也是贝盛光伏的创建者。

珍贝羊绒展示中心

2008年，邱小永到浙江大学总裁研修班同学的太阳能光伏电池组件厂实地考察，认为这是不错的商机。2009年6月，贝盛光伏正式成立。2010年8月，突破50兆瓦量产，可以生产125单晶、156多晶电池片。同年，邱小永收购组件公司创盛新能源。短短几个月时间，贝盛产值就达到1.5亿元，超过他父亲邱金元经营了20多年的羊绒企业。

很快，邱小永在2011年初又上马二期工程，投资4亿元，增加引进5条新生产线。由于市场风云变幻，加上又遇到欧债危机，2011年从一季度到三季度，电池片价格跌幅将近70%，光伏产业陷入低迷期，邱小永遇到事业最艰难的时候。

面对如此困局，邱小永不是没想过放弃，但是这好几亿元的投资怎么办？团队怎么办？邱小永开始体会到企业家的责任。“创业初期，我把创业团队人才聚到湖州，在创业阶段遇到一些困难、低谷的时候，我不能放弃，因为对团队有承诺，一旦放

贝盛光伏生产线

弃，就是对团队的放弃。企业最终是属于社会的，我要承担社会责任，这是我在逆境中最深的感悟、最大的收获。”

面对危机，既然不能退，就只能前进，邱小永开始积极应对，在行情不好的时候对企业管理和市场进行创新。在连年亏损的情况下，贝盛光伏逆势扩大海外市场布局，设立德国、日本、澳大利亚三个分公司，并在2013年欧洲“双反”案中最终成为应诉企业，顺利拿到配额。2013年，贝盛海外出口额由2012年的五六百万美元增加到两三千万美元。同年开始，光伏产业整体转好，政府支持力度加大，贝盛扭转亏损局面，逐步开始产生利润。2014年，邱小永投入新能源开发产业，运用自己的光伏产品和技术开发应用市场。2016年8月，邱小永成立浙江贝盛控股有限公司，下设浙江贝盛光伏股份有限公司（电池片）、浙江创盛光能源有限公司（组件）等9家分公司，及荷兰鹿特丹等2家全球物流中心，公司总产值达到11.12亿元。

创业以来，从赚得最快到跌得最快，邱小永最真实地感受到创业的不易，他也学会了残酷竞争下的生存之道。

无论是胡群雅，还是邱小永，都是不愿意躺在父辈的劳动成果上不思进取、饱食终日，而是想方设法利用自身优势打拼出属于自己的事业，相比于“富二代”这个标签，他们更喜欢被称为“创二代”。在织里，“创二代”这个群体已经为数不少。他们有知识、有阅历、有情怀、有担当，有这样一群“创二代”接续打拼，人们有理由期待织里的明天更美好。

9. 设计成了香饽饽

早些年，织里人热衷童装批发，因为这是一个旱涝保收、稳赚不赔的生意，不需要投入精力搞什么产品设计与开发，做一件衣服赚几毛钱、一两块钱的利润，就可以靠单款大批量销售取胜。

当童装产业走过野蛮生长的发展期，当童装产多少卖出多少成为历史，重视生产前端的设计和后端的销售，成为带动织里童装企业转型升级的潮流之选。而在政府引导层面，为诸多童装企业转型升级搭建公共服务平台，也被提上重要的议事日程。

2013年，织里投资2000万元打造了全国首家童装设计中心——中国织里童装设计中心。设计中心里，除了一家家供入驻设计企业使用的独立工作室外，还设有样衣工作区、发布厅、设计沙龙及多功能厅

中国织里童装设计中心内景

等公共服务配套。织里童装设计中心郑重承诺，入驻企业只需要把设计人才带来，其他环节所需要的配套服务，中心都有。目前，童装设计中心入驻优秀设计团队20个，平台常驻设计师240人左右。短短几年时间，这里已然成为织里童装设计的“最强大脑”。

“我们主要做品牌系列，一个系列最多时有50多个版样，一个版样能卖到4000元。”中心入驻设计工作室“九色衣柜”负责人霍润才介绍，“九色衣柜”的主打设计羽绒童装，团队完成一个系列设计一般只需要一个月时间。霍润才说：“我把老公司的样衣制作设备都卖了，因为设计中心这里都有，还免费使用。现在一心琢磨设计，已经跟迪士尼、西松屋等很多大品牌实现了合作。”

对于搞童装设计的人来说，中国织里童装设计中心是一个能够充分满足各种需求的重要平台。需要客户，这里络绎不绝的考察团是取之不尽的客源；需要资金，这里的工作室租金可以有最大幅度优惠；需要舞台，随时可以利用设计中心的时装发布厅，小模特分分钟就可以集中到这里走秀。

织里对设计师团队的重视，体现在中国织里童装设计中心的设立上，体现在对设计师团队的服务保障提供上，也体现在对设计师劳动成果的尊重上。

设计师胡丽琼原来是织里服装厂的普通员工，如今也在中国织里童装设计中心开起了设计工作室。“原来织里的模式就是现抄现做现卖，现在我们卖的是创意和设计。”她说，只要有灵感，设计师可以马上通过3D排版设计，及时看到效果，如果可行，就能在打样间推出一个样品，最后在隔壁走秀台通过每周10多场的小模特走秀展示。

在织里，中国织里童装设计中心已经成为童装设计的晴雨表、风向标，每天都有新的童装款式被当场买走，有的甚至成为当季热销品类，每个设计团队年平均收入达到200万元。

吕宇洲来自香港，2017年他带领自己的童装设计团队入驻织里童装设计中心。

说起来，他来织里偶然中也有必然。在香港，吕宇洲主要从事服装设计，但由于香港服装制造产业的衰落，吕宇洲的收入也受到影响，他有了到内地发展的想法。

工作中的吕宇洲

一开始，他先到了广东。那里同样都说粤语，非常有亲切感。但是，吕宇洲慢慢感觉到，当地政府对服装制造产业并不重视，这个产业甚至有被高新产业替代的计划。这让吕宇洲心里不踏实，担心难以长久生存发展。后来，有朋友把织里介绍给他，来这里一看，他就被吸引住了。

他发现，这座镇上的童装经营户和别的地方不一样，每天都干劲儿十足。广东那边童装店铺营业时间一般是朝九晚六，而在织里，营业到晚上十一二点较为普遍。而且，这里有令所有童装从业者钦羡的完整产业链，当天设计，当天生产，当天发货，一条龙服务。

于是，他毫不犹豫地带着10人左右的团队来到了织里，在中国织里童装城租下来一间200多平方米的工作室。在政府的支持下，租金只要外面的三分之一。刚开业，还没等他联系，客户自己就找上门来。

在织里童装城，会有很多政府牵头的考察团前来考察，其中的许多考察团都成为了吕宇洲的客源。他设计的童装主要针对半岁到两岁的婴童，版式新颖，快的话，半个小时就可以设计出一个版，立等可取。一天时间，他的团队可以设计出200多个版型，方便顾客挑选。

从2019年开始，吕宇洲开始创立自己的童装品牌，打算在织里常驻下去。前不久，他在织里买了房子，还把两个小孩接到了织里读书，在他看来，织里已经成为了他的第二故乡。

一名香港童装设计师能选择来到织里创业，这说明织里童装已经在全国乃至世界范围内形成自己的鲜明特色，有着特殊的魅力。更重要的是，通过重视设计、重视销售的方式推动转型升级，已经成为织里童装界的共识。有了这样的基础与氛围，设计师在织里已然成为众多童装企业争抢的“香饽饽”、自然也便于实现自身的真正价值。

中国织里童装设计中心的设立与运行，吹响了织里童装开始发力设计与销售的冲锋号。长期以来，织里童装发展的资源禀赋太过优越，导致童装从业者就算闭着眼睛做销售就可轻松赚大钱，在这种发展态势下没有谁愿意在设计环节下大力气。伴随着童装市场竞争越来越激烈，织里童装企业普遍开始重视设计、重视销售，这意味着当地童装产业已经从粗放式生产向精细化经营转变。伴随这一转变，织里的人才结构也在悄然发生变化，相信一批批有思想、有文化、有专业的年轻人的加盟，将为童装这一传统行业注入新的生机与活力。

10. 志存高远做童装

2020年10月19日至21日，第二届织里童装时尚周暨第十二届国际时尚色彩大会在织里举办，来自国内外近千名童装领域的精英纷纷赴会。此次童装周的主题是“时装看巴黎，童装看织里”。就是这个看似不经意的主题，却道出了当下织里的雄心壮

第二届织里童装时尚周现场

志——要做“全球童装之都”。

如今的织里，确实有这个实力：现有童装类企业1.4万余家，电商企业8000余家，拥有各类童装设计师近2万名，年产各类童装15亿件（套），年销售额超700亿元，占中国童装市场的三分之二。能够在竞逐激烈的国内外童装领域取得这样的市场份额，说明织里童装已经领跑佛山、石狮、温州等国内其他几个童装产业集聚区，成为国内童装领域当之无愧的“领头羊”。

如果说在早年的发展过程中，织里童装能够获得大发展的原因主要在于新老织里人把握住改革开放释放的红利顺势而上，那么，近几年织里童装产业依然保持强劲发展势头，主要原因则在于织里正在积极推动童装产业升级的几个大工程：建立童装上市企业总部园，集聚优势资源，吸引全国知名童装企业总部入驻；组建中国童装学院，培育产业所需的设计、销售、线上、线下人才；改造中国童装名品城，在原有的中国童装城基础上建设中国童装名品城；建设中国童装产业园三期，在一期完成、二期建设的基础上，加快三期建设，使其成为童装制造业的一个龙头；推进中国童装物流园建设，以织里童装产业为依托，集仓储、配送、管理、结算、运营为一体，与国内知名电商企业达成战略合作，打造现代化仓储物流基地……

如今的织里，到处塔吊林立、机声隆隆，一派繁忙热闹的建设场景；即便是前两年疫情最紧张的时候，织里的发展势头也没有减缓。也正是因为新冠肺炎疫情的爆发，使织里童装线上销售成为潮流。而说起线上销售，一些童装企业早就触网电商，并通过网络，将童装卖向了全世界。

“现在和以前不一样了，很多生意只要轻轻点击鼠标就能成交，真是方便。”坐在电脑前，多年从事辅料经营的陶丽娟感慨道。类似陶丽娟这样，通过采取“电商换市”手段，很多传统童装企业焕发了新的生机。

成立于1998年的布衣草人是织里的老牌童装公司，除了在全国铺开近千家门店外，早在2009年就率先进入童装电子商务领域，先后入驻淘宝、天猫、亚马逊、全球速卖通以及一些中东电商平台，建立了强大的线上与线下相结合的销售网络。目前，布衣草人电商销售额已占全部销售额的30%左右。

如果说类似布衣草人这样的童装企业早早进入电子商务领域体现的是主动求变，那么新冠肺炎疫情发生后，织里童装上下游企业普遍触网则是形势倒逼使然。

来到织里昔日有名的裁缝村——大河村，眼下已经找不到裁缝的身影，如今的裁缝村不爱棉线爱网线，转型做起了童装电商，目前全村有700多家电子商务企业，大部分业主都是外来务工人员。80后仁坤鹏的老家在河南，如今他在大河村开了一家名叫“穆乐”的童装网店，每天线上销售达4000件，年收入可达100多万元。

走进建成仅两年多的永信跨境电商园内，刘苏丽正在为直播做着最后的准备。她细心地搭配好每一套童装，将它们一一挂好，并核对所有新款是否都已上架。一年前，刘苏丽与丈夫一起南下织里创业，丈夫负责运营管理，她负责直播带货。现在，原来300平方米的仓库已经扩大到1200平方米，员工也扩大到16人，基本每天都可完成三五千个单子。

刘苏丽夫妇的创业故事，只是织里童装“掘金”互联网的一个缩影。截至2020年，织里镇拥有童装电商企业8700余家，已建起永信电子等网红直播间2000间。仅2020年1月至8月，织里镇实现童装线上销售额118亿元，同比增长27.2%。

相比于童装产业全产业链抢抓线上机遇求发展，织里镇党委、政府层面则在谋划更大的一局棋。2020年12月25日，织里凭借建成了全国最大的童装产业集群、培育了蓬勃发展的贸易新兴业态、构建了科学生态的市场服务体系、打造了货通全球的交通物流条件四大优势，成功获批国家市场采购贸易方式试点。国家市场采购贸易试点获批，对于织里童装进一步发展有多重要？用一句最通俗的话讲，试点获批，不但可以巩固织里“中国童装之都”的地位，还可以为织里童装集聚发展打开通往世界之门。

“市场贸易试点开通以后，最大的感受就是出口业务流程变得更加简便。以前一个集装箱的货，需要跟十几个厂家沟通费用问题。现在不仅免去了这个流程，还解决了单小货杂商品因一般出口时无合格证、无发票等困难。”尝到市场贸易试点开通甜头的湖州织益进出口有限公司总经理王林泽说。

的确，市场贸易试点开通后，符合条件的经营者在该试点采购时，单票报关商品价值15万美元及以下的产品可享受增值税免征、通关便捷、结汇创新和网上操作四大便捷服务。这些织里市场贸易试点释放的政策红利，已经助力织里在外贸领域不断开拓新局。为让试点效应进一步释放，织里还成立了市场采购贸易试点工作专班，组团式推动试点建设。

数据显示，自2020年12月25日试点开通，到2021年8月4日，织里童装及日用消费品交易中心以市场采购贸易方式出口的成交额突破10亿美元大关。市场采购贸易试点仅开通半年多时间，出口业务量就突破10亿美元大关，人民币币值达65亿元，这意味着织里市场采购贸易试点，正逐渐发展成为中国童装销往海外市场的中坚力量。

“当前，织里童装产业正处于跨越发展的关键节点，我们要紧抓‘微笑曲线’两端，朝着品牌化、国际化、数字化方向奋进，真正实现‘时装看巴黎，童装看织里’，开启打造世界童装之都新征程。”这是织里镇党委、政府、企业对发展形势的清晰判断，当然也是大家共同的奋斗目标。

第三章

成长之痛　守望相助由此始

走在织里工业园区，一座座崭新厂房拔地而起。厂房内，不同操作区域天然隔离，区域内的工人正井然有序操作着。

从厂房出来，走不多远，就来到职工宿舍。宿舍内，窗明几净，空调、热水器、电视机等家电一应俱全。园区内处处都是绿植，空气中弥漫着沁人心脾的花香。

如今的织里，到处都是一派祥和景象；如今的工业园区，则更像一个大花园。

然而，谁能想到，今天的花好月圆，很大程度上是付出惨痛代价后痛下决心整改的成果。

曾几何时，产业门槛不高、劳动力密集的童装产业，迅速成为织里的支柱产业。而“三合一”厂房生产、生活不分，童装辅料随意堆放，消防设施不到位，织里本地人与外来人口矛盾加剧等深层次问题逐渐凸显，野蛮生长的童装产业已经预警：织里迟早会为这样的发展模式付出代价。

2006年，织里福音大厦与安康西路137号先后发生火灾，两场大火共造成23人死亡、7人受伤，童装产业发展遭到重创，织里的社会形象严重受损。而2011年10月28日因税收引发的群体性事件，则使织里在快速发展过程中不断累积的社会矛盾浮出水面，更让织里的童装产业走到十字路口。

痛定思痛，哪些产业模式可以保留、哪些产业模式需要摈弃，织里人必须做出抉择。彻底否定原有的发展模式，一拆了之、一撤了之，看似雷霆万钧、成效显著，却也会严重伤害多年培育的产业基础，更会让织里因元气大伤而落后于时代发展的脚步；一味护短，继续延续旧有发展模式已经难以为继，势必带来更严重的后果。更何况，产业提升问题已经早于两场大火和一次群体性事件发出预警。

历经二三十年高速发展，织里充分尝到了改革开放的甜头，童装产业迅速膨胀、外来人口急剧增加，是发展带来的外在表象。而环境承载力捉襟见肘、社会管理难以有效覆盖管辖区域，则是日渐凸显的成长之痛。众所瞩目的织里，已经到了必须进行盘点、整治、再提升的时候。如何做到既不搞武断决策、僵化整顿那一套，同时也不拿原则和惨痛教训当儿戏？织里人静下心来反思。统一思想的过程也是放弃落后生产方式的过程，痛定思痛、转型发展，成为织里在变局之时的必然抉择。

“消防大整治”“模式大转换”“产业大转型”“机构大调

整”……织里镇党委、政府本着“重病须用猛药攻”的策略，多措并举，平稳有序地实现了童装产业转型升级，完成了几乎不可能完成的任务。这是一次凤凰涅槃、这是一次“脱胎换骨”，历经磨难的织里终于走上健康可持续的发展道路。

在整治“三合一”厂房、提升生产环境和生活品质的过程中，织里镇党委、政府没有采取懒政举措，而是本着最大限度保留民生产业的初衷，集中精力、统筹资源，创造性地给出了“三合一”厂房解决方案、举一反三推出了智慧消防举措，这不仅为童装产业发展留下了宝贵薪火、更为最大限度推动童装产业转型升级做出了开创性贡献。

在推动基层治理的过程中，织里注重“三治融合”，打造了多层次调解组织网络，促进新老居民相亲相融。“织里之治”成为织里的新名片，织里产、城、人融合发展由此拉开全新序幕。而吴美丽工作室、“平安大姐”工作室、老兵驿站、平安公益联盟、冯志强志愿队和爱心妈妈团等社会组织不断涌现，并广泛参与当地矛盾纠纷的调解，既有效弥补社会治理短板，也为“人文织里”建设增添了温馨亮色。

两场大火、一次群体性事件，是织里童装产业快速发展过程中所积累矛盾的总爆发。既然矛盾迟早会爆发，如何解决矛盾就变得极为重要。可贵的是，织里的干部群众拿出的是破解难题的创造性举措，做出的是推动产、城、人深度融合的鲜活实践，这为织里故事增添了全新内涵，也为织里新生打下了坚实基础。

1. 福音大厦起火了

想起2006年第一场大火，“平安大姐”徐维丽至今还心有余悸。

自打2003年从老家辽宁来到织里做童装，徐维丽一直处于辛苦并快乐着的状态。但在目睹了2006年那一场大火后，她的心中从此多了一份痛楚、一份担当，同时也多了一份警醒。

那年9月14日发生火灾的地方和她的店相距不到百米。烟雾腾起来时，徐维丽看得真切：“烟太大了，几百米外都看得见。一看就知道那里的火情不小。”

“大家都在一条街上做生意，互相之间都是认识的，有的还很熟悉。”徐维丽记得，大厦里有一家辅料店，是织里本地一户人家开的，已经经营了很多年，生意一直很好。“他家的辅料很全，每天去店里买辅料的人很多。那时，辅料店一楼是卖货的，二楼是仓库，三楼是住宿的地方。为了防止被偷盗，窗户全用防盗窗封死了。”

起火，是在后半夜。徐维丽正在吃夜宵，听到呼喊声她便跑出去看，那时烟雾已经很大了。后来，消防车来了，一辆接着一辆。一直到第二天中午火势才完全熄灭。“据说辅料店一家几口都没了，都是很好的人。”说到这里，徐维丽眼里泛着泪花，一下子沉默了。

当地一位童装企业主也是那场大火的见证者：“‘起火了！起火了！’我正在店里后面的屋子睡觉呢。拉开窗帘，外面就是一片火苗哗啦啦射出来，我赶紧叫醒儿子，说后面失火了……当时顾不上多想，先是叽里咕噜爬起来，接着就忙不迭地跑出去，后来就看到消防员来到了现场。”

福音大厦火灾现场

目击者说，肆虐的大火从窗户中喷出，不时还有大块玻璃坠落到地上，当时现场的情况非常危险。“我们房子后面的空调全部烧掉了，玻璃都碎了，吓都吓死了。至于发电机、原材料、财产什么的，都已经顾不上拿了，人能跑出来就算万幸。”经历了那一场劫难的童装企业主说起当时的情景还是一脸惊恐。

后来经调查，这场大火发生的位置是在织里镇织里中路50至52号的福音大厦，该建筑共五层，高度18米，钢筋混凝土框架结构，总建筑面积2500多平方米。建筑东侧5.7米处有一个三层幼儿园，南侧有一个柴油发电机房，其中部分与相邻建筑相连。西侧面向织里中路，北侧为永佳路。

福音大厦的平面图呈六边形，东面、南面各设有一部疏散楼梯，其中东面楼梯直通楼顶，建筑内设有室内消火栓和灭火器。大厦一楼设置有服装辅料货架、厨房、办公室、吧台和门厅，二楼设置有服装辅料货架，三楼设置有会议室（闲置）、厨师卧室和服装辅料货架，四楼为员工宿舍并设有服装辅料货架，五楼为房东住宅和展厅，屋顶设有楼梯间（用作员工宿舍）、电梯机房和临时钢结构简易棚。

大厦起火的时间是2006年9月14日凌晨4点。关于最早报警的人，有两种说法。一种说法是，当天晚上，织里镇居民吴新华与徒弟张助生在织里中路与富康路交叉口夜宵摊吃点心时听到有玻璃破碎的声音，便沿织里中路向北走了十几米察看，从织里中路看到对面福音大厦一楼从北往南数第四扇卷帘门上部的孔洞中透出火光。随后他们了解到，事故发生后，附近有居民已经报警了。还有一种说法是，凌晨4点，一名环卫工发现了福音大厦的火光，随后他拦到了一辆经过的出租车，让出租车司机及时报的警。

接警后，湖州市消防支队迅速调集织里、特勤、飞英、南浔公安消防队和八里店专职消防队，出动18辆消防车和近100名消防员赴现场扑救。吴兴区公安分局织里派出所、交警大队接到指令后，随即调集100余名警力赴现场实施警戒、维护秩序、疏散周围群众和协助开展灭火救援工作。第二天早晨6点30分，火势被基本控制，上午11点明火被扑灭，消防官兵通过登高车从五楼的窗户里救出两名被困人员。

这次火灾事故共造成15人死亡，2人受伤。死者是湖州市织里当地一家企业业主、业主家属及其所雇外省籍民工。这家企业的女业主叫顾美花，也是发生火灾的福音大厦的所有者，她是织里镇数一数二的服装辅料批发商。事发时，她本人，其小女儿、小女儿的丈夫及企业的雇员全部在里面，事发后仅跑出来两人。

因正值生意旺季，顾美花在商厦里存了价值近千万元的货物。火灾发生后，因辅料为易燃品，全部被烧光，大厦也随之烧毁。据官方统计，此次火灾过火面积2500平方米，烧毁大量服装辅料和家电设备、生活用品，直接财产损失736万元，其中建筑损失36万元，室内财物损失700万元。

有目击者称，因为现场烟雾有毒，一些死难者不是被烧死而是因窒息而死，被消防官兵救出的部分伤者，当时很多也已经奄奄一息了。事后，有关部门查明，起火原因为企业违规将电线缠绕在墙体的铁钉上，造成电线发热起火，最终酿成大祸。

一场大火烧毁了福音大厦，夺走了15条鲜活的生命，这在织里人心头留下深深的创伤，乃至时隔十几年再度回忆起那段悲伤的过往，亲历者依然难掩痛惜之情。有人说这是当年童装产业只顾发展、不顾安全必然要付出的代价。只是，这一代价实在太过沉重。

2. 火灾现场救援记

福音大厦发生火灾，火势很猛、浓烟很重，正当人们惊疑不定、议论纷纷时，3辆消防车已经鸣笛，急速驶向火灾现场。

第一时间赶到火灾现场的湖州市消防支队织里中队队长裘海军和战友们立即进行扑救。

9月14日凌晨4点30分，裘海军所在的湖州市消防支队织里中队接到湖州市公安局110指挥中心指令，吴兴区织里镇织里中路50号福音大厦发生火灾，有人被困。于是，织里消防中队迅速出动3辆消防车，派出16名消防员立刻赶赴现场。

4分钟后，裘海军率队到达现场。他看到整个建筑全部被浓烟包围，其中一楼、五楼窗口已有明火喷出，不时有幕墙玻璃爆裂并从空中坠落。在顶楼平台，有两名被困人员正在呼救。在请求登高车增援的同时，裘海军带领内攻救人小组，携带个人防护装备，在水枪掩护下伺机内攻救人。但由于火势猛烈，强烈的辐射热和浓烟使得消防官兵无法从东侧楼梯间进入大厦，几次强攻均未奏效。

4点55分，湖州市公安消防支队特勤中队32米登高平台车和15吨重型水罐车赶到现场，并迅速升起举高平台消防车至五楼，特勤队员将两名被困人员从楼顶平台救至地面。询问被救者后，得知大厦内还有10多人被困，且主要集中在四楼和五楼，情况十分危急。

根据现场临时成立的指挥部下达的指令，由裘海军所在的织里中队和特勤中队各3人组成内部搜救组，在水枪掩护下沿东侧楼梯强行内攻搜救大厦内被困人员。由于燃烧建筑为大空间结构，且内存大量服装辅料（化纤、棉布等），温度高、烟雾浓，给两个强行内攻救人小组救人带来极大难度。经过多次反复内攻，依然未能奏效。为此，临时指挥部现场调整了火场力量部署，打算先集中有效力量把火势压制住，再伺机内攻救人。

现场从四面八方伸出来的水柱不断压制着火势。南侧，织里中队设立的水枪阵地3支水枪不间断出水，从楼梯间窗口打击火势，阻止火势向邻近的好儿郎大厦蔓延。北侧，15吨重型水罐车上，车载炮正向四五楼窗口伸出，打击火势。西面，飞英中队12吨重型水罐车利用车载炮从窗口打击三四五楼火势，防止火势向南侧毗邻的利丰皮毛商行蔓延。另外还有水枪从毗邻的绿蓝商行顶层伸出，居高临下打击三四五楼火势，经过一番“激战”，5点50分，现场火势终于得到初步控制，火场温度有所下降。

裘海军带领的内攻搜救小组再次进入建筑物内部，通过东侧楼梯向上搜救。搜救进行到10分钟，搜救小组在三楼东北侧寝室内发现1具女尸。搜救过程中，一个突发情况让所有人都捏了一把汗：大厦东侧二楼墙面开始出现多处大面积裂缝，建筑物随时可能有倒塌危险！为确保安全，现场指挥部命令，全部内攻人员果断撤出。为此，裘海军带领战友又撤了出来。

经过两个多小时的出水扑救，火场温度开始明显下降，室内可燃物逐渐减少。经过湖州市建设局质检站技术人员对建筑结构进行分析，认定建筑物大面积坍塌的可能性不大，为此，现场消防力量开始全面集结，组成若干个搜救小组进入大厦，沿着楼梯向上灭火搜救。裘海军所在的织里中队负责消灭残火，并对遇难者遗体开展清查。

此次火灾事故处置从凌晨4点29分接警至16点08分遇难者遗体搬运完毕，共历时11.5个小时。由于作战时间长，作战强度大，裘海军和许多战友脚上都起了水泡，很多人体力透支，出现了头晕乏力等症状。

此次救援中，织里中队派出3辆消防车、16名官兵赶赴现场，特勤中队和飞英中队派出6辆消防车、37名消防官兵，八里店专职消防队派出1辆消防车、5名专职队员增援。湖州市消防支队领导接报后也立即赶往现场，并先后调派德清、安吉、长兴3个消防大队5辆消防车、30名消防官兵增援。

织里的这场火灾，给各界带来的震动不小。那时，织里人对镇里迟早会出火灾事故，已经有所警觉，但没想到会发生这么大的火灾、死了这么多人。火灾发生后，织里迅速开始了消防大整治。然而谁也没想到，仅仅一个多月后，另外一场火灾又降临了：2006年10月21日凌晨，织里镇安康西路137号发生火灾，造成8人死亡、5人受伤。大火是由于停放在厂内的电动车在夜间充电，电线接头发生故障而引发的。

接连两场大火，彻底打乱了织里的正常生产、生活秩序。人们开始谈火色变，对身边的人和事也变得忧心忡忡。尽管大家每天依然忙忙碌碌，但很多人都感觉自己不在状态。虽说产业要发展、生活要继续，但两场大火烧过的织里镇，还是明显放缓了发展步调，甚至连街坊邻居平时打招呼、开玩笑都不那么高声大气、喜笑颜开了。

两场大火烧过之后，织里镇政府和童装企业主都在反思：织里的童装产业是不是发展得太快了，发展模式是不是太简单粗暴了，但是如果放弃现有的模式，还能找到什么更好的办法吗？

织里还是那个织里，但是织里人心里知道：一个童装产业野蛮生长的时代行将告一段落，但新的发展模式是什么样、发展前景如何，一切都还是未知数。

3. 大火为啥烧起来

福音大厦过火后的照片，定格了这场悲剧的残酷：外立面原本亮眼的蓝色琉璃已经被熏得一片焦黑；大楼内部满目疮痍，只剩断壁残垣，惨状令人不忍直视。

为何福音大厦的大火会烧起来？有关部门在事后总结时分析，这跟企业生产布局有关。当时，福音大厦一至三楼主要经营拉链、皮革配饰、缝纫线、纽扣等服装辅料，均未设立专门库房，全部通过货架放置在经营场所内，南侧旋转楼梯上甚至也放置了大量服装辅料，这些都是可燃物。这样随意违章堆放的后果是，一旦火灾发生，根本来不及救援。

大厦业主在装修时擅自改动建筑布局，在没有防火分隔措施和独立安全疏散设施的情况下，擅自将大厦四五楼作为办公场地和员工、家庭住宅使用。隔墙使用的是可燃材料，房间内电线乱拉，电器乱用，一旦发生火灾，必定伤亡惨重。建筑物的所有临街外窗均设置了不锈钢防盗窗和钢丝网，火灾发生后内部被困人员很难逃生。

而这样的企业，在当时的织里遍地都是，他们有一个共同

“三合一”企业现场

的名字，叫作“三合一”企业。所谓的“三合一”，指的是生产、住宿和仓库混为一体的作坊式企业。

“前面缝纫机，后面单人床；电线如蛛网，东西随处放；灭火器难寻，烟缸放身旁。”这是缝纫工小伍对当时劳动场景的真实记录。多年前，当他第一次走进织东路的一家童装企业时，面对生产车间里乱七八糟堆放着的货物，他只能踮起脚、跳来跳去来到自己的工位。而那家企业，就是典型的“三合一”企业。

据了解，火灾前，这样的“三合一”企业最多时达到过9000多家。有记者火灾后曾采访一家童装加工厂，企业总共40多人，大家都拥挤在一个狭小的加工车间内。车间内，碎布片、线头扔得到处都是，有些地方还扔着泡面盒。由于通风差，车间内弥漫着汗臭味及化学染料的刺鼻味道。企业老板和老板娘自己也在车间内，和工人们在一起从事加工作业。位于加工车间正上方的三楼是企业主一家生活居住的地方，而四楼就是工厂员工的宿舍。生意好的时候四楼的几间不大的房间内都住得满满当当的。高低铺依次排开，最多的一个屋放了3张高低铺，五六个人拥挤在不到20平方米的空间内，臭袜子、臭鞋扔得到处都是，地面上没有下脚的地方。几个烧水壶堆在一起，地上还有随手扔掉的空饮料瓶。

然而，就算这样的“三合一”企业，在当时的织里，条件还不算最差的。当地还有大量的“三合一”企业是生产区和生活区搅和在一起，很难分清哪里是生活区、哪里是生产区，100多人居然要挤在不到100平方米的空间内生产、生活。

时任湖州市吴兴区副区长陈鑫堂当时接受记者采访曾表示：“大多童装企业的一楼到四楼普遍是这么个情况：一楼是展示厅、车间、仓储，二楼是生产车间，三楼往往住着老板或者房东，四楼住了大量的技工也就是员工，有时候在两到三间房间里

（每间约200到300平方米）住了上百号人，一个小房间里面都要住十几个人、二十几个人，一个床铺上住两三个人那是很正常的。”

织里童装在发展过程中，“三合一”厂区的架构设置曾给童装生产者带来极大的便利，节省了大量成本，实现了高效运转。据说，“三合一”家庭作坊鼎盛时的数量占了所有童装企业的90%以上。但是，这样的布局也带来极大的消防安全隐患。在织里童装企业的发展过程中，火灾一直像悬在头顶的达摩克利斯之剑，随时威胁着产业发展。

在福音大厦发生火灾之前，织里也曾发生多次火灾，很多人为此而忧心忡忡。早在2002年，发生在织里镇彩纷路33号、35号两家童装生产企业的重大火灾，造成4人死亡、1人重伤、2人轻伤。当地一家报社的记者记录下了当时的情况：

凌晨1点半多，安徽打工妹陈玉梅忙了一天后，正安然地躺在浴缸里放松。外面很安静，工友们都已熟睡了。突然，传来一阵骚动，接着“啪”地断了电，屋里漆黑一片，紧接着骚动变成惊天动地的呼叫。慌忙中，陈玉梅浴巾裹体，打开门，死亡便不期而至：一股浓烟随火势猛扑过来，烟熏、热浪、窒息，接着是一氧化碳中毒。她扑倒在浴缸边，完成了人生最后一个姿态。

从初步了解的情况看，火是从彩纷路35号这家童装户的一楼燃起，向上蔓延，并殃及33号。记者在现场看到一楼是烫熨童装的一个房间，还有两辆摩托车残骸，拉下的卷闸门阻断了人们逃生的机会。据说，一对夫妻在火中失散后，老婆往下跑，失去了生命；老公往楼上跑，保住了性命。

记者穿过警戒线，摸上漆黑的楼道，只见扶手已成焦炭，低矮的楼道让人感觉很压抑。二楼，一个10平方米不到的房间里有6台缝纫机；三楼、四楼是员工宿舍，女工睡北面，男工睡南面，四楼的宿舍连着露台，中间隔着一条走廊。这个露台成为员工逃生的通道，20个人就是从这里逃脱的。

16岁的朱莲荣是衢州人，她来彩纷路35号打工不久便遭遇了这场“午夜惊魂”，受了轻伤。但她年仅20岁的姐姐朱成英就没有那么幸运了。在浓烟的熏烤下，朱成英拼命摸向男工宿舍，离通向露台之门还有一步之遥时倒下了……4名死者都是女性，据分析原因，可能是半夜时女工还要找衣服，丧失了逃生的机会。

起火的房子当年才竣工，两家企业一家叫织里杰杰童装厂，另一家还没名字；后者没有工商登记，前者的登记已经过期。镇里的一位干部心有余悸地说：“这个企业情况还算好，要是发生在老的童装厂，死的恐怕就是14个、24个！”

人们没有想到的是，报道中这个干部的话没多久就应验了。两场特大火灾给织里童装产业发展带来的伤害几乎是致命的。“那时候，我专门跑到那两起大火的现场去看过。太可怕了，我甚至想过要不回老家算了。”江西姑娘李玉芬说。当时许多企业的工人都因此萌生了退意，企业的生产一度陷入瘫痪。连生命安全都无法保障，如何能安心发展生产？

连续发生两起特大火灾，夺走了23条人命，也让织里镇在全国出了名，织里被国家安监总局负责人点名批评，织里还被定为全国“三合一”企业火灾隐患的重灾区。如果整改不好，织里的童装企业就要“踩急刹车”，不能再继续开工生产。

面对国家安监总局的严厉批评和全国各地的密切关注，童装产业将如何延续，织里的命运将何去何从？

4. 整改“三合一”厂房

“10·21”火灾发生当天，湖州市委、市政府当即作出了对织里镇9700多家童装“三合一”企业进行停业整顿的决定，要求人员的住宿和生产区域完全分离。同时，从全市各地抽调2321名工作人员组成工作队，抽调1000名公安、武警组成维稳队伍，全力开展整治工作。

整改一开始，各家童装企业固有的生产状态顿时一去不复返。那时，徐维丽的“三合一”童装工厂已有100多人，按照政府规定，必须停业整改。为了早日开工，她连着几天都在外面找房子，由于需要租房的童装企业老板太多，织里镇上的房租一下子翻了几番。镇里的房子找不到，徐维丽不得已把房子找在了附近的村里。

整顿也带来新的现象：由于“不整顿，不开工”是硬杠杠，很多租不到员工住房的童装企业老板不得已想了个办法，就是两家合伙，比如说都上我家来生产，都去你家住。就算租到了员工住房，童装企业老板的日子也不太好过。那时，政府也要求童装企业出人，组成检查队到工人住的地方检查。检查队到了工人租住的地方，往往先拿出皮尺量租住面积，不达标不能开工。徐维丽的厂子好不容易过了关，却又遇到职工通勤难题。租住的地方距离工厂有五六千米，100多个人每天上下班太不方便，她干脆买了辆大巴车每天车接车送。

火灾发生后，织里镇人大副主席史宁慧当时刚好分管安全生产这块工作。那时，她和同事们每天晚上都要挨家挨户走访检查，刚学会开车的她被任命为小组长，负责驾驶车辆带着组内4个人沿街查看，尤其是后半夜更要打起十二分精神。因为根据以往的教训，大多数火灾都是在夜深人静时发生的。

史宁慧说，织里镇政府工作人员一周工作六天只休一天的制度就是从那时开始的。那时，她承包了96家企业的整治整改任务，每个星期六她都要到单位上班，参加安全监管培训。培训结束后，她就在专业人员的引导下到企业去查看安全生产情况。

“重要的是转变企业主的思维。”史宁慧说。她当时为此没少花心思、费口舌。

在2007年6月5日由公安部消防局、建设部主办的全国“三合一”场所火灾隐患整治工作现场会上，时任湖州市分管市长向与会代表汇报时说，“10·21”当天，湖州就要求织里全镇9700多家童装企业全面停产。绝大部分企业在一周内就完成了生产区和生活区的分离。为解决从业人员紧急分流带来的房源难找、交通不便等实际问题，政府在一周内建成可容纳5000人居住的临时生活区。

态度坚决、措施严厉的整改，使当地火灾高发势头得到遏制。但生产区与生活区的分离，带来一些房屋的楼层闲置、员工继续在原来楼层留宿、动态监管和夜间巡查难度大等新问题，如何找到治火患与促发展的平衡点？消防部门提出，要水平物理分隔和架设室外通廊。这个方法到底管不管用，私营业主一开始就犯起了嘀咕。

2007年4月29日，消防相关部门联合公安部四川消防研究所一起对织里镇安康西路135至139号水平隔离样板房进行实体火灾实验。为了验证这个想法，时任织里镇党委副书记、镇长周建荣提出要亲自参与实验。试验当天，周建荣站在了样板房的三楼，亲眼看到了熊熊大火燃起。20分钟后，周建荣淡定地走出了火场。

看到镇长亲自参与实验，私营业主打消了疑虑，在整改中

消防整治现场

也都十分配合。后期，织里遵照国家消防技术规范，制定了《织里镇童装类企业建筑分离改造技术要求》，提出了以水平分隔和垂直分隔两种形式实现人员住宿区域与生产区域分离的方案。织里镇童装类企业整治监管指挥部按照《技术要求》，通过公开招投标确定施工单位17家、组织施工班组132个、施工人员3140名，抽调专业技术人员235名，全面部署开展了原有建筑的改建工作。

据统计，在这场大整治中，织里总共对全镇885幢建筑进行了安全改造，仅建设室外消防连廊加起来就达136千米，长度差不多可以从湖州到杭州打个来回。在这场大整治中，织里还对当时房屋开发、新村安置、旧村改造等都出台新的规定，并确立"生产进园区、生活进社区"的新理念，规划建设了两处童装产业标准化厂区，同时加大童装产业安全监管长效机制建设。

此外，由于当时的整治工作涉及多方利益群体，为消除广大房主、业主和从业人员的质疑或抵触情绪，当地消防部门进一步加大了消防宣传教育的力度。湖州公安消防部门组织培训了120名安全宣传“教员”，召开了三轮共24000多人次参加的业主大会，开展了多次全员覆盖的“岗前十分钟”消防知识培训，免费发放消防宣传材料105万份。另外，还组织全体业主分48批次召开火灾现场警示会，8500多名房主现场观摩了火灾模拟试验。一位当地童装企业老板说，广泛的宣传教育和多形式、多途径的安全培训，对提高消防安全意识和自防自救能力很有帮助。

前后历经大约一年多时间，按照要求整改好后，徐维丽和100多名工人又搬回了原来的厂区，用来接送员工通勤用的大巴车后来也卖掉了。就这样，织里童装生产又逐渐回到了原有的正常轨道。

事后总结，织里的两场大火，有其必然性。能够按照政府的要求彻底整改，是织里人痛定思痛后做出的正确选择。眼下织里童装产业能够越做越好，得益于当年织里镇彻底整治“三合一”厂房的铁腕举措，当然也得益于织里人转变观念后发自内心的支持与配合。

5. 税收代征引冲突

到了2010年，织里镇已经发展为总面积135.8平方千米，镇区面积18平方千米，总人口30万人，外来从业人员则有20万人之多。当年，织里工业总产值达到500亿元，税收6.5亿元。

经过30多年的发展，织里形成了规模庞大的童装产业，拥有全国最大的童装市场。2010年，织里童装产业产值达到180亿元，税收1.73亿元。当年，全镇童装企业和经营加工户达到1.3万多家，从业人员25万人。

得益于对2006年“两场大火”的处理相对得当，织里童装产业迎来再次腾飞的好局面。令人意想不到的是，一波未平、一波又起，新的灾祸再度重创织里。这次，一个群体性事件差点将童装产业整个儿掀翻。

这一深刻影响织里发展走向的群体性事件，还要从一场看似寻常的税收代征说起。

织里镇税收协管员许荣泉做梦也想不到，自己的一次上门征税会成为一次群体性事件的导火索。如果想到会有这样一种后果，他的征税态度一定会好很多，工作方法也会尽量和风细雨。

但事实不能假设，一切已经发生的事件没有机会换个方式重新来过。

2011年10月，织里镇推行的童装加工企业税收社会化征管工作正在如火如荼地进行。26日上午，许荣泉来到安庆籍业主许传飞、程焰芝家上门征收。现场的具体情节已经无法复原，但许荣泉言语不客气、工作方法简单粗暴为既成事实，最后双方因纠纷而发生冲突。事情发生后，多位安徽籍业主表示，当事业主被打伤，官方则称，双方“互有推搡但均无受伤”。晚上，自觉受到委屈的该业主纠集了百余名安庆籍老乡聚集镇政府讨要说法，引发群众围观，人数最多时达千余人。

面对这一突发情况，织里镇领导及时上街劝导、平息事态，群众也陆续离开。

当天傍晚5点30分，这批人员又试图围堵318国道，被公安机关及时制止。6点，又有500余人聚集于织里镇富民路一带，围观群众最多时达数千人。少数不法分子乘机用石块打砸路灯、广告牌、汽车玻璃等。

晚上11点多，有辆浙E牌照白色奥迪车不小心驶入聚集人群当中，有人开始拍打白色奥迪车，提醒驾驶员掉头驶开。随着车窗外的拍打声越来越用力，奥迪车驾驶员担心车内怀孕数月的妻子和车子被砸，突然加大油门（时速在100千米左右）驶离。这时，离车最近的人被撞飞，驾驶员看到撞了人，急忙后退，慌乱中又从被撞的那个人身上碾过。之后，奥迪车在众人的声讨声中逃脱，沿途又撞倒多人。因为受伤的9人都是安徽安庆人，人群的不满情绪由此被引爆，他们转而把情绪发泄到浙E牌照的汽车上。从当日晚到第二天，上百辆停在路边的浙E牌照汽车被打砸。公安机关迅速出动警力抓捕少数违法犯罪嫌疑人，同时加强街面巡控，事态逐步得到控制。

10月27日中午，又有500余人在镇政府前聚集，其中少数不法分子分散窜入镇上打砸汽车和临街店面。公安机关迅速采取抓捕措施，一辆执行巡查任务的警车在混乱中被滋事者点燃（犯罪嫌疑人为一劳改释放人员，被当场抓获）。27日晚，在镇中心广场和富民路等主要街道再次聚集2000余人（高峰时达5000余人），其间，富民路一家手机店玻璃橱窗被砸坏（但财物未丢失），个别路段的部分隔离栏和垃圾箱被推倒。公安、武警进一步加强街面巡控力度，区、镇抽调600名干部深入企业、社区开展工作，现场人群逐步散去。

为平息众怒，织里镇10月28日发布公告称："税收协管员许荣泉因工作不细，方法简单，经研究已予以解聘。"然而，这样一纸声明，并未起到平息事态的作用。当晚，因先前安庆籍滋事人员打砸织里人的车辆，导致织里本地人心有怨气，零星出现打砸安徽牌照车辆的现象。公安、武警快速出击，严厉打击违法犯罪行为，有效控制了局势。

10月29日，织里本地人开始组织"护厂队"，对安徽人展开报复性攻击。当晚，有数辆安徽人的车被砸，南海路上安徽人开的米娜阿奇童装厂遭到砸抢。然而，当时有30万人居住的织里却只有一个派出所，根本无法应付数百人的风波。浙江省紧急从各地区调集数千名特警前来制止。29日上午，湖州市级机关又抽调200多名干部，会同区、镇600名干部按网格化编组深入企业、社区宣传法律政策、疏导群众情绪。当天，织里镇治安秩序逐步趋向稳定，童装企业和经营加工户陆续开工。30日，织里镇的生产、生活秩序基本恢复正常。

整个事件中，有1辆警车被烧，37辆汽车玻璃被砸，8辆汽车被掀翻，19家童装店面和1家手机店铺玻璃被砸，部分广场路灯、广告牌、垃圾箱等公共设施受损，有24人受伤，均无生命危险。

截至当年的11月1日，当地公安机关共抓获和强行带离300余人，审查296人，其中刑事拘留35人，治安拘留68人，治安警告30人，大部分人员经教育训诫后释放。事件发生后，织里镇政府暂停对童装加工户的税款征收。

湖州市公安局织里分局副局长蒋聪参加了这次群体性事件的处置。对他来说，这是一次终生难忘的经历：10月26日傍晚，500余人聚集于织里镇富民路一带，当他接到报警赶到时，闹事群众把他们团团包围，他和队友声嘶力竭地进行劝导，然而并不管用。这边还没处理完，那边又接到玻璃被砸了、车被掀翻了的报警……几天时间里，他和队友像救火队员一样跑来跑去。

为什么一个小小的抗税事件能够引发如此大的群体性事

件？时隔多年，织里干部群众已有相对统一的认识：织里童装企业在爆发式增长过程中，累积了大量的社会矛盾，这些矛盾累积到了一定程度必然会集中爆发，其中就包括生意上的恶性竞争、本地人和外地人之间的矛盾等。

此次事件的主角是“夫妻队”，即由外地人组成的小作坊，他们在城乡接合部甚至农村租用民房，只管从镇上的童衣厂拿来成捆裁好的布料，在加工成成衣后交回，计件赚取加工费。通常来说，“夫妻队”人均月收入能达到三四千元，跟在厂里打工相差无几。

原先，这些小作坊只要通过消防安全检测拿到安全证明就可开工，在初期也不需要缴税。除去水电租金等费用，一个作坊的年收入能达七八万元。但随着作坊数量剧增，当地税务局开始对这些作坊征税。

从2009年起，当地税务部门向这些小作坊征税，台缝纫机征税100多元，这便是所谓的“机头税”；到2010年，按工作人数征税，每人征税300余元，按5人起征；从2010年10月开始，每人征税额突然涨到了626元。同时，有传言说，2011年会涨到每人每年1000元。

在此次翻番涨税之前，政府没有任何公示与意见征求程序，仅靠税务部门的一纸通知，这使“夫妻队”产生了极大的不信任感和抵触情绪。另外，简单粗暴的征收方式更让他们愤怒。

事实上，“机头税”的征收往往采用社会化征管方式，即由非税务部门，大多是村委会派出的税收协管员来征收，在具体征税的过程中也存在着较大的随意性。一些征收人员在收取税款后，并不向业主开具正规发票，在数额认定上也有人为弹性。“有些人给征税的人买条烟，便可以少交千八百元。”当地一名业主称。

另外，根据当地政策，“机头税”按5台缝纫机起征，这意味着如果一家“夫妻队”即便只有两台机器，也要按5台机器缴税，许多人认为这种方式不公平。但如若不缴，征收人员便会采取锁门、恐吓等“简单”的工作方式。

税收政策的轻率随意，加上“工作方法简单”，是导致此次群体性事件的直接原因。然而，当地童装产业的转型升级需求，与低级加工制造的现实矛盾，才是此次事件发生的深层原因。

6. 大人何以“穿童装”

“21世纪初，织里的外地人远多于本地人、产业矛盾开始升级、治理滞后问题越来越明显，这样的社会治理就像大人穿童装。”这是织里镇社会事务办公室工作人员潘小平的真实感受，也是织里干部对当时社会治理状况的基本判断。

可以佐证这一判断的还有一组数据：织里中心镇区聚集了45万人口，每平方千米约1.9万人口，是浙江省平均人口密度的30多倍，而当时全镇编制内干部不到200人。

“当时书记、镇长是‘专家门诊’，有时一天要接待十几批群众，解决拆迁、企业纠纷等矛盾。”亲身经历了这一阶段工作的时任吴兴区委副书记宁云，当时作为工作人员参加了织里全域整治、转型发展的全过程。

公安部门的记录显示，织里镇总发案数量在2011年达到高点。湖州市公安局织里分局负责人说，2011年前全镇仅有68位民警，每天要处理的鸡毛蒜皮的小事很多，坐在派出所里接警都忙不过来，根本没时间主动应对。

“警力跟不上，商户间一旦产生矛盾便容易酿成事故。”在徐维丽的童装企业附近，单吵嘴打架的事一天也要经历个一两起。虽然一些事很小，但还是会引起矛盾，比如“你这货卖得好，那我就能跑到你家里，不让你卖”之类的。那时各家商户都很重视老乡关系，跟其他人起了冲突，老乡一喊，就开始搭帮结伙“干仗”了。

对于性格豪爽的罗玉花来说，她领略了更多当年织里矛盾丛生的现象。比如，织里所有的物流站一度由几个外地人把持，不允许别人插手。他们还雇用了一些人当打手，凡是敢抢生意的一律动“私刑”。比如，有段时间织里往返安徽的客车票务都由一个本地团伙把持，他们肆意提高票价，还要挟坐车的人上车必须购买他们卖的吃食，不能自带……

人口超出小镇负荷，治安令人担忧；工人工资上涨，工厂却年年缺工；市场竞争激烈，恶性竞争加剧。五花八门的矛盾不断累积，织里经济社会格局逐渐发生分化，并终于集中爆发。

除了治安问题堪忧，当时织里的深层次问题更多体现在发展模式亟待转型升级上。拿长期处在税收灰色地带的“夫妻队”来说，事实上大多数织里童装厂把九成加工任务都交给了他们。甚至可以说，没有成千上万的“夫妻队”，织里童装产业的生产规模不会做得这么大。但也有人认为，“夫妻队”的作用需要辩证看待，“夫妻队”一方面解决了一些童装企业加工能力不足的问题，但也加速了企业用工成本上涨和招工难。

有些细心的织里人发现，“夫妻队”的出现，让工厂里做工的工人开始变得浮躁。主要是“夫妻队”的工作时间可以自由安排，还能照顾家人，加上挣的也不少，这让工厂工人心里产生了不平衡，而这些工人和“夫妻队”的人也许原来就在同一个村里生活，时间一长，有些工厂的工人就转而加入了“夫妻队”大军。而工人流失后，为了弥补产能空缺，企业不得不求助于“夫妻队”。如此一来，企业用工的恶性循环愈演愈烈。

与“用工难”相伴而来的，还有日益凸显的“用工贵”问题。一个童装厂老板曾在此次群体性事件中对街上的聚集人群表达自己内心的不满：“‘夫妻队’工资每年都在涨，一个裁剪工现在每天至少要挣250元，机工也要100元以上，石狮、广州都没有这么高的工资，这样下去工厂怎么受得了？”

而除了用工难、用工贵，织里童装当时最大的难题在于市场同质化严重，恶性竞争加剧。织里童装当时表现出的集聚度散而弱的产业格局，直接导致信息、技术、市场等资源难以共享和规模效应低下。当时湖州市经委的调研报告曾指出：“织里大多数企业均属弱、小、散、差之列，企业生产以贴牌代生产和相互模仿为主，集中在产业链底端。”

从另一个角度看，织里童装的优势也不尽如人意。织里童装业用地约合1.2万亩，每年税收总额是1.73亿元，算下来，每亩上缴的税收每年也就是1万元多一点。而在当时的织里，即便是一家大型纺织企业，每亩土地最高时可创造税收74万元，平常年份也可达到三四十万元。

正是在这样的背景下，织里大幅提高了对小加工作坊的征税力度。有人分析，政府当时的这种征税举动也有借“税收杠杆”调整市场格局的意图，试图借此将“夫妻队”这类童装加工作坊淘汰出局。

群体性事件的突然发生，让当地政府感到有些猝不及防，这严重背离了他们的初衷。

群体性事件发生前的几年，织里一直在谋求童装产业提升，希望通过扶植大企业来带动产业升级。具体而言，那时织里每年已经拿出1000万元，作为做大、做强、做优产业的扶持基金。这一努力也取得一定效果。重视打造童装品牌、重视提升童装品质，也就是从那时开始起步，并逐渐取得一定成果。但就是因为没有处理好“谋发展”与“保稳定”的微妙关系，导致外地人抗税的群体性事件突然发生，这也逼迫织里镇党委、政府和童装企业主必须在社会治理问题上彻底做出改变。

织里童装将如何发展？织里童装企业将如何转型升级？当时有一种观点认为，既然童装产业举步维艰，政府收益又不大，那就打掉算了；也有更为理智的观点认为，织里童装产业发展的意义在于，它是真正的富民产业，“生产在一家一户，规模在千家万户”，这件小小的童装，可以让千家万户走上致富路，因此必须千方百计保住这一富民产业。

就这样，织里童装产业在发展30年后被两场大火和一次群体性事件推上了发展的十字路口。最终，织里镇党委、政府听懂了更多织里人的呼声——童装产业是伴随改革开放成长起来的富民产业，只能发展不能取缔，如若不然，将伤害群众创业热情、浪费转型升级机遇。为此，织里镇党委、政府选择以“壮士断腕”的勇气深入推进基层治理，以时不我待的决心推动产业升级的发展道路，织里经济社会发展由此开启新的篇章。

7. 10万与35万相融

新织里人为织里经济发展起到不可估量的作用，但新织里人在很长一段时间内却很难在织里找到归属感。

改变，首先发生在织里镇干部的认知观念与行为方式转变上。

“从那以后，我感觉政府一下子转变过来了。以前政府处理事情比较生硬，现在会动用社会人士与社会组织的关系来跟我们外地人商量着谈。”徐维丽的这一感叹，说出了好多外地商户的心声。

群体性事件后，当地政府工作人员开始到一家家企业走访，拉家常，解难题，一些领导还留了电话号码。以前谁是镇长，谁是书记，外地人都不知道，从那次群体性事件之后，大家在接触中慢慢熟悉起来了。

织里镇有户籍人口10万，外来人口35万，过去，织里的行政编制配备没有考虑流动人口因素，纯粹与户籍人口挂钩，导致行政编制配备严重滞后，而且镇级行政部门只有管辖权、没有执法权，导致工作没有主动性、只能被动应对。

解决织里治理中存在的“小马拉大车”问题，必须在体制、机制上寻求突破。2014年1月，湖州市、吴兴区两级党委和政府经过深入调研，决定在织里创新设立4个街道、2个办事处，重点承担城市管理、新居民服务等职能。此外，织里实行强镇扩权，建立9个实体化运作的区行政职能局织里分局，一并得到县级管理权限与相应配备。

这样的机构设置，让织里治理效能大大提高，尤其是矛盾的就地化解成功率很高。2013年，织里镇信访分局一年接待了4000多人次信访，承接了6000多个通过“12345政府阳光热线”反映上来的问题，这样的工作量使仅有5名工作人员的织里镇信访分局不堪重负。成立了二级街道办事处后，每个街道办事处都

织里社会矛盾纠纷调处化解中心

有三四人专门负责信访工作，大量的矛盾纠纷逐渐实现就地化解。

曾有一对江苏夫妻因薪资问题与织里一名童装企业主发生冲突，双方闹到了织南矛盾纠纷调解中心。经了解，这对夫妻因为个人原因准备离职，但企业主认为他们的突然离职给企业造成损失，不愿将工资全部结清。经调解，双方最终达成和解，企业主将剩余工资全额支付给了这对夫妻。

以前发生这样的劳资纠纷都会报警处理，然后再由公安部门移送到劳动争议调解委员会进行调解，调解不了的还要上交劳动仲裁部门进行仲裁，处理过程十分烦琐、效率也很低。熟悉情况的童装企业主不愿意浪费更多时间，这便造成积压的矛盾和问题越来越多。为了从根本上解决矛盾纠纷越积越多这一老大难问题，织里镇在2014年成立织南矛盾纠纷调解中心，采用“4＋N”的工作机制，整合公安、劳动保障、综治信访、法律咨询等职能部门资源，并邀请各类社会力量参与调解工作，实现了矛盾纠纷调解的“一站式”服务。几年来，矛调中心已成功调解各类矛盾几千起，为当事人挽回经济损失数千万元。

快速有效地化解各种矛盾纠纷、千方百计为群众排忧解难，是构建和谐社会的基础。2014年以来，织里镇积极打造“1个多元矛盾纠纷调委会＋2个调解中心＋6个二级街道调委会＋51个村居调委会＋社会组织参与”的多层次调解组织网络。同时，镇里还组织司法、综治、公安、信访、劳动保障、法庭等多部门联动，探索集警调联合、访调联合、劳动纠纷快速处理等于一体的矛盾纠纷多元化解机制。这种“小事不出村，大事不出镇”的矛盾调解机制，顺民意、解难题，真正起到化解基层矛盾、融洽劳资关系、推动织里和谐发展的重要作用。

不仅如此，在基层治理中，织里还创新推出了自治、法治、德治“三治”融合，让基层治理更接地气、更有实效。在织里，有大量的自治组织在促进新老居民自我管理、自我服务、自我监督方面起了重要作用。比如由24名新织里人组成的“平安大姐”志愿团，在法律允许的范围内从事劳资纠纷调解和邻里矛盾化解等活动；比如由陈建如牵头发起成立的“老兵驿站”，加强了与退役军人的沟通联系，维护了退役军人的合法权益，引导退役军人发挥正能量，实现人生价值；此外，还有吴美丽工作室、平安公益联盟、自媒体联合会等社会组织，都起到了筑牢维护织里社会稳定第一道防线的作用。

眼下，生活、工作在织里的新老居民，对当地社会治理举措最大的感受就是“公平、公正、公开”。在这里，无论征税、执法，还是享有权利、履行义务，都能做到“一碗水端平”。在“一碗水端平”背后，法治起到了应有的保障作用。依托社会组织等力量，织里整合法学专家、律师等资源进行普法宣传教育，社会公众形成自觉守法、遇事找法、解决问题靠法的法治思维，法治观念日渐深入人心。

织里还充分发挥德治作用，不断深化“织里·知礼”品牌建设，成立“创二代好人基金”，为好人添底气、为社会添正气。当地以融媒体为抓手，用好“王金法广播”、“车间好声音”和电子显示屏等传统媒介，用好“织里城事”“织里警事”和“爱在织里”等新媒体，起到讲述织里故事，凝聚织里共识，提升织里温度的作用。

说到底，织里最需要破解的难题就是如何让10万老织里人与35万新织里人真正融为一体。为了解决这一问题，织里镇党委、政府层面从管理转为服务是一个良好的开端，群众信任党和政府、有心里话愿意跟党和政府讲出来，这是新老织里人最终走到一起的重要因素；在基层治理层面，采取最恰当、最便捷、最实用的方式解决矛盾纠纷，这为新老织里人不再感情上疏离、行动上对立创造了良好的社会氛围；而在助企发展上一视同仁、规章制度上“一碗水端平”，则让新老织里人真正携起手来互帮互助做事有了重要支撑和坚实保障；最让新织里人感到暖心的，则是公共设施建设及公共服务保障终于提上日程，织里镇开始把所有新老织里人一并考虑在内、一体设计、统筹谋划、加快实施事关民生的重大工程，为织里的改革发展稳定起到至关重要的作用。

就这样，10万老织里人和35万新织里人的隔阂开始慢慢消除。而要真正让新老织里人携起手来共谋发展，关键还在于公共服务的均等化、民生保障的均等化。从此，人不分南北、地不论东西，所有工作生活在织里的人都喜欢自豪地说——我是织里人。

8. 人民调解解民忧

作为人流、物流、资金流高度集中之地，织里的社会矛盾同样比较集中。如何做到小事不出村、大事不出镇，织里的社会矛盾纠纷调处化解中心发挥了重要作用。而在矛调中心设立之前，织里的人民调解机制一直在高效运转，并培养出了有着全国知名度的典型人物——吴美丽。

童装是劳动密集型产业，在织里童装产业起步之初便从全国各地迅速涌来二三十万外来务工人员，他们在辛勤劳动的同时也在改变着自己和家庭的命运。然而，一旦遭遇不公平对待，作为异乡人的他们又能找谁帮忙呢？从事社会调解工作多年的吴美丽，就在帮助外来务工人员解决问题的过程中成了他们的知心人。

“外人看来，调解工作烦琐，我却越干越想干，越干越来劲。”对于吴美丽来说，30年的调解时光如同一眨眼的光景一般。

1984年是吴美丽人生中的一道分水岭。彼时还在织里轧村担任文史干部的她第一次接触到了调解工作。“因为当时婚姻登记都在文史办公室，所以最先接触的就是婚姻矛盾。很多时候，我只要几句话就能让双方‘化干戈为玉帛’。”为人热心又善于观察的吴美丽很快就展现出了调解方面的天赋，不管是小年轻还是大爷、大妈都很“买账”。

渐渐地，村里的街坊邻居有些别的矛盾也会找到吴美丽，请她给大家评评理。

有件事，吴美丽至今记得很清楚，那是夏季一个雷雨天的傍晚，轧村乡工业公司经理一身雨水地冲进她的宿舍：“小吴，那两个人要住在我办公室了，你快想想办法！”

事情起源于工业公司下属工厂两位职工之间的矛盾。双方要求工业公司经理出面调解，却双双不满经理给出的调解方案，两位职工的母亲一怒之下将铺盖搬进了工业公司经理的办公室，还威胁经理说矛盾不解决，就要在那里长住。

吴美丽知道，要调解双方矛盾首先就得解开双方的心结，她一方面了解双方的诉求，另一方面在情感方面循循善诱，最终

仍在工作的吴美丽

找到了双方都能接受的方案，解决了这个难题。“事情解决前双方的愤怒、无奈以及事后大家的感谢和满意让我感触很深。”吴美丽说，这让她真正意识到了调解工作的重要性。

到了1988年下半年，吴美丽调任轧村乡司法所，开始专职从事调解工作。2009年12月28日，吴美丽工作室正式成立，这标志着浙江省湖州市首家以人民调解员个人名义命名的人民调解组织正式成立。到了今天，本该在家含饴弄孙的吴美丽依然在织里矛盾调解一线奋斗着，忙着帮工作室里年轻的调解员和乡镇干部培训专业技能，忙着帮前来咨询的人答疑解难，忙着解决那些最难处理的案子……

敢于为弱势群体发声，善于通过调解途径为遭遇不幸的人挽回损失，这是吴美丽赢得人们信赖的根本原因，更是她坚守人民调解岗位为民服务的真实写照。

2010年初的一天，外来务工人员何某在为某广告公司安装室外发光字时触电身亡，何某的家人得知噩耗后立即赶来，但公司负责人施某迟迟不肯露面，使得这些痛失至亲、背井离乡的家人感受到了从未有过的无助。吴美丽了解到这一情况后，主动承担起调解工作。经过多番沟通，何某的家属终于拿到了赔偿款。当何某的母亲握着吴美丽的手不停地表达感谢时，她说；“我们只是做了应该做的事，以后在外打工遇到困难记得来找我们。”

做调解工作，吴美丽有自己鲜明的工作特色和雷打不动的工作原则：对于被调解双方，吴美丽始终坚持“一碗水端平”和

“一把尺子量到底”，做到认识与不认识一个样，本地人与外地人一个样，当官的与百姓一个样，有钱人与打工者一个样。对于在织里从事社会调解工作，她有着最朴素的认识：“我多化解一起纠纷，那么织里镇就多一分平安；我多为当事人提供一次法律帮助，那么创建‘平安织里’的乐章就多了一分和谐；我多流一滴汗水，那么织里的社会稳定就多一块基石。”

“要帮助弱者，更要公平、公正。”吴美丽说，来调解的人都会拣对自己有利的说，调解员必须要客观地了解事情的原委。

“第一次来的时候，大多会说实话，所以我都会把他们讲的关键内容摘录下来，并让他们签字确认。”吴美丽说，这些内容在走司法程序时也能作为证据，她所做的一切都秉持着公平、公正的原则。

为此，吴美丽还摸索出了一套“调解工作五步法”：即真情相待，稳“情绪”；法制宣传，明“事理”；深入细致，摸“实情”；多方协调，凝“合力”；依法调解，维“权益”。

短短35个字，并不能涵盖吴美丽对调解工作的付出。

“问了你，我们心里才有底！”自从工作室成立以来，吴美丽的名头越来越响，找上门的人也越来越多，甚至连外地人也专程赶来求助。“一旦有事就随时打电话给我。”“有问题微信上随时都可以问我！”“我工作室的大门随时向大家打开！”……“随时”二字已经成了吴美丽最常提及的词语，她说，因为大家信任她，所以从来不会觉得不耐烦，每一个问题都耐心解答。

婚姻家庭纠纷、生产经营性纠纷、财产纠纷、劳动争议纠纷……近30年来，已经调解过2万余件案件的吴美丽可以说见过了无数各种类型的矛盾，可她依旧本着初心，帮助当事人解决难题。

为什么还没有疲惫、厌烦？这些年，家人和朋友们的质疑声总是不断，但吴美丽知道，调解已经融入了自己的血脉里，她会一直做下去。

“只要把每一起案件都当成自己的事儿，就不会有任何懈怠情绪，也不会有解决不了的案件。”对于吴美丽来说，这是她这么多年来一直秉持的原则，也是工作室所有调解员致力遵守的原则。

眼下65岁的吴美丽早已过了退休年龄，但她为了做好传帮带，依然坚持带领年轻人到一线从事调解工作。

“师傅，你总算来了，上次那几个工人刚才又来了，郑老板变卦了不肯一次性结清。工人们急着拿钱回家过年，只能来找我们帮忙。我给郑老板打电话，他说实在付不出来，怎么办？”吴美丽一进织里社会矛盾纠纷调处化解中心，徒弟王臻钦就抓着她求助。

95后织里小伙王臻钦，大学一毕业就当上“老娘舅”，他既是织里社会矛盾纠纷调处化解中心最年轻的调解员，也是吴美丽众多徒弟中的一个。刚接触调解工作时，小王以为靠苦口婆心就能做好说服工作、解决问题，没想到一上来就被当事人直截了当

王臻钦正在调解纠纷

地发问："你有什么法律依据?"他这才意识到群众的法律意识越来越强，社会调解工作也要创新发展。于是，王臻钦特别注重利用各种机会向吴美丽等老师学习，同时开始认真钻研法律知识，看书学习之余，他还参加了织里镇组建的"调小青"队伍。

"调小青"是织里镇团委于2020年组建的基层治理青年团队，设有"黄金搭档"矛盾调解队、"伴你橙长"帮扶队和"蓝蓝守护"平安建设队等7支分队，目前共有核心队员53人。"调小青"肩负三大职责，包括排查、化解辖区内劳资、房租和邻里等各类矛盾纠纷和安全隐患；根据老年人、留守儿童、残疾人、困难青年等群体的特殊需求，开展法律服务、亲情陪护、学业辅导和心理疏导等志愿服务活动。

在"调小青"出现之前，织里已经吸纳"平安大姐"工作室、商协会工作室、婚姻家庭调委会、金融纠纷调委会等多种社会力量参与社会调解。这些社会力量的加入，既增添了调解力量、扩展了调解平台，更为全方位营造“平安织里”氛围起到积极作用。

“这些年，社会上出现了更为多元的涉经济、合同、电商等的新纠纷，我们的处理方法也一定要与时俱进。”这是王臻钦对调解工作的理解，也是他进一步做好工作的方向。“除了有各种类型的调解工作室，织里社会矛盾纠纷调处化解中心还有驻点律师值班，如果调解不成功，就直接到诉讼服务中心立案打官司，从商量办事变成依法办事，群众自然心服口服。”

近几年，吴美丽依然坚持带队伍做社会调解工作，但她明显感觉到织里的社会治理程度越来越高。“10多年前，一年平均下来调解1000多起。近些年织里需要调解的大的矛盾一年比一年少，因为社会治理已经非常规范，制度也逐渐完备了。”谈及把人生最宝贵的时光都贡献给了调解工作，吴美丽无怨无悔：“调解工作总要牺牲个人时间，牺牲家庭时间，有时连年夜饭都不能和家人一起吃。但是调解成功了一起纠纷，我会觉得很欣慰，很有成就感。”

“再过几年，我想回到老家轧村住，以个人名义开个普法、调解的工作室，为更多基层的干部、百姓提供帮助。”说起未来，吴美丽说得很真切，虽然社会问题越来越少了，但她还会一直调解下去，“也许哪天真的没有案子调解了，我就可以退休了！”

9. 老兵本色是担当

护卫一方平安，自然是公检法司的分内事；如果能调动更多的社区居民、社会团体为护卫一方平安出力，则社会和谐稳定的概率也会随之增加。

老兵陈建如是个闲不住的人，更是一个热心人。作为织里的一名社区警察，他在本职岗位上把工作开展得有声有色，他牵头创办的“老兵驿站”更是让他声名远播。

在河南老家，陈建如1991年高考落榜后就报名参了军。在20年的军旅生涯中，他通过努力考上了江西南昌陆军学院，他还凭借过硬的军事素质从士兵一步步晋升为副营长。

在部队里，哪里有需要，他就率先报名去哪里。在汶川，他带着突击队，翻越塌陷的山坡，为被困群众送水送药送食物；在西藏，他执行秘密任务，坚守在海拔4000多米的高原上，每天吃的都是混着沙土的盒饭。

2010年退伍后，他原本有很多就业选择，但他最终选择了来织里做一名社区民警。

依旧是那口河南普通话、依旧是走起路来腰板笔直、依旧

陈建如在“老兵驿站”为群众调解纠纷

是求真务实、军人本色，陈建如就这样开启了自己的社区民警生涯。

刚到织里轧村警务站工作，为了摸清辖区情况，陈建如采用了一个“笨方法”——挨家挨户走访。走访过程中，他发现了一个情况：辖区内退伍军人众多，不少人一遇到生活中的不如意，就怨声载道。为此，他常常找辖区内的退伍老兵们谈心，帮助他们解决困难。

徐某是陈建如所在辖区的一名退役军人，曾在西藏服过役，退役后因为生意难做等原因负面情绪较大，经常与一些战友聚餐发牢骚。陈建如得知后，便以一个退役老兵的身份与其沟通交流，力所能及地帮其解决一些问题和困难。

刚开始，徐某还有排斥心理，但陈建如的耐心和真诚慢慢打动了他，两人的沟通交流也渐渐多了起来。时间一长，徐某和陈建如成了无话不说的朋友，每次见到陈建如总是亲切地叫着“班长”，遇到其他战友有负面情绪等情况，就主动向陈建如反映并帮助做思想工作，让老战友们打消这种情绪。

为了更好地发挥社区民警的作用，他在辖区醒目位置公布自己的联系方式，并随身携带警民联系卡，想方设法拉近民警和居民之间的距离。有一次，辖区内一名买菜的居民和一名卖菜的小贩为了5元的菜钱是不是假币而大吵一架。陈建如接到报警电话后赶到现场。“我这里有5元钱，先把你们那张换出来，等我们公安机关鉴定好了再送还给你们行吗？”听警察说要垫钱，两人都难为情起来。最后双方握手言和。

辖区内新居民众多，他就主动参加“异地大走访”活动，足迹遍布安徽望江、潜山、太湖、广德等地。通过实地走访，他了解到新居民的所忧所盼，再做新居民工作就能做到有的放矢。更何况，他多次走访新居民原来生活的居住地，新居民一传十、十传百，大家都对他不辞辛劳、埋头做事的举动感念在心，警民关系自然也就亲近了很多。

辖区内企业安全生产任务重，他就加大日常检查的频次。一家服饰公司是最早入驻香圩墩产业园的企业之一，业主与陈建如认识多年。一次，陈建如带着警务室辅警去该企业突击检查，发现一名员工在生产车间吸烟，他没有念及交情，不顾业主的讲情，对这名员工进行了严肃处理。

陈建如有严肃的一面，更有温情的一面。在警务站门口，他经常发布招工、用工信息，为企业和工人“牵线搭桥”，引导工人签订用工合同。他也经常组织企业主和工人沟通座谈，消除隔阂，增加信任，让工人自主选择厂家，让业主靠诚信赢得员工。他常对朋友们说：“工人找工作不容易，企业离开工人就转不动了，我在中间牵个红线不是很好吗？”就这样，他已经为几百名工人和几十家企业当了“红娘”。

10多年来，陈建如帮助过的人多到数不清。有不少退伍军人得到帮助后，主动请缨，要求为社区做一些力所能及的事儿，回报社会。2018年初，为了引导更多退伍军人发挥正能量，他创建的“老兵驿站”正式成立，来自辖区内的18名退伍军人第一时间加入“老兵驿站”。

为了调动老兵的积极性，他根据每个人的特长，将大家分为宣传队、调解队、巡逻队3支队伍，协助警务站开展基层警务工作。

目前，“老兵驿站”已有300多名老兵，成员最年轻的24岁，最大的70岁。2020年新冠肺炎疫情暴发，驿站里的老兵在陈建如的带动下，定期参加治安巡逻、交通劝导等活动。疫情期间，陈建如更是带领老兵们入企服务、走村串户劝阻人员集聚、提醒群众佩戴口罩，为疫情防控贡献老兵力量。

钱小虎是“老兵驿站”的一员。2020年2月9日，他接到电话，是一家紧急复工的口罩厂要求购原料。想到自己公司生产的无纺布材料可以运用到口罩生产上，身为退伍老兵的他，当即决定开工。当时正赶上厂子里工人紧缺、市面上物流阻塞，企业为此暂缓其他订单，专门为口罩厂提供内外两层的纺粘无纺布。关于为何做出这样的举动，钱小虎动情地说："在疫情初期，陈站长也帮助我们很多！那时候企业的操作工八成以上都是外地人，物流不畅也是一个大问题。他看在眼里、急在心里，就让相关社会组织出面帮忙，还联系了织里公安分局和织里镇政府，帮助我们企业与各部门做好协调工作。目前我们公司80%的生产线都投入到口罩材料的生产中了。"

"老兵跑腿服务队"在菜场帮群众购买蔬菜

沈宇峰加入"老兵驿站"已经两个年头了。"老兵驿站"搞活动时，他总是冲在前头。2021年2月14日，沈宇峰在"老兵驿站"的联络群里看到集中观察点志愿者征集消息后，马上写下了"请战书"："我是一名党员，也是一名退伍军人，虽然已经脱下军装，但永远是国家的一个兵，我自愿请战参加疫情防控工作！"

疫情期间，陈建如还带领老兵们组建"老兵跑腿服务队"，通过微信群线上接单，帮助采购蔬菜、药品等物资送货上门，先后服务居家群众800多人次。

这就是老兵陈建如和他创建的“老兵驿站”，或许他们并没有做出什么惊天动地的大事，但他们始终秉持军人本色、始终坚持服务群众，有了他们的倾情奉献，织里就多了一分平安。也正是因为有了更多类似“老兵驿站”这样的社会群体，织里的凡人善举、公益活动层出不穷，一种既务实做事又相互关爱的社会风尚已经悄然形成。

10. 乡村广播不停播

织里之治，来自于痛定思痛的彻底整治；而对于文化底蕴深厚的织里来说，织里之治还包括坚持织里多年来的好传统、好做法。

在织里，提到“王金法广播”，可谓家喻户晓。年逾古稀的王金法，既是一位在岗时扎实做事的副镇长，更是一位永不退休的乡村广播员。

53年，19000多天。这是两个再简单不过的数字，对于王金法来讲，却是他兢兢业业投身农村基层广播宣讲长达半个多世纪的时间记忆。

乡村广播开播前，王金法习惯坐在办公桌前阅读当天的报纸、浏览当天的新闻，为播出做准备。身旁的柜子里，装满了荣誉证书，还有他多年来服务群众的心得。

虽然已经年逾古稀，但他眼不花、耳不聋，说话办事条理清晰、有条不紊。

1968年，21岁的王金法还是一个稚气未脱的年轻小伙子，当时他在漾西公社的农技推广站工作，天天和群众打交道。关于农业技术问题，经常有村民大老远跑来咨询。村民们种庄稼、施肥、治虫等农活，全是凭着代代相传的经验，实际上就是靠天吃饭。对于逐步推广的科学种田，村民们还不能及时掌握，他们经常向农技植保员王金法请教。

面对这种情况，王金法琢磨：有没有一种方法能让更多的群众高效率掌握农业技术相关知识？“会管管一次，不会管走百家。”王金法的脑海中冒出这么一句话。抱着试试看的心情，王金法在1969年1月1日开通了广播，从此开始了他的乡村广播宣讲生涯。

乡村广播怎么播？53年来，“王金法广播”每天分三个时段播出。

第一个时段：早上5点，当其他乡镇干部还在家里睡觉的时候，王金法已起床整理梳洗；6点准时赶到镇政府；6点30分准时收听早间新闻与看报纸；7点整准时在全镇发出“第一声”

广播。

第二个时段：中午11点，当大家都准备吃中饭的时候，“王金法广播”又开播了。

第三个时段：下午5点，这是大家下班回家吃晚饭的时候，王金法还要进行一次广播宣讲。

乡村广播播什么？王金法的广播宣讲内容，大致可以分为三类：“围绕核心”，宣讲党的方针政策、法律法规；“服务中心”，宣讲省、市、区党委和政府的中心工作、重点工作；“贴近群众”，上讲天文地理，下讲鸡毛蒜皮，小到柴米油盐酱醋、天气预报，大到农业、工业、社会发展。不凭讲稿，只凭记忆，娓娓道来，有条有理，流畅通顺。

王金法在广播宣讲

织里镇的童装产业一直让人欢喜让人忧，童装企业整治提升、转型升级牵涉到方方面面，难度很大。在开展童装类企业整治工作过程中，涉及10000多家童装类企业、1000多幢建筑，架设室外通廊130多千米；涉及25平方千米建成区的城市管理、35万名外来务工人员的治安管理；更涉及3000多户、5000多间农民征地安置用房和600多户、1500多间在建楼盘等。

宣讲引导在整治工作推进中显得尤为重要。王金法一方面通过广播细致地讲解开展童装企业整治的意义、作用、方法、步骤等；另一方面，他积极投身一线，认真做好面对面的宣讲教育工作。面对业主、房东时，仔细地讲解党委、政府的政策和意图，细心地听取他们在整治中遇到的具体问题和困难，将情况如实汇报给镇领导，尽可能给予帮助。通过细致入微的政策宣讲，实事求是的当面宣教，最终得到了童装业主们的支持并顺利推进工作。

宣讲中，王金法心里装着两本书：一本是“有字书”，内容来自报刊、书本、红头文件和电视；另一本是“无字书”，到群众中间用眼睛看、用耳朵听来的，群众的所需所想都记在了心里面。为了保证自己每天宣讲的内容新鲜、丰富、不重复、与时俱进，王金法每天必做三件功课：读报看新闻、参加镇上会议、到基层了解情况。53年来，全镇的自然村他每个都跑过10次以上，村里的小孩老人几乎都认识他，全镇的499个自然村的村民和623座桥的桥名他都叫得出。

日常工作还好办，遇到“疑难杂症”怎么办？2003年，织里大力度推进城镇化和村庄环境整治，其中涉及几千亩土地的征用、近千户房屋的拆迁、3万余座坟墓的搬迁和3.5万余只露天粪坑的处理。面对各种“疑难杂症”，王金法都没有回避，实地走访解决群众的实际困难。

织里镇秦家港村的房屋拆迁在一位七旬老人家门前停滞了。邻居告诉王金法：“老人因不想拆迁，买了瓶农药水放在床头，谁要拆了他这间房子，他便喝下这瓶农药水。”王金法多方走访了解到老人家是因为想为两个儿子多要间房，多要些拆迁款才出此下策。为此，他积极把情况和镇上领导汇报，承诺在不违反原则的基础上尽自己的最大努力来帮助他们家，最终促进了事情的圆满解决。

2003年，织里镇为推进13.8平方千米工业园区的建设，涉及3万多座坟墓的搬迁问题。这更是一件棘手事。织里镇河西村老张家，一开始对于迁坟一事很不理解。在多次走访中，王金法了解到老张家的女儿早在二十几岁时因不幸失足落水而失去了生命，这次因为建工业园区要他们迁坟，这无疑在家人无法忘却的伤痛上撒了把盐。王金法了解情况后，不厌其烦地连着9次上门走访劝说。最终，老张家同意迁坟。

群众有需求时，王金法就会出现在群众中。2010年4月1日，“王金法广播热线”首次开通。开通才月余，“王金法热线0572—3257111”就接听来电200余个。热线所反映的问题包括环境卫生、河港清淤、农业生产、安全监管、“三改一拆”、尊老爱幼等多个方面。

一次，幻溇村的村民打进热线，反映村庄环境脏乱差，没有长效管理机制。王金法立刻赶往幻溇村，发现村里垃圾随处可见，而垃圾桶和卫生保洁员特别少。针对这一情况，他立刻和该村“两委”班子商量。两天后，村里便增加了10个垃圾桶，落实了3名保洁员和2名监管人员，环境卫生得到了明显改善。

“王金法广播”日渐深入民心，但要一直坚持下来并不容易。早在2008年，王金法就到了退休的年龄，一家企业找到了他，开出年薪10万元聘请他去工作。上林村的一位村民邱瑞祥知道后写了一封信要求恢复王金法的广播，上百位村民也主动来签名。一个个鲜红的手印代表着一颗颗信任的心，群众的签名信让老王彻夜难眠，反复自问：“我热爱的事业就这样结束了吗？服务群众的大门就这样关闭了吗？”广播宣讲不算是大事，但小事也承载着重要的作用。一夜辗转反侧之后，王金法谢绝了企业老板，又回到了广播室，停了七天的“王金法广播”再次在织里上空响起。

为了让广播持续播下去，王金法开始带徒弟，他精心传道授业，着力把大学生村官们培养成基层宣讲的主力军。他不辞辛劳地带领全镇大学生村官，于每周二、周四的中午12点，在广播中宣讲。看着农村广播事业后继有人，王金法比自己当年刚开始广播播音时还要高兴。

“群众的事再小，也得拿出百分百的力气去做，只有认真办好每一件群众的小事，才有可能成就大事。”这是王金法的心声，也是一名基层干部的初心。

农村广播事业办起来不容易，更难能可贵的，是织里的农村广播坚持播出了50多年。这一传播方式，潜移默化中成了人文织里的重要组成部分，也有织里人将“王金法广播”视作一种乡愁。可以说，织里能有今天的发展成就，无数创业者敢闯敢试的壮举自然功不可没，而包含王金法在内的诸多基层干部的春风化雨般的无私奉献同样不可或缺。

第四章
创城之力　从镇到城的变迁

织里很特别，特别之处在于这里的一切都是新的。新的街道、新的楼房、新的厂区、新的公园、新的场馆，当然还有新的学校、新的医院、新的公共服务设施。

这里原是一个小镇，现在成了一个城市。由镇到城，人们见证了这里童装产业的兴起，见证了产业的多元化拓展，当然也见证了产业发展与城市建设的互为因果、互相倚重。可以说，没有产业发展，就不会有织里城镇规模的不断拓展，当然也就不会有新老织里人的安居乐业；而从另一个角度说，城市建设的全方位展开，也为产业发展提供了更大空间，更为满足新老织里人的住房、上学、就医、交通等基本民生需求提供了相应保障。

眼下，织里人依然还在打拼，但人们也愿意在工作之余享受生活的美好。或是在盘珠漾公园和家人散散步、吹吹风，或是在幸福邻里中心和老人们下下棋、打打球，抑或是在镇文体中心看看书，写写字……如今的织里，有了城镇的模样，人们的生活也变得丰富多彩。

然而，2017年之前的织里却是另外一种面貌。由于童装产业快速发展，“人多、车多、垃圾多”成为了这座小城镇的真实写照。当地居民中流传着一句话“遍地是黄金，遍地是垃圾”。这是典型的产业发展过快而城市建设与城市管理相对滞后造成的后果。

如何破解“垃圾围城”难题？如何彻底摘掉“脏乱差”的帽子？如何让城市建设跟上产业发展的脚步？借着2017年创建文明城市的契机，织里开启一场“翻天覆地的革命”。

改革开放40多年，织里在发展过程中不断遇到困难与挑战，可贵的是织里的干部总能第一时间站出来解决问题。织里环境综合整治，党员干部冲在了第一线：短短130多天内，织里清理背街小巷垃圾和堆积物5万多吨，拆除违建54万平方米，清理牛皮癣18万平方米，取缔流动摊贩4000余个……经过大整治后的织里，城市面貌焕然一新。

在织里，城市的有机生长不仅重“建”，更重“管”。2018年，织里镇将“绣花一样精细”的管理模式延伸到中心镇区的角角落落，全面实现城市道路保洁、车辆管理常态化，城市环境从此有了质的变化，群众的幸福指数大幅提升。

“最多跑一次”改革打通办事“肠梗阻”，让新老居民办事只进一扇门；引进优质的教学资源，让新老居民不再遭遇“上学难”；新建、扩建医院，引进先进的医疗设备，有效缓解新老居民“看病难”问题；陆续开展医保定向跨省直接结算，让越来越多的新织里人享受到就医住院直接结算的便利……一项项惠民举措的实施，让人们收获满满的幸福感。

做大产业需要空间，居民生活需要空间，平衡好生产、生活用地，是织里城市建设的重要准则。尤其在推动城市建设与产业发展同频共振的过程中，织里对寸土寸金的土地资源进行了科学论证、合理规划。正因如此，在产业转型升级过程中，一个个高新技术产业从传统童装产业中“脱颖而出”，成为引领城市发展的新动能。产业在变、城市在变、织里的居民结构也在变，一幅产、城、人融合发展的壮美画卷由此徐徐铺展开来。

光有产业发展，没有城市建设，这样的历史欠账迟早要还；有了城市建设作支撑，便可以更好地推进产业发展。这样的发展逻辑并不难懂，但在实际操作层面难免会有顾此失彼的不平衡状态。在织里童装产业发展初期，抢占童装市场、迅速扩大生产规模是核心任务，城市建设和社会管理暂时还无法顾及。等产业发展到一定规模，外来人口聚集到一定规模，产业自身面临转型升级重大考验，这也使得织里迫切需要重新调整产业发展与城市建设的不对等关系。

织里由镇到城的蝶变，实际上是在补前些年的历史欠账。而织里城市建设与社会治理的大提升，不仅提升了新老织里人的幸福感，更为童装产业的转型升级和更合理布局织里的产业结构提供了新的契机。在当前的发展阶段，织里城市建设、社会治理的重要性已经不言而喻，因为产业的调整与布局，居民的融合与安居，都要依托城市建设和社会治理来实现。

打造世界童装之都、建构产业发展高地，需要一个更为现代、更加平安的织里，而富裕起来的织里人更需要时尚、温馨的生活家园。这就是织里创城的不竭动力。

1. 垃圾围城为哪般

“前几年，织里遍地都是塑料瓶、泡沫纸、泡面盒。好多小老板抽着中华烟，身上满是线头，挽着裤脚就和外地客商吃饭去。”

这是徐维丽记忆中的织里和织里人，也是织里特定时期发展状态的一个缩影。

经过几十年的经济发展，织里拥有工商注册经济体3.3万户、实际人口超40万，“人多、车多、垃圾多”成为当地社会建设的一大难题。据统计，织里镇日均产生垃圾500吨左右，高峰期更是接近700吨，占到整个吴兴区的一半以上。“垃圾围城”

问题越来越严重。

织里精细化管理办公室主任池建新回忆，当时许多工人习惯把吃完的外卖盒、吸完的烟头随手就向窗外一丢，一些童装店店主也会把垃圾扫到马路上。由于垃圾处理能力跟不上，来不及清理的垃圾就散布在大小厂房周围、城市街道的两侧。“垃圾日积月累地越积越多，人们看在眼里、痛在心上，却又无能为力。”

以废布料为主的“混装”垃圾成为织里垃圾的主流。当时的日产垃圾中，其中有三分之一都是织里童装企业生产剩下来的废布料。这些废布料和泡面盒、一次性筷子等混放在一起，散乱堆在企业周围，慢慢演化为一座座“垃圾山”。

“垃圾路”也是当地一种奇特景观。据东盛社区副主任王飞跃回忆，2017年他们清理织里的背街小巷时，必须带上锄头和铲子，因为地上厚厚一层垃圾已经被过往路人踩成了一条路，不用工具清理不动，根本分不清原本的路在哪里。

农贸市场更是形成一条条“垃圾河”。池建新清楚地记得，当时一个中心菜场每天的人流量就有两三万人，来来往往，地上的烂菜、臭虾已经被人们踩成了稀泥，慢慢就成了一条泥河。浑浊的泥水漫延在市场内外，人们找不到一块干净的地方，一脚踩下去，裤管就湿透了。到了夏天，市场里更是臭不可闻。

除了遍地垃圾，五颜六色的彩色钢棚也成当地一大景观。许多童装企业老板自己开厂，材料没地方堆放，就在背街小巷搭个棚子。还有一些个体户，随意把商品堆在门口，招徕顾客。据

正与工作人员商讨路面精细化管理问题的池建新

曾在农贸市场开水果店的何小兵回忆，那时店铺纵深3米多，而搭在外面的棚子就有2米多宽，水果基本都摆在外面。

流动摊贩的加入，更让本已堵塞的道路寸步难行。据池建新介绍，织里的童装产业有个特点，即一般是中午开工，做到凌晨两三点，第二天一早销售人员再把产品拿出去卖。由于凌晨工人下班时，多数食堂和饭店已经关门，流动食品摊便应运而生。

流动摊小贩们做的都是小本买卖，他们租不起房子，就在背街小巷搭个小棚子栖身，有些就居住在乡下的农民房里。到了傍晚，他们蹬着三轮车从四面八方赶来，或聚集在童装企业门口，或把摊位摆到主干道上，等童装企业工人下了班就点火做生意。

那时，凌晨到街上走走，别提多热闹了。道路两侧，挤满了做生意的小吃摊。烤地瓜、烤羊肉串、卖粉皮、卖面条的生意好得很。小贩们推着三轮车，车上挂着两桶水，车上放着一个煤球炉，旁边堆着食材和一些塑料碗，车一停、火一点摊位就开张了。那时的临时摊位全家人齐上阵，一晚上能赚个上千元。

到了夏天，连绵不绝的烧烤摊在一众小摊中形成绝对优势。一些烧烤摊干脆就固定下来，白天，小贩把桌子椅子和烤炉全部在街边收拢整齐，盖上塑料布。晚上，桌椅一字排开，长达上百米。晚上收摊之后，路面上全是塑料袋、棍棒、饮料瓶等，有的烧烤摊生意很好，一个夏天就能赚六七十万元。

池建新曾做过统计，全镇最高峰时有近1.5万个流动摊位，从业者将近5万人。其中，规模大一点的烧烤摊有40多个，晚上处处冒烟，户户点火，整个小镇仿佛成为了一个大烟囱，这也导致织里的PM2.5居高不下，一度居吴兴区第一名。

在织里的街头，最常见的一种交通工具就是电动三轮车。这对在织里生活的人来说，不仅是一种交通工具，也是一种生产工具，还是一种生活用具。早上他们用三轮电瓶车送小孩读书，中午买菜，下午要接送小孩，晚上又需要用三轮车装货进货。

据统计，2015年左右，全镇20平方千米范围内机动车保有量达到近25万辆，其中二轮和三轮的小车接近15万辆，这当中，三轮电瓶车有7万多辆。这些车杂乱无章地停放在路面上，让人直叹“行路难”。

随意堆放的垃圾、违章搭建的钢棚、无序经营的小摊、随意停放的车辆，加之人的整体素质普遍不高，这些都极大地限制了织里的发展。无论是招商引资需要，还是打响城市品牌需要，织里都需要做出改变。

站在转型的十字路口，织里该向哪里走？没过多久，织里就做出了自己的选择。

2. 环境整治动真格

“一屋不扫何以扫天下。”一个家庭想要过好日子，一般从打扫好卫生开始。一个城镇也是一样，经济发展数据再漂亮，总是垃圾遍地、污水横流、车辆乱停、空气质量堪忧，自然也会拖发展的后腿。

2017年，织里借着湖州创建文明城市之际，开始了比较彻底的环境大整治，整个城市的面貌为之一新。

一直在城管和城市精细化管理部门工作的池建新，见证了织里环境整治的全过程。他最早是在湖州市执法局工作，2015年4月调到织里镇振兴办事处，在街道当城管主任。2017年7月调到镇执法分局，主管全镇城市管理处罚工作。2018年城市精细化管理办公室成立后，又调任主任一职。

据池建新回忆，早在2015年，织里就开始了局部环境整治工作。比如，镇上规定全面取缔流动摊，搞经营的必须要进店，或者进市场。一旦发现违规设摊，根据规定，第一次占道经营被

动真格的环境整治现场

处罚的，罚款200元，第二次顶格处罚款500元，第三次占道经营就要暂扣经营工具一个月。

取消流动摊，不是一件容易事儿。因为流动摊集中在晚间出摊，不加班便没法现场处罚，于是池建新和他的同事们开启了“疯狂”加班模式。据他讲述，最多时一个月当中加班25天。池建新当时住在湖州市区，每天执行完任务已经凌晨一两点钟，那时公交车已经停运了，不得已，他只能打车回家，一趟下来就要100多元。

治理工作越是有难度，越要把工作做到位。为此，织里动员了全镇的公安、城管、社区、办事处工作人员的力量，每次行动差不多要动用上百人来集中整治流动摊。在高压和强势整治下，织里的流动摊数量迅速下降。与此同时，织里也主动做好疏导工作，力求做到疏堵结合。比如，政府工作人员主动对接农贸市场，将一些流动摊贩引进去，同时还对接一些服装市场，让卖衣服的商贩进驻到市场里。

有相关部门做过统计，在当年的整治行动中，湖州市公安局织里分局共出动警力3661人次，市局交警支队共出动警力575人次，清理占道经营摊位5961个。织里在全镇范围内重点整治“五乱”，共处理乱设摊7015处、乱堆放5719处、乱张贴1201处、乱晾晒655处，拆除乱搭建20295平方米。这么大的工作量，很多当年的工作人员现在想起来都觉得“像是不可能完成的任务”。然而，织里镇的干部硬是啃下了这块“硬骨头”。

在整治好流动摊后，织里镇又提出了“把地扫干净，把车停整齐”的要求。这同样不是一件容易事儿。对此，参与过此项工作的织里镇人大副主任史宁慧有着很深的印象。据她回忆，2017年时她被派到永安社区开展环境整治工作。那时正值三伏天，一大早，她就和社区主任一起，挨家挨户去宣传，发放告知书。一天走下来，常常要换掉两套湿衣服。关键是发放告知书，仅发放肯定没啥效果，发放时要不厌其烦地做好说服工作才算真正完成任务。

既然要求大家不乱丢垃圾，就要考虑垃圾要有地方丢，不然号召就成了一句空话。为了规范垃圾丢弃，织里加大了垃圾桶的设置力度，最多时100米内配备4个垃圾桶，方便随时随地做到垃圾入桶。同时，镇里还划出专门的布料垃圾投放点，实行垃圾分类投放。史宁慧发放的告知书上，详细讲述了这些规定。

发放完告知书，史宁慧就和社区工作者一起进行垃圾清理工作。她们拿着铁钳、麻袋挨家挨户捡垃圾。在一些背街小巷，遇到“垃圾路”，她们还找来铁锨，用铁锹一点点敲、铲，再找来小推车一趟趟向外搬运，直到把街道弄干净。史宁慧说：“捡垃圾、清理垃圾的确是很累，但清理好了一条路，哪怕是一条小巷，内心深处的成就感都很大。”

环境整治工作刚起步，人们的卫生习惯还没养成，很多时候前一天刚清理完，第二天又多出来一堆垃圾。不得已，她们只好从头开始清理。清理完大路，再去排摸小路，一些房檐、外置楼梯也不放过。由于过度劳累，身体透支，史宁慧的妇科病加重了，整治行动结束没多久她就病倒了，术后在医院整整躺了三个多月。

与城镇一道，织里的乡村环境整治行动也开展得如火如荼。东盛社区副主任王飞跃2017年时任振兴社区安监组长，当时他负责的是工母兜村的环境整治工作。让他印象深刻的是，村民们平时热衷于收集废木料，并将收集来的废木料大量堆积在村祠堂周围，有些木料已经发霉生虫。为了清理这些废木料，他和30多个同事动手，还动用了3辆拖拉机，马不停蹄搞了好几天才算把这些废木料清理完。整治期间，好几个同事还中暑晕倒过，这项工作的辛苦程度可见一斑。

车辆乱停乱放一直是织里城市治理的顽疾。据池建新介绍，全镇共有970多条道路，其中主要道路14条，一般道路将近100条。为了规范车辆停放，交警部门连着几个月加班加点工作，在道路上全部划上停车位，要求车主规范停车。光有要求是不够的，很多镇里的干部随时随地纠正违规乱停行为。经过一段时间的整治，车主们终于有了规范停车的意识。

2017年，经过130多天的集中整治，织里清理背街小巷垃圾和堆积物5万吨，拆除违章建筑54万平方米、清理牛皮癣18万平方米，取缔流动摊贩4000余个，累计投入资金6000余万元，城市面貌为之一新。随着环境越来越整洁，许多之前不讲究卫生的人开始不好意思起来，随手丢垃圾、随地吐痰、车辆随意停放的现象越来越少了。

因童装产业发展而兴的织里，终于有了文明城市的样子。而城市文明成果的日渐显现，也在潜移默化影响着织里人。一个原本不是城镇的城镇，一群原本不是城里人的城市居民，就这样伴随文明城市创建活动的深入开展成就了一段新的传奇。

3. 把宿舍清理干净

随着创城行动的深入，一场致力于改造内部环境的“宿舍革命”也悄然开始了。

回忆起最早进入工人宿舍的场景，史宁慧至今记忆犹新。

10多年前，很多童装企业的工人宿舍都是用木板隔成的小隔间，上部连通，一台小电风扇同时吹两到三个隔间，条件十分简陋。

隔间内，有的还摆上了高低床。床下塞着还没来得及洗的脏衣服、臭鞋，床旁边的地上扔着饭盒、空饮料瓶等。工人们下了班，就蜗居在这仅有两三平方米的地方。由于太过密集，有些隔间没有窗户，通风也不畅，宿舍内弥漫着一股奇怪刺鼻的味道。

宿舍区内，卫生间少得可怜，有时一层十几个隔间共用一个几平方米的小卫生间。几十个工人要在一个卫生间里洗澡、洗衣服。一些下了工的工人等不及排队洗澡，就干脆用被子一裹呼呼大睡了。

织里童装企业爆发式增长带来了数量庞大的用工需求。早期，为了容纳更多工人，集生产、生活、仓库为一体的“三合一”企业应运而生。2006年两场大火发生后，生产区、生活区分开成了必然要求。然而，工人宿舍的条件一直没有得到根本改善，直到这次宿舍革命。

阿龙衣族制衣有限公司员工亲历了这场“宿舍革命”。据公司安全负责人蔡金高介绍，这家公司成立于2003年，当时26岁的绍兴上虞区汤浦镇下齐村村民陈水龙筹借了4.6万元在自家宅基地上盖了三层楼房，购置了4台缝纫机，请了5名工人，开始制作童装。2010年，陈水龙将公司搬到了织里。

刚来织里时，阿龙衣族制衣有限公司在织里珍贝路租了1300平方米房子作为厂房，其中二分之一当车间，四分之一当仓库，还有四分之一当工人宿舍。公司开工没多久，就被社区下了整改通知书。2014年，公司整体搬迁到利济中路，员工住宿全靠在外面租房解决。为了节省租房成本，七八平方米内常放两三张高低铺，几十个人挤在每层楼内唯一的卫生间里洗澡和洗衣服，非常不方便。

来自贵州毕节市大方县的张启志是2014年下半年进入阿龙衣族制衣有限公司的，她先做样衣，后来做生产管理。她还记得，那时公司宿舍就在一些沿街门面房的顶层。房东将门面房隔成了一小间一小间对外出租，她分到的房间很小，大约只有两三平方米，房屋的墙壁用轻质砖隔开。屋内只有一张小床，一个小衣柜。整层楼只有一个卫生间，六七个人共用。大家洗好的衣服就晒在走廊上。

从2018年初开始，织里镇开始推进“宿舍革命”，规定各家企业员工的宿舍实际使用面积单人间不得少于6平方米，双人间不得少于8平方米，公共走道净宽度不应小于1.1米。每层必须配备多个卫生间，生活区的电气线路实行大功率电器专线分开，并安装“智慧烟感”预警系统等，从根本上消除员工住宿区的消防安全隐患，改善员工的住宿条件。

阿龙衣族制衣有限公司员工住宿条件的改善，始于公司搬到阿祥路2277号后。因为有了充足的房屋面积，公司开始按照

崭新漂亮的员工宿舍

员工宿舍内景

工厂、车间、宿舍的配套标准进行建造，改造后的员工宿舍条件得到根本性改善。眼下的公司宿舍大楼周围种满了花花草草，宿舍楼的每一层有17个房间，每个房间有将近30平方米，每个房间住一至两个人，配备独立卫生间，还有空调、热水器、Wi-Fi，两个宿舍还有一个公用的小阳台，住在里面颇为舒适。

蔡金高介绍，光是员工宿舍装修就花了600多万元。空调全部是市场上买来的，平均每台2000多元。每一个卫生间里，都配备了马桶、洗手池和花洒，每个卫生间的装修费用就是3万多元。每层楼还配备专门的保洁员，固定时间进行打扫，保证宿舍区的全天候清洁卫生。

宿舍不仅漂亮，而且安全。房间里，空调线路和功能线路是分开设置的。每个房间内都配备了烟感装置和限电装置。走廊上安装有无线声光报警器，只要检测到烟雾，安全员的手机终端马上就会响起报警声。在宿舍尽头，有一个集中的大功率电器使用区，方便工人们烧水做饭。

张启志和丈夫就住在宿舍楼二楼的第一间，走进这间宿舍，桌上的化妆品摆得整整齐齐，旁边还有个小镜子。床边有张小椅子，可以坐上去小憩，窗台上的花开得正艳，散发出阵阵幽香，沁人心脾。张启志说，由于宿舍条件好，连带着公司的招工难都解决了，如今每到招工季，报名的工人争前恐后，络绎不绝。

和阿龙衣族制衣有限公司一样，织里的童装企业几年前开始的“宿舍革命”，如今都已按照镇里制定的标准保质保量完成。在企业提升、改造宿舍条件的过程中，企业发展的无序状态得到纠正，员工的基本权益得到保障，相伴而来的还有企业安全生产形势的不断好转。需要提及的是，推动“宿舍革命”的前提是企业要增加投入。但童装企业是劳动密集型企业，如果连保证员工基本的住宿条件都做不到，这样的企业又能走多远呢？

历经三四十年的快速发展，织里童装企业想要进一步提升自身竞争力，进行包括“宿舍革命”在内的改革举措，是自身发展的内在要求。而从织里镇党委、政府的角度讲，不解决好童装企业员工的宿舍问题，既关乎生产安全这一大问题，也关乎整个童装产业的发展后劲问题。为此，织里镇党委、政府专门成立了以书记、镇长为组长的织里镇童装类企业员工宿舍整治改造提升专项行动领导小组，镇政府同时成立了整治改造提升专项行动工作推进组、宣传引导组、技术指导验收和执法保障组等工作组，具体负责相关专项工作。经过三四年卓有成效的努力，干净、整洁、安全的宿舍区已经成为织里每家童装企业的标准配置。

4. 精细化管理城市

在2017年环境综合整治中，城市的“脏乱差”问题得到了有效解决，但对于一座城市来说，解决了“脏乱差”，也不过是达到了一个城市的入门水准。织里想要获得大发展，就要进一步提升管理水平。正是顺着这一思路，织里的城市精细化管理又提出“升级版”。

“现在垃圾桶都是定位设置的，大家都不随意乱扔垃圾了，养成了定点投放垃圾的习惯。”安康路上一位住户如是说。

垃圾桶的定位摆放就像一枚“绣花针”，在细节上“绣”出了织里城市管理的科学化。除了垃圾桶问题，3000余个路牌路标整治、科技手段治违停、老旧线路改造、边角料分类袋装及规范装修等小细节，都是织里城市精细化管理不放过的“关键小事”。

2018年，王飞跃正好在振兴社区担任网格员，当时社区内大约有1100多家各类企业。他负责监管的300多家企业大多位于人民路上，大多数小店电气老化问题严重，他为此没少操心，有一段时间整天琢磨如何解决这一老大难问题。

人民路是织里历史相当悠久的一条老街，位于织里城市的北面生活区，短短几百米的路上竟然有24个行业，有卖鱼的、卖蔬菜的、卖米饭的、卖酒的、卖五金的、卖香烛的，各个门类

织里城市精细化管理办公室

的饮食物品不一而足。越到年底，老街上越热闹，来自四面八方的打工者都汇聚到这里办年货。由于这里没有童装产业配套，房子租金相当便宜，还有不少打工者来这里租房。

王飞跃作为网格员，按规定需每个月把辖内的300多家企业走访两遍，人民路当然没少来。走在人民路上，看着老旧的三层砖混结构小楼，到处都是老旧设施电线，有些电线的金属丝甚至裸露在外面，他的心里越来越焦虑。

一次，他来到一家粮油店，发现小小三四十平方米的店面，已经被各种粮油、米面堆满了，通往楼上的过道两边，全是油污、面粉、杂物，一些沾满油污的电线顺着墙角一路从楼下延伸到楼上。昏暗的二楼，凌乱地放着一大一小两张床，床边还堆放着一个煤气罐。“这个煤气罐不就是一个有可能随时引爆的炸弹吗?”店主的安全意识如此淡薄，让他十分吃惊。

没多久，当地发生了一起因烛台倒塌失火的事件，为此，社区开展大整治。借此机会，王飞跃每天一大早上班就来到人民路上，挨家挨户跟企业主沟通，要求进行电气线路改造。由于房屋出租一年租金几千元，而如果按照行业要求整治，可能要花个一两万元，很多房东并不配合，王飞跃只好苦口婆心、费尽心思地劝导。

消防问题毕竟是大事，一旦出了事情谁都承担不起这个责任。王飞跃反反复复同大家讲问题的严重性，经过一段时间的宣传劝导，不少业主加入到整改行列。最终，不仅老街上所有店铺的电气线路全部换新，还加装了空气漏电开关，整条老街焕然一新。

在城市精细化管理中，全科网格员队伍的建立，为精细化管理增添了有生力量。云村社区是童装生产比较集中的区域，共有童装企业1500多家。无论是消防监管，还是环卫、交通管理，都千头万绪，事务繁杂。为此，当地探索设立了全科网格员制度，将所有职能统一"入格"，实现各个条线管理职能与全科网格的无缝对接。

张佳明是织里云村社区全科网格员，身兼城管、消防、交巡警、市政、环卫、公安流动人口登记等多种职务。在他的网格内，有300多家童装企业和30多家餐饮商铺。每天一大早他都会到"网格"区域里去走走看看。

这天一早出门，走到一个采耳店门口，张佳明发现了一堆建筑垃圾堆在人行道上。往里面看，几个工人正在进行拆旧。按照规定，所有建筑垃圾必须装袋，并且要放在场地内，等待运走。张佳明马上联系上业主，并对这些建筑垃圾进行了测方。据了解，这些建筑垃圾是早上7点多堆放的，上午9点多，垃圾已全部被运走。

有了全科网格员，一些平常不会被留意的"小事"也会进入管理视野。而这些"小事"，如果得不到及时处置，就有可能成为事故的导火索。所谓"精细化治理"，全科网格员的作用不容小觑。

目前，织里全镇共有22个社区，241个网格，社区网格管理人员509人，行政执法队员259人。每个全科网格分别配备网格长1名（由熟悉业主情况的安监员担任）、网格警长1名、执法人员1名、兼职网格员2名（由环卫工人或者志愿者担任）。不仅如此，织里还设置了路长、功能性党支部等助力精细化管理。

2018年3月，织里成立了精细化管理办公室，池建新担任主任。池建新明显感到，他们的工作范围越来越广了。从原先单纯的市容处罚，渐渐拓展到餐饮油烟处罚、垃圾分类处罚、犬类管理处罚等，织里的城市管理越来越精细化。也正是在日渐扩展的工作内容中，池建新发现织里在变、织里人在变，而这些变化都在推动着织里向着更好的方向迈进。也正是基于这一点，池建新对自己的工作又有了新的认识。

织里镇政府信息化应急指挥中心

经营一座城市，是需要精细化治理的。尤其像织里这样的新型城镇，更要注重管理细节。因为精细化管理带来的不仅是市容市貌的改观与提升，更大的改变则在于城市居民规范化行为习惯的日渐养成。对于织里这个快速成长的新型城镇而言，到了一定发展时期，就是要多讲一讲精细化治理，就是要多讲一讲规范化发展，只有这样，织里才能夯实已有基础，稳健前行。

5.“智慧城市”更亲民

“智慧安防”“智慧人口管理”“智慧税收”……在城市管理中，织里充分运用“智慧织里”建设，让智慧建设成为破解社会管理难题的利器。

夜深人静时老旧电线冒出火花，节假日无人值守时出现火灾苗头……烟雾一冒出，就被报警器捕捉，应急指挥中心马上警报声大作，企业主、消防大队、警方的手机App中同步跳出报警信息，火源的具体位置立刻显示在屏幕上。这项智能烟感报警器装在织里各个企业、宿舍、出租房、沿街店面等人流密集的地方，报警器由第三方公司维护，定位、完好率等后台都可以监控。

“智慧安监”App

再往前一道关卡，是“智慧用电”系统，它可以跟踪监测电气线路的温度、电流、剩余电流，一旦温度过高便会自动发出提示，8秒钟之内企业主的手机便会收到短信提醒。

说起2017年5月的那个凌晨，湖州金牛印染公司负责人杨红峰至今还有些后怕，厂区第四车间配电柜的“智慧用电”终端设备出现温度过高现象，控制中心客服马上来电告知，他迅速起床排查，避免了一场可能发生的火灾。现在，织里已经有4000多家企业安装了这个系统。

“你看，消防员在消防车上可以实时接收指挥中心行动指令，车上的动态地图导航，包括报警地点、出警车辆运行轨迹、500 米内消火栓和自然水源、重要建筑位置等信息都能精确显示，大大提高了我们灭火作战的效率。”织里镇镇长陈勇杰说。

原来，织里所有消火栓盖内部都经过改装，植入了太阳能供电的水压采集芯片，即时发回消火栓监控的数据。镇消防大队的监控屏幕上，各个消火栓图标的电子地图一目了然，在消防大队救火时，假如消火栓水压太低，后台马上会收到警报，消防人员通过平台能查到最近的消火栓和天然水源位置，误差不会超过 1 米，能确保灭火救援行动及时快速。目前，这套系统已在浙江全省推广。

“掌上基层”App

通过智慧检测、智能预警，织里镇电气火灾数量逐年下降。2016 年，织里“智慧消防”管理系统获得浙江省公安厅科技创新一等奖。

清除垃圾是件大事吗？在人多产业多的织里，这是个牵一发动全身的大问题。湖州市配给织里的垃圾日处理能力是 350 吨，但全镇每天产生的垃圾是 650 吨。

要破题，分两步。一是垃圾分

类，把最大类垃圾——废弃边角面料交给专业公司收集。二是建立新环卫智慧中心，实现清扫工作智能化，环卫车、工人都精确定位，哪里出现垃圾，需要多少车辆，频率车次经后台大数据处理后布置。“这两年，明显感觉织里更干净了！”来自福建晋江的洪金狮说。

2012年，“智慧织里”项目建设启动，织里镇政府委托中电海康集团对该项目进行总体规划和设计，建成“智慧织里”总指挥平台。

2014年，投入4575万元推进“无线织里”“光网织里”“织里童装”平台等项目，重点建设新居民服务平台、社会综合管理平台、云服务中心等平台项目。

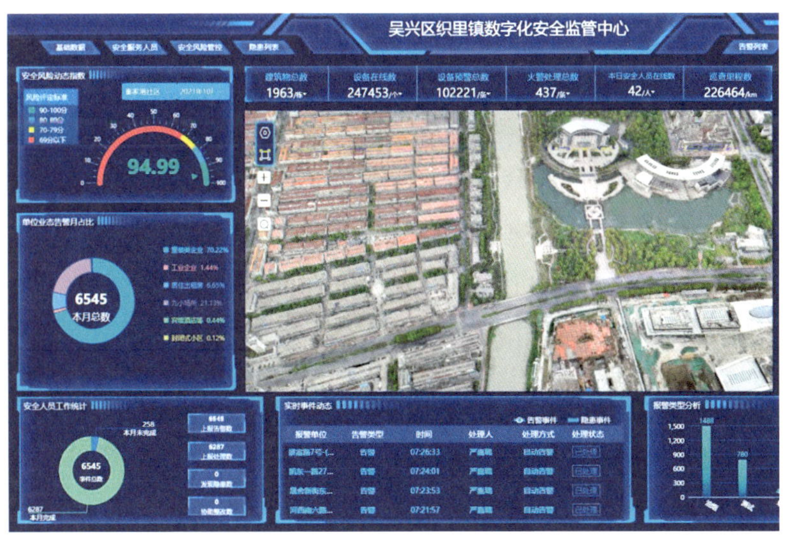

织里镇数字化安全监管中心大屏

2017年初，在织里镇政府8楼建成信息化应急指挥中心，整合多套智慧系统，实现了全镇信息互联互通与共享。

指纹识别、图像抓拍、身份证读取……这些大城市才有的智慧服务功能，随着智慧城市建设的推进，织里小镇也有了。

多年来从事新居民管理工作的万汝宝，对“智慧人口管理”系统赞不绝口：“以前流动人口登记，要拿着相机和表格一家家上门拍照、填表，再拿回中心录入电脑。现在工作人员拿手机就能操作，很快还会推出业主自主申报系统，效率、精确度更高。”

织里又顺势推出“智慧税收”。“易办税”App内，接入“智慧织里”、浙江地税个人房屋出租税收征管软件、社会化办税服务平台，“两税”可通过“易办税”App网上申报、纳税，非常便捷。“过去到办事窗口排队纳税，一来一去起码半天工夫，现在一点手机就能缴纳。”东盛社区业主归沈群说。

社会管理的智慧应用，让织里焕然一新。现在的织里依旧车水马龙，但街道整洁、交通有序。“环境越来越好，我们越来越有归属感。”新居民李勇攀说。

社会管理的智慧应用，也让织里变得更为现代、时尚。对一个因童装而知名的小镇来说，这一形象塑造十分必要。正是因为织里的童装产业是劳动力密集产业，正是因为织里的人员结构中受过高等教育的比例并不是很高，所以织里更要以现代、时尚、充满活力的形象吸引更多人才前来创业、打拼。

对织里而言，智慧应用的大范围普及，等同于加快了织里的现代化进程。某种程度上也可以说，在一些社会管理领域让织里切实体验到什么叫“后发优势”。得益于浙江的数字化改革成果，织里的智慧管理不断积累经验，有的项目也在尝试迭代升级，这是时代进步与地缘优势送给织里的大礼包，当然也是织里镇党委、政府以及诸多企业审时度势拥抱时代发展潮流的具体收获。

6. 房票安置得人心

几十年童装产业的发展积淀，给织里带来大规模增量资金和城市人口，织里小镇亟待升级。在扩区改造过程中，织里创新推出房票安置，多样的选择满足了不同群众所需，也为织里发展拓展了空间，集约了土地利用。

陈明江是织里东兜村人，瘦高个儿，说起话来语速很快。早在20世纪70年代末，他学绣花，购置缝纫机，在家绣枕套。绣半个月，再出去卖半个月。他曾经“一根扁担两个包”走南闯北，到过辽宁、内蒙古，还到过云南、贵州，饱尝“扁担客”的酸甜苦辣。其中，单云南就去过100多趟，平均一年要去个十几趟，去一趟就能赚三四百元。

改革开放后，他又做起床上用品生意，到过杭州、苏州、无锡、上海、宁波、南京，专门卖被套。和亲戚朋友说起这方面的生意经，他忍不住会自夸："当年被套生意真的是太好做了。"为了扩大销售，他还购置了土地，盖起了厂房，请了40多个工人，还申请了注册商标。他的兄五个弟姐妹，也都一起帮忙办企业，生意最好时他们把产品卖到上海第一百货商场，每人每年轻轻松松就能赚个四五万元，是真正的万元户。

2002年以后，看到别人卖童装发了财，他也转行做童装。他还给自己的童装品牌起了个"霸气"的名字，叫作"明童王"，意思是"明天的童装之王"，同时，"明"还是他名字里的一个字。说起来，陈明江在童装生意里并没有赚到大钱，用他的话说："生意不好，一年利润估计最多也就20多万元。"

2015年7月25日，清水兜村开始拆迁，村里实行房票安置。也就是将拆迁户所分配到的宅基地置换成等价房票，分为A、B两种：房票A为实物安置，房票B为货币化安置，若两者均不选择，则可每年按8%的利息分红。这种安置方法是织里镇针对拆迁户的一种创新，不仅拓宽了安置渠道，还提高了拆迁效率，同时也增大了城市土地的利用空间。

陈明江的老房子是1990年左右造的，占地面积500多平方米，既自住，也做厂房用。他当时造这个房子就花了20多万元，算是村里比较阔气的了。但陈明江并没有满足，2000年他又投入70多万元，悉心将老房子改建了一番，房间增加到20多个，还造了门楼和小桥，颇为秀美精致。

但是陈明江也有烦恼的地方。作为农民自建房，房屋的建筑质量并不高，也缺乏专业人士管护，外墙掉块瓷砖、屋顶掉个瓦片也是常有的事，他来不及修补，时间长了就影响到房屋使用舒适度、外观及安全。更何况，即便自家房子造得不错，但周围基础设施并不完善，出了门，外面就是一大片农田。

得知村里拆迁，他带头第一个响应。按照房票安置规则，他获得了两张A票和两张B票，他拿出一张A票在如今的清水园小区置换了一套小区房，又拿出一张A票在湖州市区加钱购买了一套商品房。在当时，只要补足款项，还能够在湖州市区置换织里开发商开发的商品房。

安置房小区

陈明江很乐意带熟识的朋友去他现在位于清水园小区的住宅参观。清水园小区大门口自动升降杆上的摄像头能自主识别业主车辆，只需数秒，就可顺利通过门禁。小区绿化很好，马路很宽，房前屋后各种鲜花开得正艳。陈明江所住的房子就位于一条河道旁边。春天，绿水荡漾，一些鸭子正在河面上嬉戏。沿着河道就是健身区，很适合住户在这里健身娱乐。

陈明江的房子位于三楼，正对电梯口的就是他家。在生意场上打拼多年的他，特意把客厅装修得富丽堂皇，他也很喜欢在博古架上放满各种古玩，因为这都是他去全国各地做生意时淘来的。陈明江的这个房子是三室两厅，每个房间都布置得十分温馨。

自从搬进这个小区后，陈明江才彻底体会到了城里人的感觉。小区里不仅有保安、物业、保洁，还有业主委员会，业主们经常搞一些联谊活动。小区附近有不少配套的幼儿园、小学、中学，距离不远的地方还有一个形似鸟巢的建筑，是织里文体中心，十分大气壮观。和织里文体中心隔着一条马路的就是行政服务中心，办事儿十分方便。不远处，就是镇政府，旁边还有一家大超市。

陈明江对于目前的生活十分满意，如今，他的日常爱好就是在小区附近拍拍照，记录下自己的美好生活。

陈明江的拆迁安置案例，是织里众多居民拆迁安置的一个缩影。通过房票这种方式，织里镇已经用不到10年的时间实现了多个村庄的拆迁清零，至少节约土地1000多亩。如果没有推出房票安置这种模式，那么这1000多亩土地会变成更多居家、办厂合一的小作坊，织里的童装产业也只会变得地域更分散、规模更庞杂，管理难度更大，产业发展前景却未必变得更好。

就这样，房票安置政策既让拆迁户得到实惠，同时也让织里得以“腾笼换鸟”，有限的土地资源被规划、利用得更为科学合理，逐步实现生产进园区，生活进社区，交易进街区。可见，一张房票不仅推动了童装产业实现转型升级，也为织里由镇到城的蝶变提供了宝贵空间。

7. 小本生意发了家

在织里打拼的35万外地人中，并不是所有人都从事童装产业。织里的快速发展，为很多做餐饮、零售等小本生意的打工者提供了施展空间。

何老板是巴适火锅店的老板，全名何小兵，四川达州渠县三汇镇人，来织里已经24年了。他在织里买了房，买了车，两个孩子也在织里参加了工作。

何小兵出生于1973年，家里兄弟姐妹4个。初中毕业后，他一直在老家做木匠。结婚成家后，媳妇开了家理发店，两口子在老家起早贪黑干了好几年，也没能盖起一间属于自己的房子。

看着身边的乡亲都去外地打工，何小兵决定也带着媳妇儿到外面闯闯。走的那天，他们将几套换洗衣服往包里一塞，怀里揣着这些年辛辛苦苦挣的400来元钱，就坐上了开往浙江的火车。

为啥选择了浙江？主要是因为浙江湖州有个远房亲戚，也许出门在外还能照应一下。揣着这样的心思，何小兵就带着媳妇儿来到了织里。

那时的火车票一张是120元，要先坐到郑州，再转车去苏州，这一趟就要将近26个小时。夫妻俩没有座位，就蹲在过道上。到了苏州，两人换成汽车，先到南浔，再到织里。到织里时，两人口袋里就剩100多元了。

揣着这珍贵的100多元，何小兵寻思旅店太贵，就到富民路租了一间农民房，反复讨价还价才协商好了价格，一年租金300元。十七八个平方米的小屋内，夫妻俩添置了个煤油炉，解决了做饭、洗衣、睡觉的根本问题，就这样安顿了下来。那年，何小兵才23岁。

刚到织里，何小兵先转了一大圈，发现都是做童装的企业。他没做过衣服，也不会卖，衣料什么的都看不懂。想了想，他觉得自己卖水果应该能行。原来，在他的老家，漫山遍野都是果树，他家也种果树，哪些果子怎么种，哪些果子好吃，他最内行。

说干就干。他借来了一辆脚蹬三轮车，每天一大早要蹬车20多千米，到湖州杭长桥批发市场进货。装好300多斤的货，已经七八点钟，他就在路边摊花两三元钱吃一碗白面条，然后就紧赶慢赶地回织里了。

回去还要20多千米，这一路都是上坡，载着300多斤水果的三轮车特别重，何小兵只能使劲蹬，实在蹬不动的地方，就用手推，到织里已经是中午11点了。顾不上坐下来吃一顿午饭，他就开始走街串巷叫卖了。到了晚上，筋疲力尽的何小兵看到水果还没卖完，就保本促销，卖完赶紧回家，因为第二天一早还要进货。

到了冬天，何小兵更为辛苦。冬天吃水果的人少，何小兵不得不走更多的路，加紧叫卖。由于一直走街串巷叫卖，冻得耳朵起了冻疮，一碰就疼。他的媳妇特意买了顶厚实帽子让他戴上，他发现，帽子刚戴上时暖和，一运动，流汗多，帽子受潮就不暖和了。

就这样，何小兵度过了在织里打工的第一年。这一年，靠着卖水果他挣到了2.7万元的“巨款”。这在以前是想都不敢想的数字。到了第二年下半年，眼看冬天又快到了，何小兵寻思水果是不能再卖了，干脆改行卖烙饼、炸鸡腿。

于是，每天上午何小兵就去农贸市场进货，买调料、面粉、咸菜等，中午开始和面、剁咸菜，最多时，一天要剁80多斤咸菜。准备好物料，下午4点，他准时跨上脚蹬三轮车开始沿街叫卖。

那时，何小兵车上鸡腿、火腿肠、豆腐干、馄饨、油炸年糕等一应俱全，还十分便宜。一个烙油饼是5毛钱，一个茶叶蛋5毛钱，最贵的油炸鸡腿，一个才3.5元。他专挑童装企业多的地方转悠，尤其到了凌晨三四点，工人刚下工，饥肠辘辘，他的小吃摊生意极好——最多时烙饼一天能卖出1000多个，一天要和167斤面粉。

何小兵干什么事儿都喜欢钻研，卖油饼之前，他还专门考察过市场。那时，油饼摊都是安徽人经营，他每天都去买来尝，分析为什么别人做的好吃。四川是出美食的地方，他自己也有些经验，就琢磨怎么做更好吃。他还真弄清了里面的道道——油炸的东西离不开生姜，生姜是提味的；猪油提香，但光有猪油不行，还得按照一定比例和菜油混合起来。

凭借这些经验，何小兵把油饼也卖成了当地“网红”产品。一次，因他小姨子结婚，他停工一天，结果那天至少有上百个人来问他到哪里去了。就这样，卖油饼那一年，他一下子挣了6万多元。平均每三天，他都要到镇上的邮政储蓄银行存1000元钱，还都是硬币。

来到织里的第三年，何小兵告别了马路市场，进店了，不同的是，这次他又卖起了水果。他用来织里这几年挣的钱在富民路租了一家门面房，年租金1.2万元，又跟其他人合伙包了一辆

在后厨忙碌的何小兵

运输车，开起了店，名字叫“天天水果店”，意味着天天都有水果吃。

由于守在农贸市场门口，店里生意非常好，最高峰时一天能卖3车水果，平均一车十几吨。和先前一样，每天何小兵都要早上三四点起床到湖州进货，卖到晚上十一二点。开店的头一年，他刨去各种成本，净赚了5万多元。

随着天天水果店生意越做越大，他的分店接二连三地开起来。规模最大时，何小兵是9家水果连锁店的老板，工人加起来就有140多个。何小兵做生意有自己的窍门，他的窍门就是以诚待人，只能多给，不能缺斤少两。他认为，只有这样才能长久地赚钱。

2004年，何小兵的女儿出生，儿子也到了上小学的年纪，为了让孩子留在织里无后顾之忧，他一下子在织里买了两套房子。由于太忙，他根本没时间陪伴儿子，曾经有一次，他的儿子问：“两个月没见爸爸了，爸爸哪里去了？”那时，何小兵就住在家里，只是回家太晚走得太早，上学的儿子没见到他。

前些年，何小兵专门把户口从老家迁了过来，从此安心在织里定居了。随着生意越做越大，他在织里又买了两幢房子，房子主要用于出租。近年来，随着互联网的迅速发展，实体店受到的冲击越来越大，水果店首当其冲。看着经营额逐渐下滑，他谋划第三次创业，改开火锅店。

2018年，他的火锅店开业了，单装修就花了100多万元，共两层，28个桌位，规模在织里当地也算比较大的了。店名叫“巴适”，是四川话“很好”的意思。虽然生意越做越大，但是他依然闲不下来，有时还和服务员抢着擦桌子、端盘子。

在何小兵看来，织里变化实在太大，当年他骑着三轮车一个小时就能把城区转一遍，现在再骑个三轮车，估计半天都转不完。快速成长的织里，给了他赚钱的机会，如今他日子过好了，只要有时间，就想通过公益活动回馈织里。他报名做了志愿者，经常会到马路上、医院里给人指路、导医。他的儿子正在湖州读书，放寒暑假也会和他一起做志愿者，为织里建设出一份力。

正是千千万万外地打工者的到来，为织里发展增添了生机与活力。尽管大家从事的行当五花八门，但只要肯付出辛苦就能挣钱养家，就有机会发展壮大，这也是外地人对织里最为感念之处。而在织里由镇到城的变迁中，这些外地人既是见证者和建设者，更是消费者和投资者，人与城共同成长的经历自然会使二者共担风雨、互为倚重。

8. 工厂就是我的家

对于云南人太苏候来说，位于织里栋梁路上的湖州栋梁铝业公司无异于他的第二个家，他在这里工作了12个春秋。

太苏候1985年生，云南曲靖陆良县太家头村人，家里兄妹二人，父亲靠给别人贴砖为生。在当地，农民们大多种莲藕，一年收入大约只有一两万元。高中毕业后，太苏候很快结婚成家。一次偶然的机会，他从老乡那里了解到织里这边打工收入高，便带上老婆一起来到了织里。

刚来时，太苏候身上就带了1400元，他至今还记得很清楚，从云南到浙江的火车票一张是271元，路上差不多要花费38个小时。两人只带了些贴身衣物，被子、洗漱用品都是到了织里重新买的。他现在还记得，下了火车站，两人花55元买了个小电饭锅和几只小碗，就这样开始了在织里的新生活。

在老乡的介绍下，夫妻二人先到了湖州栋梁铝业公司报到，经过一番面试后他们被选中了。太苏候觉得他们很幸运，当时，由于公司效益好，来应聘的工人络绎不绝，他们是为数不多的幸运儿之一。

那时，公司里还没宿舍，夫妻二人为了省钱，就在离公司不远的地方租了一间农民房，一个月房租是180元。房间里空无一物，床板还是太苏候背回来的木板，四条床腿就是捡回来的四块砖。每天，夫妻二人穿过田野，步行半小时到工厂上班。

在工厂里，太苏候的岗位是挤压机手，又称前道工，主要负责把原料铝管投入机器里加热，然后用模具把它从机器里挤压出来，制作成需要的形状。他的老婆在调直岗，挤压好料后，由她负责锯成可用的长度，然后放在车上运走。

前三个月是试用期，一个月只能拿到手1350元，夫妻二人只能省着点花。每天下了班，两人就去菜市场买点菜农卖剩的菜，因为这样的菜便宜，然后回家煮面条吃。过了试用期，两人就正式上岗了。

工厂按照产量给工人计算工资。一天内，太苏候要制作至少四五吨料，才有可能完成本月绩效。挤压好这些料后，还需要他的老婆一段段切，然后搬运上工程车。工人实行两班倒，一天正常工作时间是12个小时，一个月可以有两个半天休息。夏天，车间里的温度常常达到摄氏四十六七度，异常炎热，冬天又非常寒冷。

转正后，夫妻二人的生活条件改善了，就搬到了离厂区更近的房子里，房租也不贵，一个月270元。一层有4个房间，还有公用的卫生间、厨房。第一年，夫妻二人除去吃喝，一共挣了1万多元。那年过年回家，两人怀揣着血汗钱，愣是啥都没给自己买。

随着技术越来越熟练，太苏候也开始成为干活的一把好手。只要图纸给了他，他就能立刻判断出用多长的铝棒、上什么样的模具，用的料也是刚刚好，绝少废料，这样子产量自然就高了。随着工厂扩大生产，需求越来越多，有些型号好做，有些型号难做，一些工人的产量很不稳定。但太苏候喜欢自己琢磨，力争每个月产量都稳定在两百三四十吨，现在月工资能达到上万元。

来到织里后的第三年，厂里分配了职工宿舍，他分到了夫妻房，有个独立厨房，可以用电磁炉烧饭，房间里还有空调。每天阳光从窗外投射进来，感觉很温暖。厂里还有食堂，每顿两荤一素。太苏候习惯每天下午下班后和老婆一起到菜场买菜，晚上简单做个西红柿炒蛋、青椒炒肉之类的小菜，特别有家的温馨。

前些年，夫妻二人还攒钱买了辆SUV，花了近20万元。每年过年回家，两人再也不用挤火车了，直接开车回去，十五六个小时就可以到家。现在他们的孩子都在老家上学，每年暑假，他们还会把孩子接过来长长见识。前年，大儿子小升初考上了县里面最好的一所中学，夫妻二人高兴得不得了。

这些年，随着太苏候的技术越来越好，厂里提拔他当了组长，手下管四五个人。在2020年厂里的年终评比中，他们小组从100多个小组中脱颖而出，获得了优秀班组称号。

随着厂里扩大再生产，新的厂区正在建设中。太苏候打听

在生产线上忙碌的太苏候

到，新厂是流水线生产，还有吊装机器，再也不用手工搬运成品了。新的宿舍也更加宽敞，不仅有卧室、独立卫生间、独立厨房，还有一个大客厅，还是电梯房。宿舍楼周围的绿化特别漂亮，就像个小花园。

太苏候说，这里就是他的新家，将来他还打算把孩子、父母接过来，一家人一起在织里幸福地生活下去。

太苏候的经历，是数十万名织里产业工人的缩影。这是织里人数最庞大的打工人群，是他们的辛勤劳动撑起了织里的产业格局；他们伴随自己的工厂、织里的产业成长，工厂和织里就是他们的第二个家。太苏候靠着勤劳和专注在厂里站稳了脚，而工厂的发展壮大又为太苏候提供了更好的生产、生活条件。太苏候的故事，让人心里暖暖的。织里的企业能和产业工人共同进步、共享发展成果，并以这样的方式推动产业壮大、城市发展，能让更多人感受到织里这个新型城镇的温度。

9. 找到一份归属感

尽管来织里的时间并不是很长，但刚过而立之年的殷敏已经在织里找到了归属感。

“城市环境和基础设施很不错，小孩有好的教育资源，老人身体不好看病方便，工作之余可以有地方消遣放松……”来自湖北随州的殷敏说，“织里发展得越来越好，我的归属感也越来越强了。”

2013年，大学毕业的殷敏跟随当时的男朋友，也就是现在的丈夫，来到了织里。初来乍到的她对于织里并没有太多好感。“那时候工作比较辛苦，晚上下班后就想出去转转，可整个织里确实没什么好逛的。”殷敏记得很清楚，当时她沿着318国道，走到大港路，再走到湖织大道，之后便沿着栋梁路转了回来，这四四方方的一块地几乎就是织里所有能逛的地方。

当时的织里并没有给以结婚为目的而来的殷敏留下好印象。可随着这几年城市的快速发展，随着两个小孩的出生，她渐渐改变了当初的看法。

“工作的机会多了，教育、医疗、交通条件也都好多了。”2015年，殷敏把老家的父母相继都接到了这里，他们现在也都有了合适的工作。

“放在前几年，看病、小孩读书、休闲娱乐都得去湖州才能实现，很多本地人都把房子买在了湖州。”殷敏说，虽然只有短短七八年，织里可以说是发生了翻天覆地的变化。

从小在织里长大的老公曾跟殷敏说过，今天的他们是幸运的，无论是产业发展还是城市的功能匹配，这几年织里的变化比过去几十年还要大。

的确，这些年织里镇党委、政府在推进城市化建设过程中，特别注重对民生需求的关注与满足。基础设施建设和公共服务资源的不断补强，也让织里逐步从“以产引人”迈入了“以城引人”的阶段。

新启用的吴兴区人民医院，按综合性三乙医院标准进行建设，与上海市红房子妇产科医院、上海市儿童医院专科紧密合作，让新老织里人“足不出镇”就可以享受到城市医疗服务和健康保障；伴随着织里老街、吾悦广场等规划项目的稳步推进，这两个地方正朝着承载新老织里人记忆的新地标迈进；爱家、碧桂园等高端品质小区也陆续建成，老城区基础设施提升工程持续推进，这些都为提升织里的城市能级起到了实实在在的助推作用……

此外，位于大港路的织里文体中心也正在紧锣密鼓的建设中，预计不久后便可投用。镇政府负责人介绍，该中心除了建设青少年培训中心、青少年体验中心、会展中心、健身中心、图书馆及游泳馆等功能场馆外，还设有2.5万平方米的室外活动场地，包括看台、休息广场、舞蹈广场及篮球场地、羽毛球场地、网球场地等运动场地，将为丰富织里群众的精神文化生活提供更多选择。

教育方面，织里实行新居民就近入学和摇号入学。在织里购买社保满一年的外来务工人员子女，就近安排就学；已买社保但未满一年的，则通过摇号入学。具体办法是在新生网上登记报名的基础上，结合各学校招生规模、生源数量情况，镇招生办确定各校的摇号人数，在市、区公证部门监督下实行公开摇号。

就医方面，织里从2018年开始开启了全国七省的异地结算，为在织里就业的新居民解决看病难、看病贵的难题；2019年底，还开启全国全部省份住院结算和长三角地区的门诊住院结算，为新居民提供更多的就医方便。

“只要生活得舒心，赚得到钱，大家自然会留下来。”织里信访局局长吴谦说得很实在，“近年来，织里围绕打造‘社会治理先行地、美好生活试验区’的目标，结合‘最多跑一次’改革，探索完善多元预防调处化解综合机制，社会矛盾纠纷调处化解中心的成立就是一次破题。”

吴谦说，该中心打造了多部门入驻、社会组织参与等多方联动的治理新体系，形成了网格化排摸、集中调处化解、一跟到底销号的闭环机制，让新老织里人矛盾调解只进“一扇门”。自2019年成立以来，已调解纠纷2000余起，化解率达99.6%。

交通更便利、医疗更完善、教育配套更优质、生活更有品质……今天，人们不仅选择在织里工作，更选择扎根在这里。有数据显示，2017年至2019年，新居民在织里购房达7648套，新户籍落户数持续上升，达到1182人。

今天的织里，依旧淳朴低调、依旧不事张扬，不一样的是，这里的楼房、这里的工厂、这里的社区、这里的商场，都已经和现代、时尚有了最直接的关联；今天的织里依旧包容大度、依旧古道热肠，不一样的是，这里的产业、这里的氛围、这里的规划、这里的气场，都已经走到了领跑的位置，都正在和国际潮流有着相当紧密的接触。这就是今天的织里，它从历史底蕴中走来、从披荆斩棘中走来，历经风雨而初心不改、见证繁华而斗志不减，而这也正是织里的魅力所在，织里正凭借这样一份卓尔不群的气质招引更多有志者前来建功立业。

织里变得更现代、更宜居，但织里依旧亲和有加；织里变得更忙碌、更热闹，但在织里依旧可以感悟云淡风轻、岁月悠长。越是在商业氛围浓厚的今天，织里的温和与包容，越是呈现出独特的魅力；越是在产业转型升级的关键节点，织里的理智与冷静，越是能够传递特殊的价值。有这样的织里，是所有新老织里人的荣幸；有那么多新老织里人携手同行，则是现代织里的光荣。

10. 留下养老很安心

老周住在织里的一个普通小区里，他现在把更多时间放到锻炼身体和照顾孙子、孙女上。

老周叫周文起，是织里的新居民，如今60多岁，长期在当地农贸市场卖菜。谈起早年从老家安徽临泉县高塘镇郭桥村来到这里，还真有一段颇为曲折的故事。

周文起家里世代种地，收入十分微薄。20岁时，他第一次走出家门，拉着板车到河南各地卖生姜。随着后来卖生姜的人越来越多，他又回到老家，改做蔬菜大棚生意。周文起30多岁时，他的媳妇生了一场大病，不幸离世，那时他的儿子才3岁，大女儿才10岁。周文起就靠着贩蔬菜、种粮食，辛辛苦苦把一双儿女拉扯大。

到了儿子要成家的年纪，周文起借钱在老家盖了房子，给儿子娶了媳妇，为此还欠了亲戚8万多元钱。儿子结婚没两个月，刚好赶上小麦收割，卖完小麦，周文起开始到外面考察，看看哪里适合做生意，他希望能找个地方做生意挣些钱，尽快把欠账还上。他先是到了大女儿所在的安徽蚌埠，转了一圈没看到什么好机会，接着又到了大女婿所在的南京，观察了半天也没发现有什么可做的事情。

最后，老周来到远房亲戚所在的织里。他看到小小一个织里镇就有七八家大农贸市场，断定这里的生意一定好。决定留下来后，他打算还是经营自己熟悉的蔬菜生意。2011年，他在商城路农贸市场花了七八千元包了个摊位，又花了7000多元在农贸市场旁边租了一个两室一厅，带着儿子儿媳开始贩卖蔬菜。

每天夜里12点多，周文起就会起床，到织里的蔬菜批发市场采购本地菜，骑着三轮车，他一次要拉几千斤蔬菜，等拉到农贸市场时已经是凌晨3点多。他的儿子夜里两点多起床，到湖州进购外地菜。就这样，凌晨4点多，爷俩的摊位就开张了。刚开始，爷俩主要给服装厂送货，最多时曾同时给20多家服装厂的食堂送蔬菜。

初来乍到，没有更多客源，周文起主打的生意理念就是薄利多销、多种经营，在他租下的那个长度不足三米二的摊位上，除了摆放蔬菜，还有油盐酱醋等各种商品。凭着“良心待人”的经营理念，周文起的小摊生意越来越好，客源越来越广，如今，他们父子同时给70多家饭店送蔬菜，最多时一年能挣三四十万元。

在织里这些年，老周不仅还清了当年在老家盖房的借款，还攒下了不少积蓄。随着孙子、孙女的出生，周文起想到了要在织里买学区房。2019年，他拿出一部分积蓄在织里上品学府购买了一套三室一厅。作为当地主推的房源，这个小区周围不仅有多个民办幼儿园，还有小学以及中学。小区里有保安、有物业，还有地面停车位、小花园，比较舒适、宜居。

这些年，随着年纪越来越大，周文起渐渐把卖菜生意交给了儿子、儿媳，自己则专心带起孙子孙女来。每天一早，他就将孙子、孙女送到学校，然后自己再到附近的公园遛遛弯、散散步。中午回家做好饭，下午再把孙子孙女接回家。前几年，家里购买了一辆小轿车，每逢寒暑假，刚好也是织里这边童装生意的淡季，一家人就会开着小轿车到周边景点去玩，杭州西湖、绍兴鲁迅故里、舟山嵊泗岛、太湖龙之梦……都留下了老周一家人的足迹。

这些年织里的变化越来越大，让周文起下定决心在这里安度晚年。前些日子，老周感觉右下腹不舒服，到医院一检查，发现是前列腺增生，需要开刀动手术。即便如此，周文起也并不为1万多元的医药费发愁，他从医院打听到，现在开通了长三角医保异地结算服务，只需要往老家医保中心打个电话，就可以在这里用老家的医保，算下来，整整能省5000多元。

不仅如此，住院的这段经历，也让周文起对吴兴区人民医院丰富的医疗资源、医生高超的医术有了更多了解。他清晰地记得，刚来织里时，织里只有位于康泰路上的一家乡镇卫生院，三层小楼，100多个医护人员，100来张床位，看病要排很长的队。两相比照，他不仅为织里重视医院建设感到欣慰，同时也为自己作为新居民老有所依感到安心。

随着新型城镇化进程加快，织里的教育资源、医疗资源越来越向新居民倾斜。吴兴区人民医院作为织里镇重点建设的公立医院之一，2019年建成，目前拥有全科医生400多位，床位900多张，还跟上海、杭州等大医院开展了结对合作，这让周文起十分满意，感觉自己后半生定居织里是有依靠的。如今老家的十几亩地他早已转包给别人，房子也租了出去。逢年过节，周文起也很少想到要回老家。

在老周所住的小区旁边，织里文体中心正拔地而起，不远处，镇行政服务中心人流穿梭，再远处，织里文体中心里十分热闹，每天从这些地方路过，老周都感到心情十分舒畅，他打心眼

织里文体中心

里希望，织里的明天能够越来越好。

老周的想法其实也代表了一代新织里人的想法：当年大家在织里打拼，靠的是自身的勤劳、守信，靠的是织里的包容、接纳，等到了当年的打拼者进入老年的时候，大家又欣喜地看到织里给予自己的民生保障与医疗倾斜。这样的一份贴心与默契，怎能不让老周等新居民念兹在兹、心存感激？

第五章
人和之美　我们都是同路人

置身织里的大街小巷，大大小小的店铺随处可见，沿街挂出的招牌几乎都离不开“童装”“布行”“纺织”“辅料”这几个关键词，这些招牌似乎一直在提醒南来北往的访客：这里是“中国童装之都”。

对于织里来说，今天的成就来之不易。回首来时路，织里人的心头难免五味杂陈。

20世纪70年代末，在当地吴小章、吴宝珠等一批“扁担客”和“绣花工”的带领下，织里童装迅速破局；80年代后，改革开放的春风吹醒了这个太湖南岸的小镇，各类童装、辅料企业如雨后春笋般涌现，外来人口蜂拥而至；到了90年代中期，织里被批准列为全国小城镇综合改革试点单位，走南闯北的织里人纷纷还乡创业，织里也从只闻水乡土话的乡村摇身一变，成为令人羡慕的富庶小镇。

但是，童装产业的迅猛发展也带来许多问题：监管不力导致的两次特大火灾让童装产业发展受挫，社会治理不当导致的群体性事件让外地人和本地人的关系一度陷入僵局；公共服务资源短缺则导致织里被贴上“宜业不宜居”的标签……过度放任童装产业野蛮生长，其后果是人心的隔阂、情绪的对立；一度忽视了本地人与外地人和谐共处的织里，也为产业发展、城市治理埋下隐患。

勇于直面问题、善于解决问题，这是织里这片热土天生就有的禀赋，亦是织里持续奔跑的动力之源。针对童装产业野蛮生长留下的环境污染问题、社会治理问题，织里痛下决心开始大整治；针对因一次群体性事件暴露的新老织里人人心疏离、新织里人难以融入织里等问题，织里干部首先放下身段，平时注意主动找新织里人沟通感情，遇到具体问题则及时与新织里人商量解决。再加之在公共服务设施的提供上，对新老织里人同等对待，在医疗保障、学生入学、病人看病等环节，织里镇党委、政府也力求做到“一碗水端平”。干群疏离、人群对立、矛盾丛生、纠纷不断从此成为历史，取而代之的是织里干部群众、新老居民其乐融融地建设共同家园的温馨场景。

对于一座新兴城市而言，推行精细化管理、智慧管理，解决的是市容市貌问题，规范的是城市居民的日常生产、生活秩序；而良好的营商环境、心手相连的干群关系，则是推动城市发展的活力之源。当年，改革开放的好政策，让老织里人人心思归、产业回归，历经几十年打拼，织里的童装产业已经成为业界的领头羊，由童装产业衍生或在织里自主催生的电子信息、金属材料、光伏设备等新兴产业也已颇具规模、方兴未艾；而对于数量更多的新织里人而言，无论是加入自主经商办企业行列，还是加盟企业、机关、学校、社会管理与服务等各个行业、各个领域，大家无一例外地成为织里建设者中的一员，而且都在实现自身价值的过程中在织里这片热土上扎下了根。

此心安处即为家。45万新老织里人带着奉献乡土、回报热土的心愿，同心协力建设家园，这份由打拼活力转换而来的发展动力，是可观的，更是惊人的。人们可以感知的是，名声在外的童装企业富而不骄，仍在不断探讨新品，不断开阔新领域，抱团升级；人们感到欣慰的是，“创二代”们不但没有坐享其成，而且还将眼光投向新兴产业，进一步拓展父辈们打下的基业；人们颇为惊喜的是，新一代创业者正在织里寻找新的商机，他们不断学习、不断进步，年轻的身影已经活跃在包括童装在内的各个领域。

在织里采访，与当地企业家交谈时听到的几个小故事让人感触颇深：一名老一代创业者早已功成名就，但他日常生活起居依然自律得惊人，哪怕头天晚上偶有杂事耽搁了睡眠，第二天依旧早晨6点雷打不动起床锻炼，吃了早餐后就进入工作节奏，他把这份自律归结为“要为自己的乡土尽可能多做点贡献”；几位早年来织里创业的新织里人，把企业做大后无一例外地都选择了投身公益事业，有的选择做社会调解工作、有的选择做街头志愿工作、有的选择做慈善工作，谈起为何投身公益事业，他们的回答竟然是同样的一句话——“感恩织里，回馈织里”。

这是织里企业家与织里文化的深层次契合，这也是新老织里人与织里发展的同频共振。试想，当越来越多生活在织里这片热土上的人，肯于为这片热土投入真金白银、甘于为这片热土奉献聪明才智、乐于为这片热土挥洒辛勤汗水，织里的可持续健康发展之路必定会越走越宽广。

1. 筑巢引凤聚英才

钟海常说，织里是他的“伯乐”。

来自福建南平的他，是织里童装设计中心的一名设计师。

“当时误打误撞来了织里，可我却十分庆幸当初做出了这个决定。”2015年，钟海离开了位于广东虎门的企业，只身一人来杭州寻找工作机会。

因为有着丰富的从业经验和不错的设计功底，钟海在杭州两家企业的面试都比较顺利。

“面试完后，就去童装市场逛了下，可一走进市场，发现几乎所有的衣服都是织里生产的。”这激起了钟海的兴趣，虽然“童装之都”织里的大名早有耳闻，可他还是十分想了解，这个小小的乡镇是如何做出这么大体量的童装产业。

说走就走，抱着“看一看”的目的，钟海第二天就买了去织里的车票，前往这个他向往已久的地方。

在织里，他看到了一个与别的地方完全不一样的童装市场。“用一个字形容就是‘快’！”这是钟海对于织里的第一印象。他说，在别的地方，从设计、印版到出样衣可能要一个月，在织里只需要两三天，甚至当天就能搞定。

在织里，钟海还有一个重大发现，那就是对设计的重视已经显露端倪，这和传闻中这里的企业没有品牌意识、不重视设计大相径庭。更何况，织里童装企业似乎对市场有着与生俱来的敏感度，尤其是追求创新、追求爆款的发展氛围，让钟海颇为心动。

正在画设计图的钟海

也正是在逛市场的时候，他被织里当地的华诺童装看中，第二天就去上班了。

“企业对设计节奏的要求是比较快的，这和我以往的工作生活状态形成较大反差。节奏的变换对于我是个挑战，如何做到既保质保量做出设计，同时又兼顾到自己的工作习惯，我也想看一下自己的极限在哪里。”一边学习款式，一边设计产品，没过多久钟海就适应了织里的节奏，成了企业的主力设计师之一。

虽然在童装企业已经有了一定资历，但钟海心中还有着更大的梦想。2018年，他“跳”出企业，转型当了一名自由设计师。

“当时了解到织里童装设计中心正在招设计师团队入驻，我觉得机会不错，就和合作伙伴提交了申请。”钟海说，经过大概15天的审核后，他们的团队就正式在设计中心落地了，头一个月就已经和七八家童装企业达成了合作意向。

“主要服务的是中小型童装企业，这种规模的企业暂时没有能力去培养自己的设计团队，最好的选择就是和设计中心合作。”在钟海看来，通过设计中心这个平台，政府为他们提供了可以大展身手的平台，只要符合资质便可以拎包入住，甚至连租金都不需要支付；另一方面，对于童装企业来说，他们在设计中心也可以“一站式”地找到自己需要的产品。

依托设计中心这个平台，钟海的工作室每年设计的款式超过2000件，固定的企业客户有二三十家，其中不乏慢慢从小微企业向中型企业蜕变的。“我们和客户是共同成长的，有一天当他们不再找我们的时候，我就知道我们的任务完成了。”对于自己的定位，钟海用“承上启下”四个字来概括——帮助企业渡过成长期。

“我一定会扎根在织里。”说起下一步的打算，钟海很笃定，“相比于一线城市，织里的优势就在于它的氛围。在这里，我能找到跟童装相关的一切，这对我这种深深喜爱童装和设计的人来说就是‘天堂’。”

织里也在悄悄发生改变，这是钟海在工作之余观察到的。织里正在变得更加时尚，这是织里最让人感到欣喜的变化。在钟海看来，作为一个童装之都，如果总是一种急匆匆赶路的姿态、做事情总是精致不起来、对时尚和潮流总是没有发自内心的追捧，这绝不是一件好事情。正因为织里有了这种悄无声息的转变，恰恰也说明了织里是一个特别有活力的地方。能在这种又有活力、又很包容的新型城镇工作、生活，真的是一件很幸福、幸运的事。

正因为织里越来越时尚、也越来越包容，在钟海看来，只要是渴求挑战的或是喜欢奋斗的年轻人都可以在织里闯荡出一片天地。也正是在奋斗的过程中，他慢慢喜欢上了这里。“恒业者有恒心。”今天已是两个孩子父亲的钟海，在织里找到了恒心。

在织里，尽管类似钟海的人群还不是特别多，但织里能吸引包括钟海在内的设计师前来，而且来了就死心塌地地喜欢上这里，这应该说是织里的魅力所在，当然也可以说是织里的潜力所在。

一个地区发展的潜力有多大，不在于这里的产业前景有多可观，而在于这里有没有魅力吸引更多高层次人才集聚。织里的童装产业原本是农民洗脚上岸办起来的劳动密集型产业，最初招引的都是普通产业工人和能够满足初级市场需求的创业者。这样一种人员结构、这样一种发展状态，在童装产业起步之初是完全可以推动产业快速发展的。但在织里雄心勃勃向世界童装之都迈进的今天，已经急需有更多设计师加盟，已经急需有更多高水平的专业人才加盟，唯其如此，织里童装产业的转型升级才能拥有更多底气、拥抱更多机遇。

2. 做自己擅长的事

在王佳磊的办公室里挂着三个大字——“大配角”。这是他公司的名字，也是他对自己的定位。

“要知道自己的优势，把自己擅长的事做好。”说起“大配角”这三个字，王佳磊坦言，自己并不算特别聪明，但是肯花功夫，所以在销售方面倒比别人强些。

出生于20世纪80年代末的王佳磊是湖州长兴人，2009年，刚毕业不久的他辞去了规划局里稳定的工作，在车站花了5元钱买了一张来织里的车票。

为什么来织里？王佳磊的想法很简单，那就是趁着年轻，出来打拼一下。

2009年4月30日下午，王佳磊赶到了织里，在这里他找到了一份健身房营销的工作。

“入职后，经理对我们的要求是每个月要完成1万元的业绩，也就是要销售5张卡。我头一个月只完成了3张。”王佳磊说，没有什么能力和优势是与生俱来的，必须不断学习、不断自我总结才能干出点名堂。

在王佳磊办公室的书架上，摆满了各种营销类的书籍和一本本记得满满当当的日记本。“从那时起我就养成了记日记的习惯，下班后都会看看自己一天做了什么事，做对了什么，做错了什么。”王佳磊说，直到今天他已经写了十几本了。与此同时，他还省吃俭用，把工资省下来买书学习。

为客户介绍产品的王佳磊

王佳磊的付出很快收到了回报，之后几个月，他的业绩不断攀升，到了年底的时候，他已经是销售部经理了，第二年就成了健身房股东。

事业发展到了这个阶段，很多人可能会选择安于现状，但王佳磊却发现了问题：健身房虽然办得热闹，但模式却过于“小打小闹”，没有进一步扩张的规划，前途并不看好。

为此，深知“逆水行舟，不进则退”这个道理的他，决定创立一份自己的事业。

说干就干，2013年，他辞去健身房的工作，将目光瞄向了正是百花齐放之际的童装市场。仔细调研过大环境后，他决定将之前积累下的本钱投入衬布行。为了提升核心竞争力，王佳磊还将衬布的产品品类进一步丰富。

踩准了步点的他在进入童装产业的第一年就得到了回报，公司全年总产值1500万元、利润300万元，不仅还清了创业初期欠下的债务，还大赚了一笔。

第二年，他趁热打铁，开设了棉花复合厂；再后来是数码印花厂、线厂、面料厂……“虽然顺利，却不容易。”王佳磊说。成功从来都不是容易的。织里造就了一批创业者，却也如大浪淘沙般刷掉了很多人，只有不断努力，奋力向前，才能得以生存。

“今天就要想好明天做什么，明天就要想好之后要干什么。”王佳磊的诀窍是把所有事情都想在前面，提早布局。

如同王佳磊、钟海这般的年轻企业家在织里已经不在少数，越来越多的年轻人带着自己的理念涌入了织里，在自己最擅长的领域做着自己最擅长的事。

提到织里，很多人都会想到“包容”二字。而织里的包容，其实已经包括给各种层次的奋斗者提供足够大的舞台。早些年，卖菜、出摊、开饭店、开水果店，只要你足够勤奋、只要你能够把最普通的生意做出特色，织里就可以为你提供发财致富的平台；近些年，只要你做销售做得好、做设计能做出特色，你依然可以在织里实现自己的梦想。哪怕是从推销健身卡起步、哪怕是仅仅在童装企业里打工，织里依然可以为你打开一扇通往成功的大门。这也许是所有追梦人无一例外都喜欢上织里的重要原因。

织里为什么会有这么大的魅力？应该讲，这和织里的发展历程密切相关。织里能够从“扁担街”起步逐步建成名闻遐迩的世界童装之都，靠的就是敢闯敢试、靠的就是抢抓机遇、靠的就是迎难而上、靠的就是锐意创新。正因如此，织里的童装产业有最完整的产业链，从事童装业的任何一个门类都可以在这里找到发展机会；织里还有最亲清的营商环境，在这里选择创业打拼往往能够收获意外的惊喜。当然，任何机会都会垂青勤奋的人、有一技之长的人，一名创业者最终能在织里站稳脚跟，正是个人努力与环境助推双重作用的结果。

多年来，正是因为织里为怀抱各种梦想的人提供了足够大的舞台，织里才能汇聚各个年龄层次、来自各行各业的寻梦者。从寻梦者的角度讲，是织里为寻梦者提供了舞台，所有寻梦者对织里的认同源于这片热土的包容与呵护；而从织里的角度讲，没有什么口碑比寻梦者用脚投票更重要，寻梦者与织里相互成就的过程，其实也是织里凤凰涅槃、浴火重生的过程。

眼下的织里，正在吸引更多怀抱梦想的年轻人前来。这些年轻人不管来自哪里、不管从事什么行业，保护好他们干事创业的积极性，营造好亲清和谐的发展氛围，就等同于在为织里更美好的明天蓄力。

3. 商会搭起连心桥

胡毅是重庆市合川区人，已经在织里打拼多年。他现在是一家童装企业的老板，也是湖州市重庆商会会长。朗朗笑声中，他说自己当年来到织里，完全是由于一次意外。

胡毅家共有五个兄弟姐妹，上面的哥哥姐姐成家后，家庭条件都不错，大姐夫在当地一家国营大型煤矿当工会主席，大姐开了个服装店，三姐是老家的公务员，他并没有什么家庭负担。17岁初中毕业后，本来学习成绩非常不错的他在考中专时，意外名落孙山，这让他十分痛苦。没多想，要强的他当夜便收拾行李外出打工。

热心公益的胡毅

最初，他来到广东佛山，在当地一家成人服装厂做临时工。那时的生活十分辛苦，一车车布料拉到厂里后，他和几个工人负责一袋袋背到车间。厂里的衣服做好了，他再一箱箱扛到车上。每天连轴转劳动七八个小时，下工后腰酸得都直不起来。苦力干了一年多，胡毅觉得学不到什么东西，就在老乡介绍下到了福建石狮。

在石狮一家服装厂，热爱机械、善于钻研的胡毅充分发挥了特长，很快摸熟了缝纫裁剪的技术，还学会了修机器，没多久就当上了技术员，两年后，他还升任了厂长。在厂长位置上，他一干就是五年。等自己攒了一些钱，他便辞了厂长职位，和同样能出资的同乡一起办厂子，没承想，没出半年，他们的厂子就倒闭了。事后想想，当地的排外情绪是他干不下去的主要原因之一。因为不会说闽南话，他每次去市场上买布料，都会被当地老板要高价，久而久之，厂子入不敷出，就办不下去了。

从石狮回到老家重庆后，他先是在自家附近搞了个小服装厂，他这边加工好了衣服，再拿到他大姐的服装店卖。不过，他发现这样干的效益并不怎么好，有时生产两天衣服，就可以卖上一个月。直到有一天，他的货车出了事故，伤到了人，一大笔赔偿费用像一个无底洞般等他去填。无奈之下，他关了厂子，去镇上卖菜。

胡毅当时所在的镇是个工业镇，国营煤矿多，工人多，对新鲜蔬菜的需求量大，而隔壁镇是农业镇，他判断，贩卖蔬菜应该能够挣钱。于是，每天凌晨3点多，他便来到隔壁镇，看农民挑着一担一担菜从地里出来，他便全部收过来，之后再扛到公交车站。等去往镇上的第一班公交车到了，他便把菜扛到车顶棚上，拉到他所在的镇，再用板车拉到农贸市场零售，就这样赚一点点差价。

有了卖菜赚的钱，他不但还完了欠账，还稍有积蓄。不甘心一辈子卖菜的他，便到重庆最热闹的朝天门市场买了个摊位，干起了卖童装的生意。没想到，童装生意颇为红火，最多时一年能卖上七八万件。彼时，他还有个小的童装加工厂，多的时候工人有三四十个。经过几年发展，他已经成为当地首屈一指的童装销售冠军。经过冷静分析，胡毅认为重庆的市场辐射范围有限，最多到四川、贵州、湖北等地，不可能再做大了。听说湖州织里是中国童装之都，他便决定到这里看看。

2002年，胡毅满怀憧憬地来到了织里。在织里，他租了间房子，一住就是半年。在这里，他仔细考察了整个童装市场的产业链运作过程，以及童装向全国销售的情况。让他印象最深刻的是，织里不仅不排外，政府工作人员还多次上门服务，这让他很感动。

2002年下半年，他租好房子，就把工厂全搬了过来。在办理证照时，织里镇政府工作人员多次上门服务，还送证上门。每年，镇政府工作人员都会来厂里走访，关切地询问企业有什么困难。近年来，随着“最多跑一次”改革的推进，非本地居民也可以办理出入境证件了，这让他喜出望外。记得早些年他经常要去韩国看服装潮流趋势，每次出国，他都不得不回老家办理签证，来回基本上要花一个星期，现在只要拿上身份证，不出10分钟就能办出来，实在是方便。

改革开放后，从四川、重庆到织里打工的人特别多。有一些人是在棉布城送货，有一些人是做物流，还有一些人，跟胡毅一样，先前在重庆朝天门批发市场做生意，后来到织里办厂。尤其是在2005年至2010年这几年，听闻这边能赚到钱，一批又一批的人转移到织里，渐渐达到了两万人之多。

随着来织里务工的川渝老乡越来越多，自己的生意也越做越顺，胡毅便想着通过什么方式把老乡们组织起来共谋发展。2014年湖州市重庆商会成立，胡毅担任会长。作为商会的领头人，他十分注重跟政府沟通交流，想尽各种办法共同把织里建设好。在他看来，商会是在企业与政府间搭建起的沟通联络之桥，商会要多做成人之美之事，而不是人为挑起事端，让纷争与对立白白消耗有限的资源。

2017年，利济路上的房东们酝酿集体涨房租，这引起了一些经营户的不满，他们串联起来，意欲去镇政府讨个说法。很快，胡毅就接到了商会会员的反映，他立刻在对接群里向镇政府作了汇报。政府第一时间召开紧急会议，将商会负责人叫在一起，商量应对方案。会议开到中午，大家边吃盒饭边讨论。快到下午时，虽然会议没结束，但是通知已经下发给会员，湖州市重庆商会会员全体签署承诺书，保证不参与串联，一场风波就这样平息了。

2018年，织里镇政府提出要实行精细化管理，政府就把商会的负责人都叫在一起座谈。胡毅在会上明确表示，一定通知商会会员都支持，并且还要发起开水免费开放行动，方便清洁工、城管等随时随地喝上热水。因为沟通及时、方法得当，政府、商会、企业都在推进精细化管理进程中受益，随后再携手做事就变得越来越顺畅。

胡毅同时还担任织里平安公益联盟的秘书长，帮助做好当地的社会治理工作。一次，他正开车时，看到群里发了一条信息，引得大家群情激奋。原来，一个外地客户在织里欠账后跑了。这天，趁着大家不注意，这个人居然又返回织里打算故伎重演，结果被当事人认了出来。由于当地对讨债这种事深恶痛绝，大家都扬言要打死这个人。得知这个信息，胡毅马上向公安局反映，并通过联盟志愿者做工作，最终平息了事端。

如今，胡毅已经在织里买了房子，成了新织里人。他实实在在做生意、开开心心做公益，他关心织里的大事小情，已深深地融入这座城市。而对于重庆商会来说，这里已成为重庆商人在织里的家，这里也成为联通企业与政府的桥，商会从此不再是可有可无的松散组织，而是演化为联络感情、建设织里的重要力量。

4. 营商环境口碑好

对于王金龙来说，织里最吸引他的就是营商环境。

1999年，初中毕业的王金龙跟着姐姐从老家安徽安庆来到了织里。“老家在农村，条件不是太好，刚好村里有不少人都在织里做生意，所以就过来了。”王金龙说，当时年纪小，跟着家里人一起过来，相互间有个照应。

虽然年纪不大，但王金龙早就有了自己的想法，他希望自己能干出一番事业。在车间当了半年的学徒后，他辞去了工作，跟着姐夫去大连闯荡。

“当时如果有好机会的话可能就留在大连了。”王金龙说，一方面是没有适应北方的生活，再一方面是感觉织里的创业氛围更好一些，所以在姐夫手下磨炼了近一年后，他还是回到了织里，这一次他决定扎根在这里。

“这一次回来后，便再没有走的想法了。”回织里后，王金龙一边在企业车间里学习制作工艺，一边研究童装设计。

到了2005年，有了一定资本和人脉积累的王金龙决定和家人、朋友们一起创业。

一路走来，王金龙从最初的加工车间学徒工“摇身一变”，成了有自己的品牌、年产值七八千万元的小老板。他坦言，能相对顺利地走到今天的规模，离不开这里蓬勃发展的童装产业以及政府的扶持。

“就拿2020年疫情期间来说，企业确实因为订单问题遇到了一些困难。但是政府专员主动对接我们，了解我们的需求，帮我们‘一对一’地解决问题。”王金龙说，通过政府的对接，公司从银行拿到了最优惠的贷款，企业也渡过了一个多月生产相对停滞的危险期。

镇政府工作人员扮演“店小二”的角色把服务送到生产线，这已经是织里的常态。2020年以来，面对新冠肺炎疫情的影响和多变的市场环境，织里通过创新融资方式、派遣驻企专员及搭建专业平台等方法，把一项项实打实的服务送到了企业一线。

在谋新政的同时，“店小二”们还为童装企业营销拓新路。前期受疫情影响，当地童装线下实体销售压力不小，千余家童装企业囤积库存价值超20亿元。当地立即推行“线上销售＋直播带货”模式，助力企业掘金云端经济。通过网红直播带货活动，全镇共有1100余家童装企业开展线上经营，实现童装网络零售交易额5.2亿元，较活动前日常销售额增长83.9%，买家数增长34.2%，新买家增长31.7%。

正在直播带货的主播（王凌云摄）

“市、区、镇各级政府快速启动线上资源，通过对接线上销售平台和直播机构来协助童装销售。”湖州男生女生品牌管理有限公司总经理柯文化切身感受到了政府的关怀；对于童装企业“田果果”负责人田丽秋来说，政府的介入，让企业在供应链管理上节约了大量的人力物力，现在他们把这一烦琐的环节全部委托给专业平台管理，运营成本一下子降了500万元。

为了给企业管理减负，织里还在国内大型电商平台等多方力量的支持下，打造了工业互联网平台，为品牌商搭建渠道管理和尾货处理的“拼团”系统，并为他们提供面辅料管理的“面料图书馆”等服务。已有“浪漫小猪”“城秀”“男生女生”等多个品牌商将自己的供应链管理交给了该平台。

此外，针对所有规上童装类企业，织里还出台了推动织里童装产业高质量发展的“童八条”新政，从扶持童装类企业上规、加大金融扶持力度和鼓励企业做大做强等八个方面给予政策支持。

疫情期间对于企业的帮扶正是这些年织里打造服务型政府的一个缩影。

针对童装小微企业“设计难”的问题，织里建设了童装设计中心，与专业服装院校合作，引进优秀设计师和设计团，为有需要的企业配备打样、制版、裁剪、选料及成衣等“一站式”服务，助力织里童装行业转型升级；为更好地提升效率，织里镇通过多项新举措推进“最多跑一次”改革，近年来先后梳理出“最多跑一次”清单事项531项，通过网上办、自助办等新方式打破了办事空间上的限制，提升了工作效率，节约了企业的时间成本……

“如果在织里都找不到机会，那在其他地方就更不行了。”用一句话形容织里，那就是“创业者的天堂”。王金龙说：“在这里谁都可以找到机会，谁都有希望成功。”

如果说创新意识已经融入了织里企业家的血脉，那么服务意识也已经融入了织里镇党委、政府的血脉。除了浙江全域推行的“最多跑一次”改革以及得益于数字化改革先行而推出的智慧管理相关举措，织里镇党委、政府的服务意识是在多年体制机制改革、攻坚克难行动中逐渐养成的。一个地方党委、政府的服务工作做得好不好，企业和群众最有发言权。王金龙对织里镇政府提供的一系列服务感到十分满意，主要是因为企业在遇到难题时政府第一时间伸出了援手。年轻的时候，王金龙就看好织里的营商环境并最终选择在织里创业打拼，十几年过去了，王金龙依然把办企业取得的成就归功于织里的营商环境。他常对自己熟悉的朋友半开玩笑地说：“我做生意的水平一般，但眼力很好，最初看好织里并留下创业，就是我这辈子做出的最明智选择。”

5. 做餐饮很有成就

来自重庆荣昌的肖世能，早就把自己当作织里大家庭的一员。

是从什么时候开始把这儿当成自己家的？肖世能自己也说不清楚，他只知道在潜移默化间，自己就离不开这座小镇了。

肖世能和织里结缘的故事是从“误打误撞”开始的。

2003 年春节过后，烧得一手好菜的肖世能在跟家人和朋友商量过后，决定去苏州做餐饮生意。整理好行装后，肖世能和妻子就搭上了朋友前往苏州送货的车，奔赴异乡。

但是，对于肖世能来说，苏州没有成为他这次旅途的终点。

“途经织里，朋友要在当时织里北路的棉布城卸货，结果我也跟他的那批货一起，留在了织里！”回忆起当时的情形，肖世能笑着打趣说，“下车闲逛的时候，我发现虽然城市建设并不算特别好，地方也不大，但这里的人气却出奇的旺，晚上七八点还是车水马龙、人来人往；再者，我四处打听了一下，这里的开店成本也比较低，所以就动了心。”

重庆食府

肖世能没有再搭上朋友的车，而是选择留在了织里，这一留就是整整18年。

租店面、打通供货渠道、装修店面……短短一个多月时间，肖世能的“重庆食府”就在织里富民路265号顺利开张了。

对于川渝菜这种新鲜口味，许多当地人都来尝鲜，老乡更是蜂拥一般涌进了肖世能的菜馆。“我们是织里的第一家川渝菜馆，附近喜欢吃辣的人都会来，甚至有重庆老乡专门从湖州市里赶来这边尝鲜。没多久，‘重庆食府’的名头就火了。”肖世能说，江浙一带人的口味以清淡为主，川渝菜主要做麻辣口味，起初大家都不太吃得惯，但大家渐渐地发现了川渝菜的魅力。

带动当地人吃辣，这是让肖世能很骄傲的一件事。对于肖世能来说，能让大家认可自家饭馆的口味比啥都重要。曾有一位当地人，家里的菜放一点点辣椒就忍受不了，结果到了“重庆食府”吃过一次后，隔三差五就会过来对他说：“现在一天不吃辣就不舒服了。”

当然，肖世能做的川渝菜也根据当地人的口味做了改良。“起初是最地道的重庆菜、川菜，现在也算是有江浙的特点了。”肖世能说，就拿招牌菜酸菜鱼来说，有清汤、红汤、微辣、麻辣四种口味，给来自五湖四海的食客提供更多选择。

可好景不长，餐馆开业不久就遭遇了“非典”，生意一落千丈。他清楚地记得，因为没人进货，织里的人气急剧下滑，一条路上原本热热闹闹的几十家饭店，也都变得冷冷清清，最后只剩下四家。“重庆食府”就是其中之一。在大家的帮助下，肖世能的店撑了下来。

也正是这次磨难，让肖世能的观念发生了改变。说起最初来织里的原因，肖世能坦言，就是为了赚钱，但在赚钱的过程中，主动上门帮办执照的政府、帮助解决供货问题的街坊邻里和鼎力扶持的老乡让他感受到了织里这座城市的温情，也让他逐渐萌生了留在这里的念头。

“非典”过后，人潮再次涌向了织里，肖世能的店又忙碌了起来，借着这个机会，他把老家的一些亲戚一股脑儿都请过来帮忙。

“老大在这里上了学，老二在织里出生，父母和很多堂兄妹都过来了。”那段时间，肖世能真切地感受到，织里越来越有家的味道了。

“我已经三年没有回过老家了！”肖世能感叹，刚来的时候，自己还时不时会患上思乡病，现在反倒跟老家有了距离感。

这些年，肖世能的生意经历了起起落落。从最开始的“一炮走红”到濒临倒闭，从后来最红火的时候开了5家分店再到现在的2家店面，他说自己已经看开了很多，只图一份稳定的生意和融洽的生活环境。

“10多年前的织里鱼龙混杂，管理也比较混乱，到处都是乱糟糟的，再看今天，街道整洁，大家的素质也都提高了许多。”肖世能感慨地说，今天的织里不仅适合创业，更宜居，他也已经在这买了房子，在织里出生的小儿子已经上高中，甚至还能说几句当地的土话了。

除了做餐饮生意，肖世能还是一个不折不扣的“公益达人”，一有空就参加社会治理和志愿者服务。

2020年初，新冠肺炎疫情暴发后，肖世能的餐饮生意一度被按下了暂停键，正如17年前“非典”来袭之际。

虽然生意停滞了，但肖世能觉得即便不赚钱也应该为工作在一线的志愿者、为织里这座城市做些什么。

“2003年的时候，饭店刚刚开业，我没有能力去帮助别人，但政府和朋友帮我渡过了难关。现在我有能力了，必须要做一点贡献。”看到了彻夜坚守在卡点上的工作人员后，肖世能决定给他们送夜宵。就这样，连续一个多星期，他和家人每天都为值守在一线的抗疫工作人员提供200份盒饭、水饺、汤圆。

探望福利院孤寡老人、在十字路口疏导交通、寒冬酷暑之际为基层工作者送去福利……肖世能的身影也经常出现在织里的街头巷尾。“织里为我们创造了发家致富的机会，我也把这里当成我的第二故乡，为这个城市尽些应尽的力，义不容辞。”如今，肖世能的家人基本都已经生活、工作在湖州，甚至还有不少同村的乡亲纷纷赶来织里。

2021 年春节，很多重庆老乡决定留在织里过年，肖世能一家也留下和重庆老乡一起过年。

肖世能的大女儿小宇学的是视觉设计，有时也会鼓捣一下直播。新春来临之际，她建议老爸在小年夜做一场直播，用视频直播这种形式把最地道的重庆年味带给同样留在当地过年的老乡们。

2 月 4 日下午，一场略显简陋的直播在肖世能家的厨房开始

安徽卫视报道肖世能的年夜饭直播

了。女儿主讲，父亲主做，两人配合默契，连老肖73岁的老母亲也在直播间点赞，为儿子声援。

令他们没想到的是，直播效果非常好。很多人在下面留言："这就是家乡的味道"；"看着就是年味"。最终，在将近两小时的直播中，肖世能做脆皮鱼、糖醋小鲫鱼、艾粑、扣酥肉、夹沙肉、鱼香蹄髈、萝卜炖腊猪脚等。直播结束后，家人和员工一起分享这些佳肴，成了一顿特殊难忘的团圆饭。

肖世能心里最清楚自己外出打拼18年经历了多少波折，但在织里经历的点点滴滴，不管是暖心的还是"扎心"的，都让他爱上了这座城市。从肖世能融入织里的故事，人们不难感受到织里的宜居宜业，以及这座小镇独有的宽厚与包容、活力与温情。

6."自我提升"竞风流

2002年，拎着一只旅行箱，辽宁姑娘田丽秋只身来到了这个太湖南岸小镇。

此前，她在北京做过三年的服装零售和批发等生意，这段经历让她学会了怎么和人打交道，也让她对服装设计有了自己的独到见解。可交友不慎让她几乎失去了所有，也让她不得已只能在异地从头来过。

关于织里，田丽秋早有耳闻。“那个时候，北京市场里很多童装都是织里生产的，‘童装之都’算是我向往的地方，但却完全没想过自己真的能在这里‘重生’。”谈起最初来织里的目的，田丽秋说其实很简单，就是不服输，想趁着年轻再干出一番事业。

她的想法和织里的发展定位不谋而合。对于这些敢打敢拼的创业人士来说，织里是最适合他们的地方。

“这里很包容，产业链很完善，政府支持，市场氛围相当好。”在织里镇，田丽秋亲眼见到了童装行业欣欣向荣的发展势头和同行们努力干事创业的热火场面，一周以后就决定留下来干一番事业。

可即便是身处创业的福地，现实还是比想象残酷许多。少资金、缺客户、没人脉等一系列严峻的问题如大山一般压在了田丽秋身上。

“刚创业的头两年，‘有上顿，没下顿’的状况屡见不鲜。”田丽秋说，当时一方面要自己设计款式，一方面还得给企业找客户，甚至连晚上睡觉时都想着企业的事儿。

看着别人工厂里的流水线上忙得不可开交，田丽秋心里更急了，她一边主动上门对接客户，一边挖空心思设计跟别人不一样的产品。

“捷径也是有的，那就是借鉴别的企业卖得好的款式，稍加修改再投产。”田丽秋说，为了生存，她确实也尝试过这种法子，可她深知这只能治标，不能治本，要想真正做大，只能在产品上下功夫。

也正是在那段时期，田丽秋发现了自己的优势，那就是对时尚的敏锐洞察力和独特见解。她趁热打铁，专程前往国内外的几个童装市场研究流行趋势。功夫不负有心人，在当年的第二个季度，田丽秋连续设计出好几版“爆款”童装，让企业走上了正轨。

起步阶段的企业虽然有了稳定的客源，但田丽秋深知，要想突破产量的瓶颈，一定要转变思路，独辟蹊径。

当时，她的企业位于织里镇利济西路，这里的企业大多数以批发走量为主，而与利济西路仅一个路口之隔的利济中路就仿佛另一个世界，这里的企业主要生产精品童装，面向中高端客户。

“在织里，相同类型的企业都会聚集在一个区域，就拿利济中路的童装企业来说，它们的产品面料好、款式新，版型也不错。一些小客户拿货都不敢往街里走！”田丽秋当时便暗暗下决心，想着总有一天自己要跨过这条街，走进另一个世界。

有了几年的人脉和财富积累后，2010年田丽秋毅然决然地跳出了原有的模式，开启了二次创业。

“织里的童装企业一直在洗牌，只有那些不断思变、不断创新的企业才能一直走下去。”田丽秋始终认为，运营一个企业必

辽宁姑娘田丽秋正为客户推荐童装

须时时刻刻保持狼性，如果满足于现状，就如同温水煮青蛙一般，迟早会被市场淘汰。

同年，她在利济中路租下了一大块地，创立了湖州朗田服饰有限公司。这一次，她战略性地放弃了生产，专攻自己擅长的设计和销售领域。

田丽秋的新思路果然获得了成功。在2011年的产品订货会上，她操刀设计的产品获得了一致好评，会上就成交了1200余万元的产品，头一年就做到了120万件的体量。

有了第一年的基础，田丽秋和丈夫定下了后两年180万件和350万件的目标。接下来的两年时间，田丽秋的企业从单做“田果果”一个牌子裂变成四个牌子。“第二年完成了200万件，第三年达到380万件。”

到了2017年左右，因为大环境以及库存问题，企业再次遇到了瓶颈。田丽秋决定“壮士断腕”，“砍”掉三个牌子，专心做“田果果”。

“虽然体量比起前两年有了下滑，但品牌却在不断增值，企业效益也在稳步攀升。”这些年，田丽秋一直在根据市场形势调整发展思路。

“正如当时选择留在织里一样，这里‘百花齐放’的氛围以及对外地人的包融，是我能有今天成就的重要原因。”今天的田丽秋总是心怀感激，她说，这20年她见证了童装产业的壮大，她自己也随之不断进步。

“永不停歇攀高峰就是我对织里最深沉的爱！”田丽秋认为，童装产业一直在自我升级，企业也必须这样，这既是为了自己的发展壮大，也是为了“童装之都”的金字招牌。

“永不停歇攀高峰”让东北人田丽秋在织里找到了自己的位置，而对于更多织里本土企业家来说，“自我提升”“永不停歇”已经融入了他们的血液中。

2017年，东尼电子股份有限公司在上交所鸣锣上市，沈新芳和沈晓宇这对父子站在一起敲锣。17年前，沈新芳创办的企业织布做衣服。2005年，儿子沈晓宇在一趟韩国之行中萌生了转型做合金线材的计划，让企业从劳动密集型产业跳出，转战技术要求更高的电子制造产业。目前，企业已成为苹果、西门子、

2017年，东尼电子鸣锣上市

泰科和ABB等世界强企的核心供应商。

同样的“自我提升”，还体现在创立“珍贝”的邱金元和另立“贝盛”门户的邱小永父子身上；年逾古稀的潘阿祥依然醉心于产品研发，雄心勃勃地谋划企业转型升级。

这些新老企业家们不断自我升级、开拓市场的样貌，正是织里这些年发展的写照。

现代工厂

以全产业链模式发展战略性新兴产业，也是织里产业“新衣裳”的新织法。瞄准这条“链”，当地采取“区招商分局＋镇招商分队”模式开展组团招商，提升强链、延链和补链的精准度。在这一模式下，织里已集聚新材料产业规上企业达43家。

织里以童装产业名闻天下，但支撑织里发展的远不止童装一个产业。在新经济发展大潮下，如今的织里，以童装产业为引领，羊绒羊毛、铝合金型材、光伏产业、电子信息四大产业集群共同发展的“一点四支撑”产业格局正变得越来越清晰。

这就是新老织里企业家不断“自我提升”的成果，这又何尝不是织里这个新兴城镇不断“自我提升”的成果呢？

7. 老织里人的奉献

新时代的织里，业态越来越丰富，人们的生活质量也在不断提升。这也让更多织里人开始从内核上寻求升华。

“爱心妈妈”罗根娥就是其中之一。1963年，罗根娥出生在织里郑港村。

跟许多同龄人一样，罗根娥年轻时便心灵手巧，勤劳能干。20世纪70年代初，身高刚跟灶台一般高的罗根娥已经开始帮家里生火、做饭；到了上学的时候，打理农作物、割草、养兔子、养羊、养猪这些工作对于罗根娥来说已经是轻车熟路，除了在生产队挣工分，她还会绣花、织毛衣、缝布鞋来补贴家用。

即便生活如此艰难，爸妈依旧坚持把罗根娥和她的两个哥哥培养成“读书娃”。“读到高三下半年，我看家里实在困难，就主动放弃了学业，到乡镇里当了会计，负责管理三个生产队的账目。”罗根娥说，会计这份工作给她带来了一个月60元的收入，成了当时村里的高收入人群。

改革开放后，她开过服装店，卖童装和中山装；后来在自家门口的棉布城创业，经过努力和打拼，她家的布行在织里小有名气。

事业有成后，罗根娥却选择退居二线，把企业交给家人打理，自己则把重心放到了公益事业上。“织里的发展节奏太快了，以前的企业‘低、小、散’，街道‘脏、乱、差’，现在呢，

“爱心妈妈”罗根娥在四川省青川县捐建的书屋内

完全是两个样子了。”谈及为什么做慈善，罗根娥说她们这辈人是从苦日子过来的，对于那些特别需要帮助的人，她能感同身受；再者，这些年织里的条件越来越好了，也让他们有余力去做慈善。

2008年汶川地震，罗根娥和四位女企业家发动棉布城同人一次捐出12.8万元善款，表达对灾区人民的慰问和援助；2010年，罗根娥和10多个姐妹一拍即合，成立“爱心妈妈”团队。“以前大家都是自顾自地做，现在有了这个团队，大家可以合力办大事了，但另一方面，作为会长，我肩上的责任也更大了。”罗根娥说。每一次有人找团队寻求帮助，她都会去现场踩点，确保团队的钱都花到最该花的地方。

从十几个人到现在的48人，“爱心妈妈”队伍在不断扩大，但初心依旧不改。多年来，爱心妈妈们把精力放到帮助弱势群体上，她们常去孤儿院、敬老院、智障学校探望孤残儿童和孤寡老人，她们乐于资助贫困学子，时不时给他们送去学习用具和生活用品，在帮助他们解决生活困难的同时，给他们带去温暖和爱心。

2011年，后林行政村某村民家一小男孩患白血病，生命垂危，因家贫、巨额医疗费无着落，孩子的父母心急如焚。“爱心妈妈”团队闻讯后，救人如救火，即刻派人送去医疗费15万元，同时发动社会各界接力捐助，总共筹集了70万元善款。2013年，湖州重兆镇某村的7岁小姑娘患上了白血病，急需大笔治疗费用，协会成员胡群雅、罗根娥、邱慧群代表团队去医院看望，并汇出善款4.6万元。2015年，长兴县林城镇连心行政村9岁陈姓小学生在山边玩耍时因被毒蚊虫叮咬而中毒昏迷，医生说有希望救治，但昂贵的医疗费让小学生的父母愁眉不展，借贷无门。“爱心妈妈”团队闻讯后，再次启动团队救助，罗根娥与王景芝携带10.7万元现金，驱车送到杭州医院。孩子的父母用颤抖的双手接过这笔沉甸甸的善款，感动得热泪盈眶。不久后，小男孩治愈了，这个家庭又恢复了往日的快乐和平静……

对于“爱心妈妈”来说，类似的事迹不胜枚举。

面对湖州当地两家高校的贫困学子，“爱心妈妈”跟学校结成对子，并与校方签订了分别为期5年和10年的援助协议。这些年，“爱心妈妈”的义举使几百名学子摆脱了困境，顺利完成了自己的学业。

“爱心妈妈”们也常常收到学生们寄来的感谢信。2019年底，她们收到了一封来自“爱心妈妈”团队在贵州六盘水师范学院资助的一名贫困学生的信。对方在信中写道：“我已顺利完成学业，现在在遵义一所学校当语文老师。非常感谢‘爱心妈妈’们在最困难的时候帮助了我，‘爱心妈妈’是我们所有贫困学生的妈妈。你们无私和温暖的爱感动了我、帮助了我，我也正学着你们做慈善，帮助困难的人，感恩社会，回报社会……”

朴实的话语，道出了一位贫困学子最真切的心声。几年前，罗根娥与邱惠群等人多次赴贵州六盘水师范学院考察，驱车

7个半小时访问贫困学子的家乡，详细了解情况后，她们为六盘水师范学院70多名贫困学子捐献了20余万元助学款。

青海、贵州、四川、湖北……这些年，“爱心妈妈”们已经在许多地方留下了足迹。

因为经常要在各地跑，罗根娥近些年有了买车的预算，但一想到总会有人更需要钱，她就舍不得买车。2018年，团队在青川捐建了吴兴“爱心妈妈”书屋。在得知图书馆藏书量还不足时，罗根娥就把原本打算买车的10万元钱拿了出来，给书屋捐赠了一批图书。

“毕竟也不是刚需，跟团队出去并不需要每个人都有车，以后有闲钱了可以再买。”罗根娥自我安慰说，无论是之前自己做慈善还是现在带领团队做慈善，目的都是纯粹的，都是为了让那些迫切需要帮助的人得到帮助。

“随风潜入夜，润物细无声。”“爱心妈妈”团队10年来累计为社会捐献善款350余万元，捐赠衣服5万余件，其他物资不胜枚举，惠及四川、西藏、贵州15个省（自治区、市）的贫困大学生和困境妇儿5万余人次。2021年初，罗根娥还在爱山街道发起成立“小螺号”巾帼志愿团，为辖区居民提供困难帮扶、纠纷调解、家风宣讲等志愿服务。

得到帮助的学生们也经常会给她们寄来感谢信、短信以及一些小礼物。对于“吃水不忘挖井人”的学生，罗根娥却不希望他们一直记挂着她们，只要好好学习，好好工作，过好自己的生活就已经是对“爱心妈妈”的最好回报了。

如果用一个词来形容这个团队，罗根娥说是“纯粹”，“爱心妈妈”们大多是企业家，她们不为名也不为利，只是想帮助人。

对于织里，罗根娥更是充满感恩，她说：“织里让我事业有成，也让我们一家子能在这里幸福生活，全身心地做慈善就是我对织里最好的回馈！”

8. 新织里人的反哺

对东北姑娘马玉兰来说，她永远不会忘记1998年9月7日这个日子。那一天，她从老家东北来到了这个陌生的城市，那一年她31岁。

出身学术家庭的马玉兰跟家人不一样，她有一颗经商的心，也渴望有自己的一份事业。

1998年，她暗下决心，准备来当时已经小有名气的童装之都闯一闯。

就这样，马玉兰和姑姑拿了一块足有两米长的布做了一个兜子用来装行李，两人扛着这个大兜上了火车，一路奔波来到了织里。

对于马玉兰来说，织里是一个充满机会的地方。刚到不久，她就发现了商机，当时晟舍一家童装厂因为经营不利，老板正在寻求下家。

摸完底后，马玉兰把这几年存下的两万元积蓄都拿了出来，接下这个工厂，招募了7个员工，她就开始做起了童装。

“别的老板走了，我就接了下来，继续找版子，做衣服。”马玉兰自己虽然也是老板，但除了跑销售、拉订单，她还要做个好厨子，帮工人解决吃饭问题。

马玉兰说，工人来自五湖四海，众口难调，做一顿让大家都爱吃的饭，其难度可不比拉一单业务小。“除了口味之外，南方的很多菜我都不认识，比如说藕，来织里前从没有见过这种东西。”马玉兰说，类似这样的问题层出不穷，但她的街坊邻里都愿意帮忙，教了她很多。

在工厂车间忙碌的马玉兰

来织里前，马玉兰曾在广州和福建做过几年生意，也知道创业的不易。

在织里这么多年，马玉兰遇到的困难不少，但最后总能解决难题，除了她坚韧的性格，周遭的朋友也给了她很多帮助。

“我们跟包装公司一直合作了20年，现在大家还在合作；还有很多员工跟我走了20年……对于那些彼时给予她帮助的人，马玉兰至今仍满怀感激。对于织里，更是如此。如今，马玉兰已经将企业交给了儿子，自己则将精力放在了回馈社会上。

2015年，马玉兰加入了老乡徐维丽创建的由织里新居民组成的志愿团体——“平安大姐”志愿团。

“创业这么多年，我对自己的嘴皮子还是有点信心的，所以成了志愿团里的一名人民调解员。”这些年来，她每年都会调解几十件各种类型的纠纷，帮助身边人解决一些具体问题。

就在前不久，一位老板向她求助：“一位客户六年前欠了她4万多元一直不还，现在还搞起了失踪，实在让人忍无可忍，只能向你们求助。”马玉兰听了事情的经过后，马上联系这位欠钱的小张，得知他因为经营不利而负债很多，一时间无力偿还欠款。

“像这种事，我们调解起来就像处理自家的事一样，自己在办厂的过程中也遇到过磕磕绊绊，知道彼此的难处，很能感同身受。”马玉兰说，后来他们三方约定了时间面谈，大家也都体谅各自的难处，最终说定小张在三个月内返还4万元欠款，双方都同意了，最终小张也按时归还了欠款。

类似这样的案例不胜枚举。2017年12月，她花了四天四夜时间，追回了30多位员工被拖欠的30余万元。有家厂里的两拨生产线熟练工人打架，互相不满，都嚷嚷着势不两立，要求老板辞退另外一方，把老板弄得又气又急。经过马玉兰推心置腹地轮番做思想工作，最后以两拨工人互相道歉握手言和并全部留下的结果圆满解决。她还曾花几天时间解决了一起婚姻纠纷，最后让女方获得了50余万元的补偿……

“创业的时候大家帮了我很多，现在事业小有成就，轮到我去帮助那些有需求的人了。”马玉兰心里充满了感恩之情，她说每调解一起纠纷，就是从根源上解决了一个问题，就是为织里的和谐发展贡献了一份力量。

2019年，织里社会矛盾纠纷调处化解中心正式成立，专门调解情感纠纷、家庭矛盾的吴美丽工作室，擅长调解劳资纠纷的“平安大姐”工作室以及为政府与企业、社会沟通搭建桥梁的商会、协会也作为社会力量入驻中心，分门别类、“对症下药”地调解不同类型的社会纠纷。

在织里工作、生活了20多年，马玉兰打心眼里喜欢上了这个江南小镇。在她眼里，织里既淳朴又洋气，淳朴说的是织里有自己特有的风俗习惯，而且传承几百年；洋气说的是这里能够和外界及时接轨，不论是接纳各地饮食、还是解放思想做事，织里都给她带来深深的触动。马玉兰尤其喜欢织里人做事不惜力、办事讲诚信，更喜欢织里这块热土不但接纳了那么多新织里人，而且把一切资源都毫无保留地给了这些新织里人。

“以往更多的是织里给我们送温暖，现在是我们反哺织里的时候了。”这是马玉兰常挂在嘴边的话。当这些以新织里人为主力军的社会力量主动加入到基层治理的队伍中时，你就知道，他们是真正把织里当成了自己的家。

9. 谁是“最美知礼人”

改革开放初期，织里曾流传过这样一句话：“遍地是黄金，满地是垃圾。”如今，哪怕是走进织里最偏僻的地方，也很难看到“躺”在街上的垃圾了。

“要想寻找织里的发展轨迹，不需要去那几个著名的童装企业，在街头巷尾就能看到。”织里这些年的变化，常年在街道上干活的朱其英看得真切。

21年前，来自安徽阜阳的她在母亲的介绍下，来到了织里。

“刚来那几年，女儿年纪还小，我就带带小孩，打打杂。”孩子上学后，朱其英就拿起了扫帚，在织里振兴街道干起了环卫的活儿，这一扫就是15个年头。

对于织里，朱其英充满了热爱和感恩。第一次来织里的时候，朱其英感叹：一个乡镇竟然如此发达！

“最美织里人”朱其英

作为一名环卫工人，她切实感受到了织里的变化。“变化老大了！”质朴的朱其英回忆，刚开始工作的时候，街道上垃圾可以说是随处可见，“有时候真的很无奈，早上刚扫完，吃个中午饭发现垃圾又都回来了，就好像上午都白干了一样。”

对于工作之初的“忙”与“乱”，朱其英记忆犹新，光是甘蔗皮，那时候一上午就装了20桶。“甘蔗皮还不好扫，有的时候得用手去捡，到了下雨天就更麻烦了，动不动就要折腾到下午一两点。”

街面垃圾成堆、垃圾桶里空空荡荡的情况并没有持续很久，随着政府的不断引导以及市民的自觉性越来越高，朱其英的工作也越来越轻松了。虽然人口众多，但是大家在潜移默化间改变了坏习惯，街边垃圾竟然成了“稀货”。

说起为什么在织里留了这么久，朱其英说得很朴实：“织里就跟自己家一样，在这里干活舒服，就不想走了。”

从刚进单位的“小朱”，到现在大家都亲切地叫她一声“朱姐”，她把最美的年华都留给了织里，她也早已把这里当成自己的家了。

环卫工人由于工作环境等原因，是一个流动性非常大的职业，但不仅是朱其英，连她的同事也大多是干了七八年的老环卫了。

工作之余，她还在单位里当起了知心姐姐。有一次，单位小王连续几天闷闷不乐，她便主动上去询问，得知小王家人生病急需用钱后，朱其英二话不说就把自己多年的积蓄借给小王救急；单位的小李初中毕业后从老家来织里打工，虽然很能吃苦，但工作的脏和累还是让这个小年轻一度打起了“退堂鼓”，得知情况后，朱其英做起了她的思想工作，还帮她介绍了对象，现在小李的孩子都已经上小学了；2020年疫情期间，环卫工作相对轻松，但朱其英也没闲着，主动帮助街道的志愿者运送物资；更重要的是，每当单位有新同事来时，朱其英也会毫无保留地将自己的工作方法、技巧和心得体会分享给同事。“我们的工作说普通也普通，说重要却也很重要。”朱其英说，“城市的市容市貌光靠一个人是不行的，得大家伙儿一起努力。”

“这边我的老乡很多，我用方言宣传环保，也更加容易让他们接受。”工作之余，朱其英还会将“树立环保，人人有责”的观念分享给老乡。

“我是新织里人，我扎根在织里，这就是我的第二故乡。”今天，朱其英已经融入了这个城市，三个小孩有两个已经工作，“本想着让大女儿回老家，可她前脚回老家结婚，后脚就又‘悄无声息’地回来了，对于他们来说，织里就是他们的家。”

眼下，她早已把自己当作织里这个大家庭中的一分子。正如她常挂在嘴边的那句话：“同住一座城，共建一个家。”

2017年11月，当朱其英站在“最美知礼人”的领奖台上时，激动得热泪盈眶：“我就是一个扫马路的普通工人，镇上居然给我颁奖，还把我的事情写进书里了，织里真的把我们当自家人了！”

文化是城市的内核。随着越来越多的新织里人在这里安家，近年来，织里通过打造“织里·知礼”文化品牌，让各地的人都能在这里找到文化认同感。其中，“最美知礼人”评选是

“最美织里人”颁奖现场

“织里·知礼”的重头戏，全镇各类人群都可以参与，截至目前已举办3届，获奖的个人共计304位。

此外，针对来自不同地方的新织里人，相关部门还开展文化走亲、“古韵新声”等特色活动，用最熟悉的乡音、最“土”的文化习俗，让他们感受到家的味道。

这就是织里风韵，这就是织里温度。为什么那么多人慕名来到织里、为什么那么多人来到织里就不再走了，织里有最完备的童装产业体系是很多人都能想到的答案，而织里这个童装重镇重情重义，应该会成为在织里工作、生活过的人的首选答案。

在很多人的认知里，织里是个淘金、创业的好地方，而今日织里也是有历史底蕴、有文化传承、有人格魅力的地方。有一天，当人们慢慢淡忘了织里是一个童装之都，想更多探寻这个江南古镇的遥远过往时，织里的风采才会蓦然绽放，织里才会成为所有织里人心头那个独一无二的织里。

10. 同心协力抗疫情

一个城市是不是有魅力，并不在于这里有多少灯红酒绿的所在；一个城市到底有多少魅力，关键要看这里遭遇险情时到底有多少人打心眼里肯为自己的家园出力。

伴随织里城市快速发展，公共设施越来越完善，干事创业越来越方便，新居民选择定居下来的越来越多。也正是在建设织里、反哺织里的过程中，新老织里人心往一处想、劲往一处使，让整个城镇沉浸在温馨和谐的氛围中。2020年新冠肺炎疫情暴发，新老织里人的心贴得更近了，共同的家园意识让织里这座新兴城镇的抗疫表情变得坚毅而生动。

2020年1月，疫情暴发之初，当地的非营利性社会组织织里童装商会第一时间召开“云会议”，在线转发《致45万新老织里

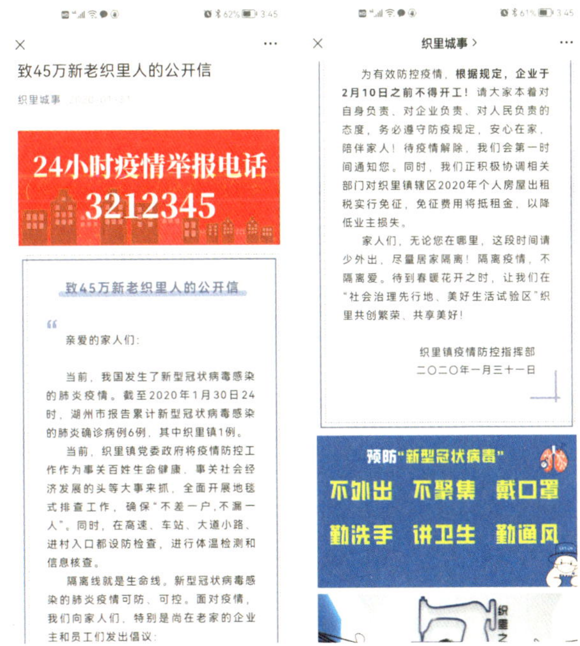

致45万新老织里人的公开信

织里城事

24小时疫情举报电话
3212345

致45万新老织里人的公开信

亲爱的家人们：

当前，我国发生了新型冠状病毒感染的肺炎疫情。截至2020年1月30日24时，湖州市报告累计新型冠状病毒感染的肺炎确诊病例6例，其中织里镇1例。

当前，织里镇党委政府将疫情防控工作作为事关百姓生命健康、事关社会经济发展的头等大事来抓，全面开展地毯式排查工作，确保“不差一户，不漏一人”。同时，在高速、车站、大道小路、进村入口都设防检查，进行体温检测和信息核查。

隔离线就是生命线。新型冠状病毒感染的肺炎疫情可防、可控。面对疫情，我们向家人们，特别是尚在老家的企业主和员工们发出倡议：

织里城事 >

为有效防控疫情，**根据规定，企业于2月10日之前不得开工！**请大家本着对自身负责、对企业负责、对人民负责的态度，务必遵守防疫规定，安心在家，陪伴家人！待疫情解除，我们会第一时间通知您。同时，我们正积极协调相关部门对织里镇辖区2020年个人房屋出租税实行免征，免征费用将抵租金，以降低业主损失。

家人们，无论您在哪里，这段时间请少外出，尽量居家隔离！隔离疫情，不隔离爱。待到春暖花开之时，让我们在“社会治理先行地、美好生活试验区”织里共创繁荣、共享美好！

织里镇疫情防控指挥部
二〇二〇年一月三十一日

《致45万新老织里人的公开信》

人的公开信》，号召商会企业做到“2月10日前不开工，关注官媒不传谣，共度时艰不退缩”。会后，童装商会下辖30多名企业家带头签订《不开工承诺书》，带动近300家童装企业纷纷发出“近期不开工，适当减免房租”的倡议。

为支援在疫情一线工作的社区干部，童装商会还自发开展募捐活动，商会企业纷纷响应，短短一天时间就筹集到20多万元善款，第一时间用于购买口罩、消毒水等防控物资，支援在织里防疫一线的人员。同时，童装商会里的企业老板们还积极参与社区排查，通过电话、微信等方式对企业外来员工进行电话回访、防控宣传。一些企业主马上决定，对宿舍区留守职工实行全程封闭式跟踪管理，做好防控工作。

湖州今童王党支部党员陆建琴主动放弃假期，每天对整个厂区进行防疫宣传、安全巡查等工作。湖州跳跳龙党支部党员邱国华主动报名参加金鼎国际小区的防疫工作志愿服务，挨家挨户上门排摸人员信息，在小区门口开展轮班值守，核查来往车辆、测量进出人员体温，一直默默坚守在抗击疫情第一线。

“平安大姐”捐款捐物折合322068元，“蜗牛兄弟”捐款200000元，心连心公益中心捐款123966元……织里的其他公益组织和社会团体纷纷开展捐助疫情防控活动，并以此汇聚力量支援湖北武汉和织里镇抗击疫情第一线。

这些爱心捐款有的用来直接采购口罩、手套等紧缺物资，捐给武汉市医护人员和战斗在各防疫点一线的医护工作人员，有的通过吴兴区慈善总会转交武汉，也有部分捐款折合防护服和口罩等紧缺物资直接支援织里镇，统筹用于防疫一线的工作人员等。

进入3月，随着复工复产的开展，织里众多童装企业又自发行动起来，积极配合政府尽快实现复工复产。

受疫情影响，复工之初，许多童装企业都面临员工招不到、产能无法恢复等难题，弗兰尼尔公司就是其中之一。过完年，按照童装行业的惯例，春节之后就要开足马力生产夏装，但到了2月底，弗兰尼尔公司只回来了三分之一的员工，产能也只恢复了约40%，三个车间中有两个车间处于停工状态。阿龙服饰有250名员工，只返厂了30多人，部分生产好的夏装也只能放在车间。

针对这一情况，织里镇政府当机立断，立刻发动30多个相关产业负责人兵分15路，跑遍镇上所有上规模的童装企业，讲解扶持政策，鼓励企业复工复产。织里还出台一系列鼓励复工复产的举措，比如在2020年2月26日之前回到企业的员工，坐高铁的，车票全额报销；自驾来公司的，也是参照高铁二等座票价，全额报销；2月26日至3月5日期间回来的，车费报销一半等。

由于政府、企业和社会组织既各担其责又统筹有方，织里的各种类型企业很快克服疫情影响，迅速恢复产能，这也直接促成织里2020年的GDP不降反升，一举突破了340亿元。

2021年初，受严峻的疫情形势影响，浙江号召群众就地过年，织里的新老居民积极响应号召。林用妃是童装企业“春田花花”的老板娘，春节期间，她一直跟着镇社会事务办公室工作人员、镇卫生院“留织医疗支援队”志愿者走企业、送温暖。万邦德栋梁铝业有限公司是当地一家规上企业，有500多人响应号召留在当地过年。到了企业后，林用妃和志愿者们一起将口罩、免洗洗手液等防疫物资送给企业员工，医务人员还免费为他们进行了血压、血糖等常规健康体检。

湖州市非物质文化遗产剪纸传承人蒋志瑛在织里镇成人文化技术学校通过网络直播，教在织里过年的外来务工人员剪窗花。湖州市武术协会织里分会会长熊建荣在织里镇科技文化中心开了太极养生直播课。“起势，全身放轻松，重心略向左，身向左转，重心左移……”屏幕那头，来自哈尔滨的童装企业主马玉兰正在织里童装产业示范园的生产车间里对着手机认真学习。

为了让就地过年的外来务工人员生活更加丰富，织里镇相关部门还联合各街道、村社，精心录制了“新村晚”，通过网络直播的形式，共贺新春佳节。

沉舟侧畔千帆过，病树前头万木春。如今漫步于织里街头，到处都是生机勃勃的热闹场景：童装市场，人群摩肩接踵，售卖采买声络绎不绝；街头公园，跑步的小伙儿，打太极的老人，追逐玩闹的孩童，到处洋溢着欢声笑语。伴随产、城、人融合发展的迭代升级，一幅幅“环境美、生活美、产业美、人文美、治理美”的美好画卷正在织里这片热土上徐徐绘就。

第六章

共富之韵　城乡统筹谱新篇

既有多种业态蓬勃发展的都市气息，也有集田园风光、文化民俗、美丽产业于一体的美丽乡村。今天的织里依托童装产业实现跨越式赶超发展，从一条小小的“扁担街”发展成25平方千米的现代化城镇。

“近几年，织里镇始终坚持一张蓝图绘到底，一任接着一任干，以‘环境美、产业兴、百姓富’为目标，着力催生乡村发展内生动力，在全面完成农村水网改造以及农村交通路网建设的基础上，全域推进美丽乡村建设，大力发展集农业产业、农事体验、休闲观光、科技教育、文化传承于一体的‘农旅商文’综合体，有力推动了城乡统筹、百姓共富。”吴兴区委常委、织里镇党委书记杨治说，眼下，织里正实施新型产、城、人融合发展模式，加快城乡统筹步伐，让生产、生活、生态均衡协调发展。

的确，当地政府并没有采用“摊大饼”的方式发展童装产业，这得益于童装产业的转型升级，当然也得益于依托童装产业、却不依赖单一产业的发展构想。更难能可贵的是，这些年织里在发展产业的同时，也为广袤的农村预留了发展空间，在兼顾发展效率的同时，也把“乡愁”留在了乡村。

如果说童装产业是织里经济社会发展的“金名片”，那么，太湖溇港文化则是展现文化底蕴与生态魅力的另一张“金名片”。说来也巧，假如当年织里的工业发展速度再快一些，也许现在织里地域内的溇港遗存就不会保存得这么完整；如果当年没有有识之士坚持申请世界文化遗产，织里的溇港文化也不会得到越来越好的保护。事实已经证明，任何一个地方的经济发展都不值得付出破坏古老文化遗存的代价。

能够留下并发展壮大织里童装这一富民产业，能够把溇港文化留存下来并越来越得到游客青睐，这是织里在高质量发展建设共同富裕示范区征程上不可多得的财富。经济发展有布局合理的产业支撑，社会文明有底蕴深厚的文化滋养，织里在打造共同富裕示范区的过程中有理由走得更远、更有责任将自身的积极探索延展为可资借鉴的宝贵经验。

利用40多年时间，织里从一条“扁担街”发展为一个现代城镇，这一新型城镇化过程已经为推进当地的共同富裕做出基础性贡献。而太湖南岸的溇港文化能够较为完整地留存下来，这不仅是织里的财富、湖州的财富，也是全国人民的共同财富。在一定意义上讲，留住了溇港文化，也就留住了织里发展的精气神。试想，织里能有今日之成就，发展过程中所需的勤劳、勇敢，聪明、智慧，大多源于太湖溇港文化的滋养。

让城市的发展找得到宜居，让乡村的演变找得到乡愁，这是城乡统筹发展的理想状态。如果说城市的宜居更多要靠公共服务的充分供给来体现，那么乡村的乡愁则一定要靠绿水青山来接续。溇港文化就是环太湖南岸最大的乡愁，留住了溇港文化，也就留住了织里发展的根，也就为织里高质量发展建设共同富裕示范区提供了最坚实的支撑。

综观织里近些年的发展历程，走的一直是产、城、人的融合发展之路；而在浙江省域范围内高质量发展建设共同富裕示范区的实践中，人们有理由相信，有底蕴、有干劲、有实践、有心得的织里，可以走得更远。

1. 溇港润泽南太湖

湖州，因湖而名，因溇而生。溇港曾经给予太湖沿岸百姓无数的恩泽，也是湖州人生活安定、经济繁荣、文化昌盛的根基所在。

“大白渚沈安，罗大新金潘，潘幻金金许杨谢，义陈濮伍蒋

太湖溇港（张栋摄）

钱新，石汤晟宋乔胡薛，薛部丁家一点红。”这是太湖南岸广为流传的一首歌谣，其中每一个字都代表了从太湖南岸向内陆延伸的小河。

从空中俯瞰，一条条纵横交错的河道将湖岸线整齐切分成了一块块。一条条蜿蜒水道在广袤的大地上编织了一个纵横交织的水网——溇港。

溇港是太湖流域一个古老而庞大的水利工程系统，是环太湖地区与太湖湖区相连、引排太湖水的河道。南北向的河道伸向太湖，一条条东西向的河道横贯其间，连接太湖湖区的称为“溇”或“港”，与溇港交纵的则称为“塘”，溇和塘之间的岛状田园称为“圩田”。

溇港曾经给予太湖沿岸百姓无数的恩泽。

上古时期，太湖水患严重，沿岸地势低洼，菰草弥望，村庄常常被倒灌的湖水淹没，庄稼歉收，百姓流离失所。

1600余年前的西晋末年，北方人民为躲避战乱，纷纷南下，最终行至太湖流域。然而，随着人口的增长，平原已经满足不了人们对于土地的需求。人们把视线投向了太湖沿岸的沼泽和滩涂。

为防水患，也为了将滩涂地改造成良田，先民以竹木材质，挖掘人工沟渠，筑成两道透水的挡墙，使泥与水分离。于是，一条条纵向的溇在太湖南岸开挖，横向的横塘则串联一条条溇。

溇港系统运用东、西苕溪中下游地区众多湖漾进行“急流缓受、层层调蓄”，以消杀水势。人工开凿的东西向河道，如荻塘、北横塘、南横塘等使“上源下委，递相容泄”，使东西苕溪和平原洪水经溇港分散流入太湖。

溇港入湖口朝向东北，溇港所泄的水流就可以从侧面将南下泥沙重新冲入湖中，防止泥沙长驱直入、停淤河道，实现了自动的防淤功能；而以自然圩为主体修筑“溇塘小圩”，使原有河网水系基本不受破坏，发挥河网水系的调蓄、行洪和自我修复功能。

此外，溇港下游河道两岸也暗藏玄机。这里的桥梁往往跨度窄小，将入湖的溇港河道突然收窄，形成了溇港“上游宽、尾闾窄”的独特河形。河水在从宽河流入狭窄的尾闾之时，为窄岸所逼，流速骤然增加，疾速冲向太湖，使水中泥沙激荡尽净，大大降低了溇港的疏浚成本，其巧夺天工的设计与现代工程流体力学的相关原理不谋而合。

南宋文学家杨万里曾这样形容：江东水乡，堤河两涯而田其中，谓之圩。农家云：圩者，围也。内以围田，外以围水。盖河高而田反在水下，沿堤通斗门，每门疏港以溉田，故有丰年而无水患。

到了宋代，太湖沿岸“围田相望，皆千百亩”，蚕桑、养殖等高附加值的商品农业大规模发展起来，成为中国农产品和纺织品的主产区。湖州成为名副其实的国之仓廪，圩田上“稻米流脂粟米白，公私仓廪俱丰实”，满载着粮食的漕船通过溇港转道大运河，运往北方。

“港里高圩圩内田，露苗风影碧芊芊。家家绕屋栽杨柳，处处通渠种芰莲。”正如南宋项安世的《圩田》诗中所描绘的风貌一般，曾经地广人稀的太湖流域，也在潜移默化之间成为了富庶的鱼米之乡。

“一万里束水成溇，两千年绣田成圩。”溇港是古代太湖流域劳动人民在与洪涝、干旱的较量中，开渠排水、培土造田，变滨湖湿地滩涂为膏腴沃壤的一项独特创造，它不仅起了蓄泄吞吐、分水引排的功能，为农业开发创造了良好条件，同时也推动了航运及商贸的发展。

溇港依太湖而建，靠运河而兴。在运河担负全国范围内交通运输、商贸往来大动脉使命的年代，可以想见太湖流域的溇港系统会繁忙、兴盛到什么程度。当铁路兴起、运河没落，溇港系统起到的交通运输、贸易往来作用自然随之减弱；而当太湖周边的现代工业日渐兴起，作用局限于原始水利灌溉作用的溇港也开始慢慢退出历史舞台，有的地方的溇港系统甚至被直接填埋，转而成为工业用地。难能可贵的是，湖州区域因当年工业发展脚步没有那么迅猛，反倒为古老的溇港文明留下了一方宝贵空间。为了让溇港文化能够长久延续，也为了让溇港文化浸润更多现代人，湖州市有关部门开始琢磨着把国内硕果仅存的溇港水利灌溉系统打包申遗。2016年11月18日，在泰国清迈召开的第二届世界灌溉论坛暨67届国际执行理事会上，太湖溇港成功入选世界灌溉工程遗产名录。太湖溇港这项特有的区域水利遗产由此成为湖州的一张"金名片"。

今天，尽管环太湖的溇港内已经难以看到舟楫往来的繁忙景象，但织里一带还保留着较为完好的溇港系统，不少溇港至今依然起到防洪、灌溉、排水、引水、航运的作用。更重要的意义在于，南太湖溇港系统申遗成功，为溇港文化长久存续奠定了基础。这一文明形态重焕生机，既让八方游客见证了古老文明的魅力，也让千年古村落成功搭上文化振兴乡村的发展快车。

历史就是这样在不经意间和人们开了一个玩笑，同时也在用自己的方式讲述一个深刻道理：越是古老的文明形态，越会因其"活化石"般的存在，在现代生活中绽放出独特魅力。今天太湖南岸依旧可以触摸的溇港文化，也正因其独特价值，为一方百姓带来安居与富足。

2. 义皋村古风犹存

在距离织里镇中心9千米的南太湖沿岸，古村义皋静静伫立。

有着千年历史的义皋是沿太湖七十二溇港古代水利工程中的重要节点，被誉为“溇港文化带里的明珠”。

新修的牌楼和路边的雕塑，一路将游客引入千年古村——义皋。走进溇港文化博物馆，这里讲述的则是溇港文化的来龙去脉。一条老街串联起了古村的两头，街旁老屋斑驳的墙根上满是时光留下的痕迹，村中两条十字南北交错的河流，将一个千年古村隔成了数个方块。

义皋古村是溇港文化的典型表现，更是沿太湖七十二溇港古代水利工程中的关节点。东西两端都是同类的村庄，唯有河浜和乡间小道联通外界。太湖水产资源丰富，盛产的白鱼、银鱼和白虾合称为“太湖三白”，驰誉中外。于是，义皋的水市在岸边应运而生，造就了夹河为市、沿河聚镇的市集。

义皋村历史久远，早在五代时期就有关于义皋的文字记载。其集镇最早于五代和宋代便开始形成。据南宋《嘉泰吴兴志》记载，“兴善院在县东北二十七里湖上义高郡，钱氏建，号善庆院”，宋代义皋称“义高”。清同治《湖州府志》记载：“汉元始二年，吴人皋伯通筑塘以障太湖。”皋伯通被称为义士、高人，且义皋一直“民有淳风”，遂以“义皋”为名。1938年前有记载称为“义皋里”，此后也曾为“义皋镇”。

今天，依旧古色古香的义皋还在诉说着自己的故事，却又在不知不觉间多了不少生机。

夏日傍晚，村中由废弃茧站改造而来的溇港文化展示馆里人头攒动。

义皋村第一书记薄国欣又和往日里一样，耐心细致地给游客讲起溇港文化的前世今生：“从陆地流入太湖的小河叫‘溇’，如果河面更宽大，可以行大船，我们叫‘港’。义皋村地处溇港系统的重要节点，被誉为‘溇港文化带里的明珠’……”

义皋老街上，村民们搬出了自家的小竹椅，在村中心的范家大厅门旁唠起了家长里短……

老街旁几家饭店、茶水铺的生意逐渐忙碌了起来，店主李建林的步伐也随之急促了起来。

店里的招牌？不需问也知道是织里“三道茶”！

“甜糯的风枵茶、咸香熏豆茶和清口清茶让你一次性尝到人生的百味！”李建林是土生土长的义皋人，早些年外出打工，看到村里向好的态势便选择回村发展，“现在生意可太好了，平时一到饭点就是坐满了，这周末人流量更大，有些时候还得排队等位呢!”

随着水乡古村落的不断优化、提升，义皋成为城里人周末短途游的好去处，乡村旅游经济生机勃勃，“美丽经济”持续升温。

发展乡村旅游不仅让义皋的景色美了起来，更让村民的钱包鼓了起来。

退休在家的村民钟福英在村里新开的民宿当起了服务员，每天负责打扫卫生，月收入能超过3000元。

村民许中岐原本在镇上做服装生意，因为老家的人气越来越旺，如今回到村里开了一家以古村土菜为主打的饭庄。“店里生意不错，在很多旅游攻略上，我的饭庄就是‘打卡点’!”看到自家的菜上了推荐榜，许中岐心里别提有多美了。

村民张文学完成了身份的转变。他家老宅在古村修缮前几乎要倒塌了，如今得到了免费修复，变成了精致的旅游商店，他也辞去了企业的工作，摇身一变成了小老板……

“我们通过‘千村示范、万村整治’等活动，加强精细化管理，使农村环境得到了极大的改进和提升，同时进行‘厕所革命’，开展垃圾分类，切实提高村民生活满意度、幸福感。”薄国欣说。正所谓“栽下梧桐树，引得凤凰来”，法治环境好了，营商环境自然好了，才能吸引更多人来织里落地生根。

来自上海闵行区的戴鹏就是新义皋人。

64岁的戴鹏是土生土长的上海人，他与义皋的渊源还得从

35年前说起。“姨父是在上海工作的义皋人，35年前我父母退休，考虑到家中4个儿子，房子不够住，于是萌生了去外地农村养老的念头。我姨父得知后，通过义皋老家的人，在义皋给我父母找了一间房子。”戴鹏说，就这样，父母来到义皋定居了。父母在义皋生活后，戴鹏一有时间就从上海到义皋来看望父母，偶尔也小住一段时间，久而久之，戴鹏也爱上了这个古朴悠闲的小村。

前几年，戴鹏也退休了，他决定跟妻子一起迁居义皋，换一种生活方式。那时，义皋已经启动水环境整治，准备打造古村溇港景区。这让戴鹏更加坚定了自己的想法：在这生活，是种享受！

如今，戴鹏已经完全融入村里的生活，他也时常向上海的亲戚朋友推介义皋，邀请他们来义皋游玩，品尝义皋特产。“我希望能有更多人知道义皋，来到义皋，我就是义皋的义务宣传员。”戴鹏笑着说道。

“风蒲猎猎小池塘，过雨荷花满院香，沉李浮瓜冰雪凉。竹方床，针线慵拈午梦长。”走进织里镇义皋村“湖隐”民宿，映入眼帘的便是一片江南庭院的景象。

民宿老板张华同样也是上海人，偶然一次和朋友来织里义皋村游玩，干净整洁的环境和淳朴的织里人一下子吸引了他。“湖州文化底蕴深厚，特别是织里，在古代还出过状元，我希望大家都能来这里走一走、看一看，感受一下这里的状元文化。事实证明，民宿开业之后确实吸引了许多父母带着孩子来这里。”张华说，“虽然我们营业时间不长，但每逢节假日，几乎都要提前预订才能订到房间呢！”

吴氏、周氏等老宅修旧如旧，义皋书场古色古香，缓缓流动的溇港水更加清灵……环境好了，人才、资本就愿意进来，乡村的发展就有了内生动力。“义皋村围绕溇港文化保护开发这一主线，以义皋古村为中心，大力发展文化体验游、农业观光游、休闲度假游等业态。此外，还挖掘传统文化资源、整合各方力量，装修布展了崇义馆、数字乡村展示馆、太湖溇港展示馆等主题展馆，积极与上海、江苏等地的收藏家对接，引进溇港书报馆、湖州铜镜博物馆、湖州织里雕版印刷艺术馆等特色馆藏。”薄国欣说，这两年，溇港文化景区的含金量越来越高、品牌也越来越响。

“交流四水抱城斜，散作千溪遍万家。深处种菱浅种稻，不深不浅种荷花。”因溇港而兴的义皋今天已有了另一种兴旺的模样。

厚重的文化底蕴、独特的观光体验，为义皋村带来的不仅是日渐响亮的名头、蜂拥而至的游客，还有全新的发展状态以及实实在在的收益。2019年，义皋村的集体收入已经达到60万元，2020年则达到了200万元左右。“村里的环境变好了，发展氛围好起来了，我们准备继续在丰富发展业态上下功夫，相信我们的努力会带给群众更多获得感。”薄国欣这样说。

3. 溇港串起文化游

距离织里镇中心12千米的伍浦村，位于溇港核心的核心区域。

虽然规模不大，但伍浦村却拥有着2.2千米的湖岸线和蒋溇、伍浦溇、濮溇、陈溇四条溇港。

溇港是伍浦的根。

伍浦村民世代以打鱼为生，溇港就是他们的栖息地。

溇港是水上交通要道，自古以来，每条溇港的口子上都设有一个闸门，以控制溇的排水和引水。“清明开闸，重阳关闸”，熟练的守闸人会根据季节以及旱涝水情决定水闸的开闭时间。

“渔民要出湖捕鱼，或进港避风，必须经过这些闸门。此外，渔船停在溇港里，既可避风，又可休养、补给。”说起溇港，伍浦村党总支书记、村委会主任卢云旗头头是道，“除了可以停泊渔船，溇港也是太湖渔民与渔民、渔民与陆上居民联系的交流之处，渔民间的信息传递、关系协调、活动交往都在这儿。”

近些年，随着太湖的水产资源日益萎缩，渔民们的发展空间也在不断缩小。伍浦村的渔民陆续转业上岸。

“虽然上了岸，可生活却比以前更美了。”卢云旗说，水产养殖是伍浦村的支柱产业，全村共有养殖水域1100多亩，其中养殖的太湖蟹就是“一绝”。

“养蟹的时候，水草、螺蛳和青虾一样不能少。”说起伍浦的太湖蟹，蟹农罗荣脸上露出了自豪的表情，因为优良的水环境和村里的一套生态养殖法，村里的太湖蟹远近闻名，就连东太湖的苏州蟹农都来伍浦养蟹。

走进村里的伟祥生态农业发展基地，工人们正在为椴木灵芝除草、松土。一片片鲜嫩的灵芝像一个个小精灵，好生可爱。

“灵芝具有增强机体免疫力、护肝解毒、防治肿瘤等功效，目前还处于生长期，预计10月份可以进行采摘。”伟祥生态农业发展基地负责人沈钻专说，我们向村里租了400多亩低效用地，并充分利用本地资源，帮助900多户周边村民解决他们的就业问题，让他们在家门口就有工作。

“刚开始他们要来租我的土地，我还很担心以后没有收入，现在太感谢他们了，希望他们的生意越来越好。”顾水妹是土生土长的伍浦村人，之前在家务农，靠种田、打零工过日子，收入低且不稳定。现在，除了每年可以收租金，她还在基地里上班，每天可以有200多元的收入，日子越过越滋润！

“除了螃蟹肥美、灵芝俏，村子里也山清水秀！”关于村子的变化，卢云旗深有感触地说，这两年，古村伍浦村的改变每天都在上演。

因溇而生，因溇而兴。村里随处可见溇港文化和渔家文化的踪迹。村西侧陈溇的渔耕文化园草坪上停着一艘艘渔船；一个个硕大的鱼篓里似乎装满了太湖河鲜；文化礼堂里，渔人捕鱼动作千姿百态……一步一景都向来人勾勒出一幅渔村的忙碌景象。

依托溇港，伍浦村还将水文化融进了村子的每一个角落：溇港中水清澈见底，农民公园的池塘里有了用于净化水质的生态浮岛，具有改善水质功能的喷泉将引入的太湖水变成晶莹剔透的水滴……

越来越美的村庄不仅村民喜爱，还吸引了许多外地游客来伍浦走一走、看一看，品味原汁原味的溇港文化。

美化环境、加强管理、改善配套服务，在让农村百姓能够享受美丽的田园风光的同时，也能够得到与城市同等的配套服务是织里镇实施乡村振兴战略的第一步。

近年来，织里镇累计投入10多亿元，全面完成农村片区改水改路工程，全域推进美丽乡村建设，乡村面貌焕然一新。以义皋村为中心的美丽乡村样板片区初显成效，义皋村和伍浦村更是同创国家AAAA级景区并通过市级验收。

义皋、伍浦等地地处溇港文化重要节点，村庄发展要依托溇港来放大文化旅游的价值，而村庄更需担负起弘扬溇港文化的使命。

放大溇港文化旅游价值从哪里入手？薄国欣说："溇港系统不只是一项水利工程，更催生了具有鲜明地域特色和深厚人文积淀的溇港文化景观，如古代聚落、古代水利建筑和相关传统习俗等，都是先辈留下的丰厚而宝贵的历史文化遗产。尤其是由溇港衍生出的运河文化、稻作文化、丝绸文化、渔文化等，展示出一幅充满传统韵味的溇港农耕生活画卷，是太湖溇港延续至今的文化基因，具有独特的文化魅力。”

织里的义皋溇，是为数不多保存相对完好的古溇港之一。村里一座废弃茧站被改建成湖州太湖溇港文化展示馆，向公众展示千年溇港文化的由来。

“之所以要用废弃茧站来改建展示馆，一方面是我们想最大限度地保留工业遗址；另一方面，溇港文化衍生出了稻文化、渔文化、丝绸文化，茧站正是丝绸文化的典型遗存之一。”展示馆改建项目经办人沈林江介绍，“太湖溇港地区保存着颇具地方特色的水利民俗文化——广为流传的防风氏治水和范蠡西施泛舟五湖的传说，都与湖州先民早期的治水活动有关；各溇港口门和村镇都有水神庙，定期举行各类祭祀活动，是维系乡谊、传承文脉的重要场所，车水号子、渔歌渔谣则是经久不衰的非物质文化遗产。”

“太湖边的村庄，世代受益于溇港的馈赠。”义皋村老书记吴正明退休后每天还会参加巡河工作。他说：“古宅、古道、古桥修复、溇港文化展示馆……在启动打造‘太湖溇港第一村’后，义皋村原本静悄悄的古宅热闹了起来。有了人气，村子就活了，再做文化游心里就有了底气。”

近年来，织里镇更是活用溇港文化，以文明乡风助推乡村振兴，有力提升了群众的归属感、获得感和幸福感。以“织里·知礼”品牌为引领，深入开展知礼家庭评选和家风家训活动，打造具有浓郁织里特色的农村文化新品牌和文明新风“金名片”；竹篱透水、唱渔歌渔、打年糕等，已经举办3届的溇港民俗文化节浓浓地感染着溇区村民和四方宾客；“古韵新声”以戏曲新唱的方式，融入现代元素，讲述织里的传统文化，每周五都会在织里镇各地开展巡回演出，成立至今已累计演出350多场。

“我特别喜欢看他们用织里话讲相声的栏目，每次到我们这里演出，我几乎都会去看。”织里新居民陈松明说。“古韵新声”的品牌在织里已人人知晓，团队也收获了众多的粉丝。

就这样，溇港文化正通过丰富多彩的表演活动得以重现，而千百年来横溇纵港一如既往地温润着织里这方水土。

4. 用“美丽”盘活乡村

在织里，激发乡村发展内生动力的典范，不仅集中在溇港文化旅游带。得益于湖州推行的全域美丽乡村建设，织里镇上林村不仅成了美丽乡村建设的精品村，还成功蹚出了做大美丽经济、推动共同富裕的发展路径。

“老林，前段时间雨水大，塘里的荷花有的被淹了，赶紧处理一下！”“李师傅，公园南侧的一株柳树有点倒伏了，你马上去看一下！”……天才刚蒙蒙亮，上林村党总支书记沈如方的身影已经出现在了村里的“网红打卡点”波斯荡公园，他正在为如何进一步提升公园设施实地踩点。

走在村里的小道上，村民家一块块方方正正的养殖塘和远方的田野交相辉映，一条穿村而过的小溪河水清透如玉，阳光透过茂密的林荫打到粉墙黛瓦的屋沿上，不时有几只小鸟飞过屋顶，留下一阵“叽叽喳喳”的欢鸣……眼下的上林村，恰是一派江南水乡的迷人风光。

很难想象，就在五六年前，这里还是远近出了名的“垫底村”。

“河道里污水横流，岸边杂草丛生，村民家门口垃圾堆积如山。”说起刚回村时的情形，沈如方用“脏、乱、差”三个字形容，这跟他印象里的上林村有着天壤之别。

其实，改革开放前，上林村一直是湖州地区远近知名的富裕村。

上林村是织里最早开始做毛纺生意的村之一，20世纪70年代，在当时的村党支部书记杨金和的带领下，村里成立湖州市第一棉织厂，这也是当时远近闻名的第一家村办企业。

“别的村生产队一天才两三毛工分，我们这里的老百姓一天能赚到一块多钱！”沈如方小时候就在上林村长大，直到20岁出头才离家当兵，他回忆说，因为村里去企业上班的人多了，工厂需得按人头给村集体交付买断费，只要企业效益好，无论是在生产队工作的还是在企业上班的村民，收入都比附近村的要高出许多倍。

可好景不长，由于村书记的意外去世和企业经营不善等原因，从20世纪80年代开始，上林村就开始逐渐没落。

2001年，上林村与陈家阡村合并，两村村民、村干部之间更是小矛盾不断，村里的发展始终处于停滞状态。到了10年前，已经是“嫁女不嫁上林郎”的局面。

2017年，沈如方回村竞聘党总支书记。上任后，他第一时间厘清并解决了村干部之间和村民之间的矛盾，同时着手对村里的河道进行了清理。

2018年，村里近70亩土地复垦，为村集体带来了近3000万元收入，这也让上林村的环境有了进一步提升的空间。“村里11.5千米的河道都建了生态护岸，河道也进行了清理。村庄南部和北部分别建了生态公园，村民也有了休闲娱乐的地方。”沈如方说，村里的道路进行了修复，并专门请了保洁员维护村里的环境卫生。

同年，上林村还全域打通、拓宽了通往镇区、市区的道路和所有村级道路。以前出发去织里镇区要半个小时以上，现在只需15分钟。

“不仅来回快多了，村容村貌也大变样了！”以前连过年都不愿意回来的张阿梅现在已经是上林村的“常客”了，几乎每天都能在村里看到她的身影，“在村子里和老街坊聊聊发展，沿村看看周遭的景致，美得很！”

“上林村还同步实施了全村道路亮化、村庄洁化、河岸基础设施建设等一系列新农村整治项目，村庄面貌发生了显著的变化。”沈如方说，这也为村里发展美丽经济打下了坚实的基础。

2019年以来，上林村按照“村即是景，景即是村”发展理念，委托规划设计院、中国美院对上林村的精品村建设做了总体规划，挖掘上林村深厚的自然生态与人文底蕴，将上林村打造成以梅文化、渔耕文化、孝德文化为核心，以“活力上林、孝德传承，稻香乐园、品梅赏梅”的形象为定位，以品梅赏梅、渔耕体验、特色民宿为主题的特色精品村。

“村庄变了样，大家心里也就有了底气。”沈如方说，村里首先有序推进项目建设，依托第一批土地流转村的先发优势，回租散户田地，出租给种粮大户统一管理，提高优势。

此外，上林村还聚焦做强稻田种植、水产养殖等特色产业，打响“渔大哥”水产品牌，带动全村30余户养殖户共同走上科技养鱼的致富路。2020年，人均可支配收入达4.5万元。

而后，利用前期积累下的资金，村里一口气改造建设了4座生态公园，摆出了串点成面的乡村旅游发展架势，带动了周边一带农家乐、民宿业的兴起。

三两叶小舟荡漾湖间，舟山游客小梁带着几个朋友如痴如醉地赏着那正开得茂盛的荷花；荡边小凉亭下，能歌善舞的村民、游客唱出了一首首大家耳熟能详的歌谣，大家吃着村里最地道的小吃，品尝着清香的茶汤，共度这段醉人的时光……夜幕降临，上林村波斯荡公园里却热闹了起来。

一旁小卖部的老板王克勤已经满头大汗，忙得不可开交了，他一边招呼着客人们喝茶吃点心，还亲自下厨，煮上一碗碗馄饨、汤包。

“平均一天就能有1000多人来这边，周末的时候就更多了。大家的口袋鼓起来了，日子也美起来了！”早些年，王克勤在镇里的工厂干活，一天收入200元钱，虽然可以度日，但都是拿体力换钱。

村里发展起来后不仅打造了景区，还把村民们房屋的外立面进行统一改造。“门口的脏乱环境看不着了，成了‘网红’景点；自家破旧的民房经过改造，也有了古色古香。”看到了机会，王克勤辞掉了厂里的工作，开起了小卖部和茶水铺，生意好的时候一天能赚1000多元，平均每天也有五六百元。

晚上9点半，热闹的人群逐渐散去，王克勤将家门口的折凳逐一搬进了屋子，只留下一把；他沏上一壶白茶，独自赏起了自家门口的景致……

“我们把旅游产业嵌入了美丽乡村建设中，现在第三方专业团队也入驻了，儿童乐园、极限运动和垂钓赛区的板块都安排上了。”沈如方说，凭借土地复垦、土地整理和盘活低效厂房等创新妙招壮大了村集体经济，如今已打开了村庄发展的新路径。

2018年至今，上林村先后建成了新村部，配套建设了村影院和村居家养老中心，完成湖州市级美丽乡村创建。村集体收入也从6万元增加至2020年的100多万元，正在建设中的标准厂房有2万余平方米，建成后集体收入有望突破千万元。

上林村由穷变富的经历，也是织里近几年发展演变的一个缩影。2020年，织里城镇、农村居民人均可支配收入分别达到了76949.07元、48266.36元，分别增长10.9%和11.3%，城乡收入比为1.59∶1。仅此城乡收入比一项，便远低于浙省平均水平，这既充分显示织里历经几十年发展做大收入蛋糕的成果，也为织里打造共同富裕示范区样本奠定了坚实基础。

5. 在宜居上下功夫

产业发展，人群聚集，这在主打童装产业的织里尤为突出。织里新居民登记数从2003年的4.9万余人，增加至2020年的35万人。

织里固然是宜业的，但一开始并不宜居。因为织里是先涌入了产业工人，及其分散到各领域的创业人群，然后在遭遇发展瓶颈后才考虑不断补足教育医疗、娱乐休闲等公共服务资源。

“在外来人口数量巨大的织里镇，这样的需求显然是传统的乡镇级公共医疗卫生、教育及交通资源配置方式无法满足的。无法满足这类需求，就不可能把织里建设成为一个宜业宜居的新型小城市，无法实现城乡一体化发展。”织里镇副镇长张波说，为此，织里近几年来累计投入超100亿元弥补学校、医院、公园等城市公共配套短板。

为了能让百姓享受到城市医疗服务和健康保障，拥有900张床位规模，按照综合性二乙医院标准进行建设的吴兴区人民医院于2019年投入使用；为了让新居民孩子在织里幸福求学，多年来织里镇党委、政府不断加大教育投入，吴兴实验小学、湖州培文实验学校先后投入使用，织里实验小学东扩有序推进，晟舍小学改扩建排上日程，目前已经解决了1万多名新居民学生的入学问题；建成的利济文化公园等七大公园加速花园城市成型，织里老街、吾悦广场等地标性商业中心逐步崛起；文体中心等文化服务项目也正在加快推进。目前，织里有二级乙等医院1家，卫生院1家，卫生服务站15家，门诊诊所50家；学校26所，其中成校1所，中小学9所，幼儿园16所；大型商贸综合体5个，电影院3家，银行20家等。

“真没想到在织里的医院就能用老家的医保卡，能像本地人一样直接报销，这实在是太方便了。”前段时间，刚来织里的安徽工人刘云飞因为阑尾炎住院，他只有老家的农村合作医保卡，但医院工作人员告诉他，长三角三省一市的医保卡都可以在医院里使用，跟在老家看病一样方便。

吴兴区人民医院副院长朱佳威介绍，该医院自2018年1月开始开通医保信息系统省内异地、省外异地门诊、住院直接刷卡结算功能，解决传统异地结算周期长、垫付压力大、往返奔波累的问题，让新老织里人都能享受到完善的医疗保障。

“印象中的织里就是一个产业园区。来了之后才知道，织里‘五脏俱全’，很适合居住。”在镇政府上班的陈青是土生土长的杭州人，2019年大学毕业后考取了公务员，便一直留在了这里，“以前每逢周末都会回杭州住上一两天，现在这边配套设施越来越完善，有地方健身，有地方吃饭，周边义皋村、上林村、陆家湾村等地方也有很多‘网红村’，只恨时间不够，逛不过来。”

来自台州的范丽珍夫妇在织里创办了织里宝妮曼依服饰有限公司，企业每年新开发的童装多达300款。“织里因童装闻名，是一座梦想之镇。这些年，随着交通、教育、医疗等公共服务配套的完善，这座小城市的魅力更足了。”在范丽珍看来，织里已经成为了宜居、宜业的梦想之都。

近年来，织里以新一轮国土空间规划修编为契机，持续提升城市功能结构，全力开展土地整治，五年来完成土地征租1.372万亩，房屋拆迁4782户，完成盘活存量建设用地3395亩，完成城乡低效用地再开发1308亩，建成区面积从五年前的18.1平方千米拓展到现在的25平方千米，平台承载力大幅提升。

“湖织大道、吴兴大道等‘八纵八横’交通路网全面铺开，同时全力推进湖杭高速、如通苏湖城际铁路等项目，积极主动融入长三角区域一体化发展大局。织东、织西两大商圈也已经初具规模。”张波说，近年来，湖州加快城乡公共服务配套设施建设，不断完善空间结构和城市功能，实现居民幸福感、生活品质和产业能级的显著提升，让群众共享发展成果，有更多实实在在的获得感、幸福感、安全感。

在看得见摸得着地“塑”城的同时，织里在提升城市能级的进程中更注重城市服务功能的完善。镇行政服务中心承接市区下放事权531项，日均办理事项1280余项，居民基本实现不出镇在家门口办好事。同时，实施新居民入学新政，满足新居民子女就读公办学校的诉求，与7个省（自治区、市）实现患者就医异地结算跨省联报，持续提高新居民同城化待遇。

得益于浙江数字化改革先行而推出的智慧管理相关举措，根据“精密智控、上下联动，争当基层社会治理现代化先行地排头兵”的总思路，织里也正在加快智慧中心建设，目前按照6大途径线索汇总，9大系统智慧分析研判，办事处、村社网格和职能部门联勤联动协同处置的方式，实现“小事不出村，大事不出镇，矛盾不上交”。

织里镇共四个中心智慧枢纽，对上可以直接与省、区、市相关中心连线，对下可以直接接线和下派任务到织里镇全部各网格。“最大的综合性指挥中心建筑面积320平方米，设有工作席位30个。”织里镇社会治理办公室主任许乐介绍说，截至2020年底，该中心共处理各类工单12万余起，日均处理各类工单337起，矛盾总量较上年同期下降13%，群众满意率达到99.8%以上。

此外，智慧交通、智慧城管、智慧消防等智慧系统的建设，不仅让城市的数字化程度、治理水平大幅提升，也让织里人的幸福感不断提升。据统计，近五年，新居民在织里购房8000余套，落户3000余人，更多的新居民由“流入”变成“融入”，社会认同感、参与感越来越强。

6. 建一座文体中心

织里是典型的新型城镇。在这里，一张白纸好画最新最美的画。

按照织里的发展脉络，这里最早建起来的是专业市场，而且这里的专业市场已经建到了第八代。为什么这么迫切地建市场？道理很简单，童装企业需要这些专业市场。有了这些市场，织里就有了发展童装产业的筹码。市场形态越专业，织里童装的竞争力就越强。

当织里人意识到织里宜业不宜居的时候，织里镇党委、政府已经更早意识到这一问题的严峻性。

两场大火的直接起因，就是因为童装产业发展过快，大家都只注意到要快马加鞭生产，而忽略了原本应该放到更重要位置的安全问题。盲目扩大生产而忽略安全生产，是织里童装成长的代价。而随后因税收代征引发的群体性事件，则说明织里的社会治理问题已必须提到重要议事日程。

也就是从10年前开始，织里开始大规模的正规“造城”运动。说是“造城”，但这里先建什么、后建什么，还是有一定次序的。比如从最早的“三合一”厂房到专业厂房，从最早的临时租住到长久安家落户，从最早的怎么方便怎么来到后来的秩序井然，织里的童装产业经历了最明显的由乱到治的过程。在生产之外，如何满足人们最基本的公共服务需求，也日渐提上日程。而且，织里做事的风格向来都是，要么不做，做就要做出样子，做出速度。

短短几年时间，织里的街道建起来了，有了街道，城市就有了边界和轮廓；医院、学校、公园陆陆续续建起来了，有了这些设施，织里才真正有了城镇的样子。宜业不宜居的标签，也就是在一个个医院、学校、公园陆续建起来的过程中，被织里人用这样的“造城”成果撕掉了。

该有的公共设施似乎都有了，但织里似乎一直还缺点什么。缺什么呢？缺一个体育场馆，抑或是缺一个综合健身体。

说起织里的文体设施，老织里人的记忆还定格在织里老街的影剧院那里。此后数十年，织里人更多见证的是房子成片盖、市场拔地起。意识到这一问题后，织里镇党委、政府不但没有犹疑，而且拿出了最大的诚意去做这件事。

“一个城市不能没有一个像样的文体中心，织里就更需要有这样一个具有标志性意义的建筑。”这是四年前的织里镇党委、政府给织里人做出的口头承诺。2018年6月，湖州织里文体中心建设发展有限公司成立，这意味着织里文体中心建设进入具体筹备落实阶段。

织里人建文体中心是认真的，也是很有远见的。这从织里文体中心的选址就可以看出来，地处吴兴大道与大港路交叉口的黄金地段，织里文体中心从奠基之日起，就是奔着织里地标打造的。织里人的远见在于，既然要建文体中心，就要把文体中心建设到位，要预留最好的位置，建筑功能则要充分满足织里人的健身需求和织里的展览、展销需求。

从严格意义上说，织里文体中心的建设，是按照民生实事项目认真打造的。这里既承载着织里人对长远发展的厚望，也寄托着织里人对乐享美好生活的向往。

就这样，在吴兴大道和大港路交叉口，一个总占地面积6.5万平方米的织里文体中心在人们的眼皮底下每天都一点点长高。让织里人感到骄傲的是，这个文体中心的设计采用了织里“丝绕蚕”的文化元素，千丝绕“里”，将整个文体中心串联起来形成具有地域特色的文化地标。

“织里文体中心涵盖青少年活动中心、展览馆、图书馆、会展中心、健身房、游泳馆以及全民健身中心，将打造成新形态的城市文化展示及公共活动空间。”织里镇副镇长张波说，“织里文体中心不仅只是造型吸引人，其硬件设施更是现代高端，能充分满足人们的健身需求。”

的确，不怕文体中心建得晚，怕就怕地处偏远，华而不实。令人欣慰的是，织里文体中心不但建在城镇黄金地段，而且建筑标准与功能设计也充分体现了以人为本。

走进游泳馆，干净宽敞，这里设有国际最先进的水循环处理系统、自动投药系统、臭氧发生器、24小时恒温系统等大型专业设施，既可举办大型赛事，又能为公众提供水上娱乐、运动、休闲、健身等服务。

移步室外球场，这里是由篮球场和足球场组成的。值得一提的是，足球场还设有悬挂式摄像头，能够抓拍精彩的进球瞬间，是进行教学、训练、比赛、举办大小型活动的理想场所，进一步满足了织里新老居民对足球运动的场地要求。

建筑面积逾1.2万平方米的青少年培训中心，拥有少儿模特、跆拳道、围棋、武术、架子鼓、舞蹈、书法等教学活动设施，为未成年人提供多种公共服务。

此外，这里的展览馆、图书馆则为织里这个产业小镇留住了一脉书香，这里的会展中心更是为织里企业搭建起各种展览展销的平台。

尽管起步较晚，但织里的文化基因已经提前融入了织里文体中心建设的全过程。在文体中心的建设过程中，设计方案和功能布局对外公开，充分吸纳群众意见；在建成试运行阶段，相关场馆提前组织开馆前的体验活动，既可根据针对性意见进行完善，也充分满足了群众的参与感，提升了获得感。

7. 童装的进退流转

织里街头，永远都是忙碌的场景：可见打货的人、运输的人、装货的人……织里就像一台机器，每天都在有条不紊地运行着。

这样的场景，不经意间已经持续了40多年。

40年风雨沧桑，童装产业在织里这片热土上留下了什么，又流转了什么？

“以前办理很多公司事务都要去湖州，现在半数事务在公司门口就可以完成了，政府工作人员都会上门来协助我们办理。”男生女生品牌管理有限公司董事长柯文化说，“社会治理得好了，我们办企业的就能更安心、踏实地把企业往强往大的方向去做。”

福建人柯文化来到织里已有17个年头，由他创办的湖州男生女生品牌管理有限公司如今已成为织里童装业的龙头。公司成功培育了中国十大童装品牌之一的“HEYLADS男生女生”童装品牌。

与传统的童装企业不同的是，企业没有一条生产线，却通过生产外包，把精力集中在品牌营销和产品设计上，仅用五年时间就开拓门店近千家，遍布全国30个省（自治区、市），连锁品牌门店已有1400多家，公司年产值超10亿元。

“一件童装从工厂到消费者手中要经过研发设计、剪裁、缝制、包装、销售等环节，其中附加值最低的就是生产环节。”老牌童装企业浙江布衣草人服饰有限公司及时将经营重点放在了童装的前端研发和后端销售上，把85%以上的中间环节外包给了河南、安徽、江西等附近省份的工厂，剩下的员工主要负责产品的设计、品牌的打造和销路的拓宽。

“现在，设计和销售就是产业‘微笑曲线’的两端，制造只是中间环节。”在浙江布衣草人服饰有限公司创办者马伟忠看来，公司专注于设计研发和网络销售，将生产外包，不仅使传统制造业面临的资金链、用工荒等问题迎刃而解，利润率也极大超过传统制造业。

布衣草人的转型之路正是织里慢慢从“织里童装＋治理制

造”向“织里童装＋全国加工”转型的一个缩影。

随着电商产业的蓬勃发展，织里传统的童装企业也受到了强烈冲击。电商的蓬勃发展淘汰了不适应时代的老童装人，却带动了更多的新童装人创业致富。

50岁的吴建林是湖州织里荣达制衣有限公司的董事长，从第一批“吃螃蟹”的童装实体厂家到电商领域的佼佼者，吴建林用八年时间完成了身份的蜕变。

八年前，为了消耗厂里的库存童装，吴建林第一次尝试在网络平台开设店铺。一个人，一台电脑，第一次“触网”，吴建林就尝到了甜头，厂里的库存全部售罄，后期又陆续卖了许多新款。深耕童装30余年的吴建林意识到，电商经济将会给公司带来新的契机，于是他果断决定拥抱电商经济。

到了今天，吴建林已经拥有3家天猫店铺，年销售额超亿元，还拥有了30多人的电商运营团队。

在湖州的万达广场，一间以蒂芙尼蓝为主色调的商铺特别醒目。

走进店内，会发现该店不限于单一的童装、小百货的零售，而是将童装、时尚饰品、彩妆、创意家具结合在一起，主打一种新零售模式。

陈水龙出身于绍兴上虞一个普通家庭，17岁去外面打拼。2010年，他来到织里，想在童装行业闯出一番名堂。然而，面对市场竞争越来越激烈，在织里发展五六年后，陈水龙明显感觉遇到了瓶颈。“只有不断创新发展，企业才有未来！发展才是硬道理。”

在不断学习和调研后，陈水龙开始了第三次创业，“七秒易购”应运而生。两年时间，“七秒易购”已在全国13个省份、60个地区拥有100多家门店，并仍在极速扩张中。

大学生乌旭飞，用自己学习的“共富共赢”经营理念，以员工是企业的主人翁的方式，吸引了一大批创业者，他们共同创立了电商直播公司。他的“投资人出资＋被投资人出想法和运营＋投资人拿最少利润”的模式，在织里迅速蔓延，越来越多的新型电商企业在织里扎根。

2020年“双十一”期间，乌旭飞带领团队做到日均销量2.5万件的成绩。“我的成绩更多的是得益于织里产业链的健全、优良质量产品的供应、团队的通力合作以及越来越多的原创设计师产品。”乌旭飞说。

位于南太湖沿岸的大河村曾经是有名的裁缝村，夜夜机器声不断。近年来，在大学生创业者的带动下，大河村的老裁缝们发现，只要插上网线，离开了缝纫机也能赚钱。在镇政府的支持下，大河村全村将缝纫机换成了计算机。目前，该村共有电子商务企业2000余家，被省商务厅评为“省级电子商务示范村”。大河村的发展也带动了周边的河西村和秦家港村一起“触网”，成了远近有名的“淘宝村”。

为了让“一件童装”进一步成为当地百姓致富的“金钥

匙”，近年来，织里实施了千亿元级童装产业战略，构建“一城二园三中心五平台”（“一城”即童装城，“二园”即产业示范制造园、小微产业园，“三中心”即童装质量检验中心、电商孵化中心、童装设计中心，“五平台”即童装大数据、人才支撑、跨境贸易、供应链金融服务、电商众创等平台），将电商孵化中心、童装设计中心、童装大数据平台和供应链金融服务平台等共享资源整合起来，进一步优化营商环境。创业主体持续增长，企业转型升级步伐加快，童装生产力得到释放势成必然。2020年，全镇童装年销售额超650亿元，年产童装14.5亿件。

2020年9月，随着浙江湖州（织里）童装及日用消费品交易中心成功获批国家市场采购贸易方式试点，童装等特色轻工产品从家门口“出海”就更便捷了。

“以前，受限于产业链结算方式等原因，我们的童装不能顺利出口。现在试点的便捷服务帮我们童装企业解决了大难题。”马伟忠说，“对于童装外贸企业来说，如今也能像义乌小商品一样，方便快捷地销往世界各地！”

据了解，该试点允许经营商品品种涵盖了童装、布料、服装、纺织等一系列轻工产品，划定的交易中心范围就设在织里镇。符合条件的经营者在该试点采购时，单票报关商品货值15万美元及以下的童装等湖州市特色产业产品可享受增值税免征、通关便捷、结汇创新和网上操作四大便捷服务。

随着政策红利的释放，包含织里童装在内的众多湖州特色轻工产品开始通过试点远销海外，从零到亿元仅用时七天，50天破10亿元，随后又不断突破20亿元、30亿元、40亿元、50亿元、60亿元等多个关口，持续领跑全省同批次试点，出口目的地如今已覆盖全球126个国家和地区。

就在2021年6月，《湖州市“十四五”现代纺织产业改造提升方案》正式出炉，明确了“十四五”期间建立“集群化、数字化、服务化、绿色化、品质化”产业体系的目标，以“绿色智造”为主线，以改造提升为方向，不断强链、延链、补链，打造成全省现代纺织先进制造业集群的重要产业协同区、国家级现代纺织产业改造提升示范基地。

《方案》为织里童装的发展勾勒了一个更清晰的未来。其中提到，以织里镇为重点区域，加快建设一批童装产业小微园，推动小微型童装制造企业集聚入园。同时，推广打版、裁剪、吊挂等成套自动化设备与自动化和信息化技术在童装产业生产经营环节的应用，引导一批符合条件的童装企业上马“机器换人”，形成试点示范效应，实现童装产业的集聚化、智造化、数字化发展。

未来五年，织里还将推进企业智能化改造。围绕化纤、织造、羊绒、丝绸重点行业，开展设备换芯、生产换线、机器换人为主的智能化改造，力争实施800项以上智能化技术改造项目。强化产业智能化改造交流对接，举办产业智能化技术改造现场交流和技术对接活动。加快推进新一代信息技术和制造业深度融合，力争培育10家以上现代纺织“未来工厂”。

从传统“遍地开花”到腾退“低小散”、鼓励做大做强，从“织里童装＋治理制造”到“织里童装＋全国加工”，从“中国童装之都”迈向“全球童装之都”……织里童装不仅为自身发展凝聚了底气和潜力，也为发展、培育新兴产业预留了发展空间。

8. 撬动共富新支点

余继生很感谢织里，他不仅在这里收获了个人财富，还让兄弟姐妹都在织里安了家，过上了美好生活。

不久前，余继生回了趟安徽老家，除了看望老家的亲戚朋友，他此行更重要的目的是鼓励乡亲们在老家开设童装加工厂，做童装代加工。

余继生出身于安徽池州的一个农民家庭。2010年，余继生像村里的很多年轻人一样外出打工，他的第一站便来到织里，在童装厂工作，主要负责打包和销售工作。因为工作卖力，人也机灵，余继生每个月打工的收入都超过万元。尽管收入可观，但余继生每天都在思考，如果继续打工，是很难彻底改变命运的，跳出来才能真正改变命运。

2012年，余继生在和老婆商量过后，卖掉了老家的房子作为启动资金，果断走上了创业之路，他给自己的品牌取名“洛小米”。

在余继生看来，在工厂打工的两年时间毫无疑问是辛苦的，但同样也是不可或缺的。“通过看版型，到开发，再到销售，我在工作的同时也在不断吸收这些新鲜的事物，对设计、生产有了独到的看法。”现在回想起来，余继生还是很怀念且感恩那段时光，“跳出来创业并不是一个突如其来的想法，而是水到渠成的。正因为有了这两年的积累，我才能在童装领域闯出一番名堂。”

“当时，我们只有几个工人，从车工到裁剪，到零工，全都是我老家的亲戚负责。”创业初期，为了能带着大家一起致富，余继生没日没夜地在外面奔波，一方面要找到性价比最高的辅料供应商；一方面，要找设计师设计版型，回到工厂后也不能休息，还得跟工人一起试版、开发。

功夫不负有心人，经过两三年经营，洛小米逐渐走上了正轨，余继生手下也有了100多个工人。

随着企业的发展，余继生的观念也发生了转变。“我们摒弃之前‘胡子眉毛一把抓’的模式，弱化了利润较低的生产环节，将经营重点放在附加值较高的前端研发和后端销售上。”在余继生看来，一直以来，童装就是一个劳动密集型产业，织里作为中国童装交易中心，产业链外放势在必行。

2014年，余继生回老家探亲时发现，这里已经有了许多服装加工车间，同时也有很多闲余的劳动力，他把加工生产放在那边，这些人就不用去外地打工，这样既能照顾到家里还能赚到钱，企业也能降低成本。

余继生算了一笔账：那时候在老家打临工的月收入不过2000元，到他的工厂上班月收入能超过4000元，但比起在织里上班少了2000—3000元，这样平均一件衣服的成本能降4—5元。

“因为都是街坊，老家人也愿意和我合作。”余继生说，给小企业做生产往往会有账期不稳定的问题，他的订单比较稳定，能基本杜绝这种问题。

当年，余继生的加工厂就在池州落地。

这种模式为洛小米的发展提供了充足的动力。腾出生产管理精力后，余继生专心鏖战产品研发和市场开拓。八年后，余继生在全国布局了800多家洛小米童装专卖店。

几年的时间里，余继生把生产环节全部转移到了安徽和江苏北部区域，与芜湖、宣城和盐城等地50多家代工企业合作，建立起完整的童装生产链，合计有2000多名工人为织里本部提供生产服务。

今天，余继生把重点放在了产品质量上：“以前，很多人会给织里童装贴上‘低端’的标签，这两年，这种观念已经在逐渐改变。”

今天，余继生的研发、设计团队仍在不断壮大，带动的就业岗位也越来越多。他在开拓市场的同时，也在坚持以创业带动就业，鼓励团队优秀人才开发自己的品牌，鼓励更多老家人开设童装加工厂，让更多人享受企业发展带来的红利。

加工工厂在各地开花后，余继生又有了进一步的规划。“企业要发展就要在产品质量上有所突破，我想整合那些分散且规模小的工厂，建立标准化的车间。”这两年，余继生已经去了许多地方考察，初步决定将工厂建在安徽砀山县。

对于余继生来说，企业外放生产链的路子和“共同富裕”的理念不谋而合。“品牌越响亮，对于生产质、量的需求就越高，也能让更多人享受企业发展带来的红利。”

余继生只是诸多新织里人打拼成功后回馈故里的一个代表。作为第一批童装经营户，原本在湖州市区生活的马伟忠常回忆起当年的奋斗时光：“早些年，很多来到织里从事童装产业的外地人都做出了自己的一番事业。这些人一般是在厂里工作了几年，有了一定积蓄后自己出来单干的。干着干着，就把生产链中的生产环节放到老家去了。这种产业链外放模式，对于织里童装来说，是个自我优化、自我提升的过程，对于他们的老家来说，则等同于带动了家乡的就业和产业发展，为推动家乡共同富裕做出了贡献。”

有统计数据表明，织里镇60%的童装由外发加工完成，在安徽、江苏、江西、河南、四川、青海等地引导、帮扶、带动置办各类童装企业2万余家，提供社会工作岗位50余万个，各地合计产值300多亿元，带动了各地群众多渠道增收致富。

就这样，从一条占地面积仅0.8平方千米的“扁担街”到建成区面积25平方千米、年销售额超650亿元、年产童装14.5亿件的“童装之都”，织里已然成为民营经济最具活力、人民生活最为富足的地区之一。

“只有做好自己的事业，才可以让家人、员工以及合作伙伴都一起致富。”关于共同富裕，马伟忠也有着自己的看法，“织里给了我们这么好的平台，我也会用好转型创新这把‘金钥匙’，继续做大企业，也带动更多周边的人走向富裕！”

9. 新兴产业在发力

在织里由镇到城的新型城镇化进程中，童装产业一直扮演着积极推动者的角色，但却不是也不该成为包打一切的力量。

新兴产业作为织里的“发展B面”，是织里产业升级的重要方向。

“在产业方面，织里镇始终把高质量发展作为产业建设的方向。”织里镇镇长陈勇杰介绍，“在加快童装产业转型升级的同时，织里镇也在加快推进新材料产业做大做强。尤其是重点打造织东平台，新拓展12平方千米，加快道路框架基础设施建设，形成高新产业园区新平台。”

“织里是民营经济发展的热土，但是现有的城市框架已经不能满足经济发展的需要，只有调整城市规划，不断向东扩展赢得空间，织里未来的发展后劲才会更足。”陈勇杰表示，城市规划的调整也为织里新兴产业提速奔跑加足了马力。

得益于这一规划，2021年7月20日，万邦德绿色智造新材料产业园（一期）栋梁铝业年产35万吨铝型材项目在织东平台全面建成投产。据悉，该产业园采用智能化、标准化、程序化的生产系统，正全力打造“用地集约化、生产清洁化、废物资源化、能源低碳化”的全球领先绿色工厂。

中国是铝合金材料的生产和消费大国，铝合金材料广泛应用在建筑、交通、海洋、航天等领域，应用市场巨大，但是整个行业的同质化竞争十分激烈，广泛存在生产能耗高、成本高、效率低、附加值低等情况。“只有不断地创新、不断地进行产业升级，才是未来发展的根本。”在万邦德董事长赵守明看来，万邦德绿色智造新材料产业园正是企业在传统铝加工行业中寻找突破口的第一步。

万邦德在这一期35万吨型材项目中创造了多个历史纪录，单体厂房计容建筑面积达到56万平方米，厂区内建有7座智能立体仓库，拥有近4万个仓位。80台RGV智能运输车，20台轨道提升机，运行轨道近20千米，5千米输送线连接了71条高性能铝型材自动生产线等，实现了物流自动化、一站式物流供应链平台的基本设计要求。

“织里镇依托上市企业万邦德项目，拉长产业链，带动织里传统铝合金产业升级；依托上市企业东尼电子，引领带动织里电子新材产业再上新台阶；以贝盛为龙头，抢占国际市场，加快光伏新材产业做优做强。”陈勇杰说，据统计，五年来全镇规上新兴企业达19家，其中年营业性收入上亿元企业13家，高新技术产业增加值累计完成30亿元。

从传统的针织服装企业到制造高端合金线材的高精尖企业，浙江东尼电子股份有限公司的转型历程，也正是织里这些年发展的一个缩影。

东尼电子的前身是大朝针织，企业员工最多的时候达到300多人。在国内服装产业低迷的情况下，大朝针织凭借对制造工艺的严苛追求，仍保持着4%的年产值增长率。

虽然企业也在稳步增长，但企业的当家人沈新芳、沈晓宇父子两人还是决心转型，这一转就从纺衣服转成了纺合金线。

2005年，去韩国谈业务的沈晓宇无意间接触到了超微细合金线材。“看着行业前景不错，我就动了转型的念头。”沈晓宇说，但从制造到“智造”，就好比隔了一座山。

转型之初，为了打破国外企业垄断，东尼电子自主研发金刚线的自动化生产线，沈晓宇和研发团队“闭门造车”数月；为了把“智造”做“活”，企业初创时的20多人技术团队还细分成硬件服务、软件服务和现场实施服务3个小组，分别为网络部署、系统集成和异常状况排除等工作源源不断地提供技术支持。

虽然拮据，却也不能在细节处妥协。正是凭借这种笃定转型的信念，东尼电子度过了“阵痛期”。

借助先进技术，东尼电子实现了从原料到成品的完整追溯，既能精确控制成本，又减少了人为因素导致的产品质量波动。“在产品越来越多元化，品质要求更加严苛的当下，我们利用一流的设备和工艺以及数字化的管理系统，使产品质量始终保持世界先进水平。”沈晓宇介绍说，他一直相信“智造改变未来”，这也是东尼电子的企业精神。

东尼电子副总经理李峰就是当时参与研发的技术员。在他看来，当时加入东尼电子，看重的就是企业的理念和冲劲儿。实践证明他的选择没有错。今天，李峰已从当初的普通技术人员成长为副总经理，年薪超50万元。而东尼电子的技术团队也已增至200多人，成员来自全球各地。

“刚进入企业的时候，车间总共才40多台设备，现在光是绞线车间就有400多台。”2010年进入企业的杜金彦，见证了东尼电子的发展，从最开始只做导体和覆膜线，到现在的无线充电项目、新能源汽车线和超声医疗线，东尼电子始终在该领域不断创新、开拓。

“近年来，织里大力培育研发机构、创新载体，五年来培育国家重点扶持高新技术企业13家，省级科技型中小企业75家，获评省级研究院4家，省级高新技术企业研发中心6家。”陈勇杰说，除了引导、扶持高新技术企业之外，织里还以“人才强镇”为目标，不断拓宽招才引智途径，五年来累计引进四类人才51名，入选国家“千人计划”、省“千人计划”8人，市级以上创新创业团队12个，其中东尼电子、久鼎电子、贝盛光伏入选省领军型创新创业团队。

新兴产业的发展，代表着织里的未来。有一点颇为笃定的是，织里这片热土已经融入了敢闯敢试、创新创强的基因，所以无论这里的企业家看好了哪个产业，人们都有理由保持乐观态度。这样的一份笃定，来自于织里镇党委、政府愿意拿出最好资源、最优服务为企业赋能，也来自于织里企业家对营商环境的高度信任、对织里文化的深刻理解。

10. 人才是第一要素

如果说人是城市的根本，那人才就是高质量发展的第一要素。

“织里是个有温度的城市！”来自西班牙马德里的大卫虽然2021年初才来到这儿，但已经对这个南太湖畔的小镇萌生出了很深的感情。

在马德里，大卫是当地高等纳米科学研究所的教授，可他却一直向往中国的工作环境："在西班牙，生活和工作都过于安逸，而我希望自己能在擅长的领域和事业上都有所突破，所以就有了来中国工作的想法！"

"最初考虑的工作地点还是上海、广州这些一线城市，但在接触的过程中，织里当地政府的优惠政策、服务意识以及企业诚恳的态度让我动了心！"2020年12月，一个偶然的机会让大卫接触到了织里。在一次长达数小时的视频会议中，大卫和织里镇政府以及浙江贝盛光伏股份有限公司进行了深入交流。他也最终下定了决心，准备前往童装之都。

2021年1月，大卫如期来到了织里。

"专家过来之后有住房补贴、安家补贴，还可以享受最高至70%的薪资补贴。"织里镇经济发展办公室干部王剑就是专门负责对接专家的工作人员，专家过来后，她马上和企业协商，帮助大卫申报浙江省"千人计划"项目。一方面有助于专家个人发展，另一方面，可以显著降低企业的用人成本。

虽然才来织里半年多，但大卫已经准备买房了。"我喜欢这个城市的气质，也喜欢热情的政府与企业。"在大家的帮助下，大卫已经可以熟练使用微信以及网购软件了，只是中文依旧说得不是很好，能无障碍和大家交流是他最大的心愿。

"等疫情再稳定一点，我就会接家人过来。"大卫说，他已经找好了房子和学校，等妻子和孩子一起过来后，织里就是他真正的家了。

人才结构升级是产业升级的重要条件和驱动力之一。近年来，织里积极帮助企业筑巢引凤，促进人才结构调整。

2021年3月，日本工程院院士李颉与童装企业弗兰尼尔一拍即合，成立院士工作室，将重点突破个性化定制与智能化服装设计、服装制造全流程可视化监控与质量追溯、大数据驱动下服装精准营销新模式与智能推荐等相关技术，构建一套服装制造全生命周期协同创新大数据分析智慧决策平台；阿祥重工全职引进以南非科学院郭宝珠院士为核心的创新团队，着手开发面向汽车齿轮精密数控加工的滚齿专用装备研发项目。

在王剑看来，人才就是高质量发展的第一要素，只有提升人才规模量级、增强人才平台能级、实现人才生态升级才能让织里的高新技术产业再上一个台阶。因此，织里镇一方面加强产学研联动，与院校达成战略合作，引进优质人才；另一方面，建设自由人才培训基地，打造童装电子商务孵化中心，依托湖州大家园职业技能培训学校，搭建“院校合作—院校输送人才—培训后输往童装企业”的电商人才培训模式，全年培训对象达5000余人。

“通过精准构建人才集聚‘磁场’，拓展提升人才智力‘水池’，创新驱动人才科技‘芯片’，成效已经初步显现。”王剑说，2021年一季度织里高新技术产业增加值完成3.64亿元，增长36.7%，高于规上增加值增幅7.2个百分点；1—3月研发投入达到0.82亿元，占营业收入比重的2.56%，较上年增长61.53%。三年来申报入选国家级、省级引才计划8人，市级以上创新创业团队12个，累计为企业争取各级补助1.5亿元。

对于湖北人王修雄来说，织里就跟家一样，让他时时刻刻感到温暖。

2017年，王修雄从绍兴来到了织里上班。“这四年，织里发生了天翻地覆的变化，不仅各方面配套设施提升了许多，镇党委、政府对人才和外来者也越来越重视了。”在东尼电子担任安环部经理的王修雄在政府和企业的建议下，在2020年考取了二级全评价师职称，“因为有了职称，在租房和购房上都有了优惠。最近我都在看房，争取在这两年就能安好家，也能把家人都接过来住！”就在2021年，王修雄还被纳入了织里镇生产安全和环保的专家库，有机会为当地相关领域的政策制定建言献策，也能和更多业内的专家相互交流。“无论是个人技能完善还是职业发展都有了很大进步。”王修雄说，在织里，他实现了自身的价值。

同样被织里吸引的还有艺术硕士、中国服装设计师协会会员李璇。

2017年，抱着交流、学习、体验的态度，李璇报名参加了第二届“中国·织里”全国童装设计大赛。没想到，他设计的作品《爸爸去哪了》一举夺魁。

“读书的时候接触的大多都是男装和女装，通过这次比赛，我‘误打误撞’，入了童装的门。”已经进入童装行业的李璇说，如果要发展童装品牌，没有哪个地方比织里更合适了。

“来到织里以后才发现，原来有很多同学和设计师朋友已经到了这里，这也说明织里的影响力在扩大。”李璇说，基于织里的平台，他现在正和朋友一起创业。

和李璇一样，韩国首尔人韩太阳也希望在织里圆一个“童装梦”。

“一个镇都是做童装的？”10年前，当朋友第一次给韩太阳介绍织里时，他在心里画上了一个大大的问号，同时也埋下想要现场破解疑问的种子。

2021年，韩太阳的疑问终于有了答案。春节过后，渴望有自己事业的韩太阳从广州专程来到了织里。

“早些年在广州也是做服装生意，主要是给别人做设计，后来朋友推荐了织里，我抱着试一试的态度来到这里走走看看，没想到竟留了下来。”因为在中国待久了，所以韩太阳说着一口还算不错的中国话，在他看来，如同织里这般，一个镇都在从事一个产业的地方，特别适合创业者奋斗。

说干就干，韩太阳和妻子从韩国接来了5岁的孩子，开始了在织里的打拼生涯。3月18日，在搞定了营业执照、生产工厂、辅料供应、印花、吊牌等一系列问题后，韩太阳的童装店AeeMaMoo在织里中路正式挂牌营业了。

“知道我们要开店，社区的工作人员都很热心地教我们，在看病、小孩子读书的问题上给了我们很多建议。”关于织里，韩太阳说，他只恨自己没早点来。在这里，政府很支持他们，就拿生产工厂的消防问题来说，以前这是让他愁破头的难题，到了织里，政府相关部门每个月都会不定期地过来检查，帮他们解决后顾之忧；此外，这里办事也很方便，办证的地方都聚集在一个地方，几乎一次就可以跑完。

“这些都是我在别的地方不曾见过的。”对于韩太阳来说，在织里得到的每一份关爱都是他最终选择留下来的原因。

更让韩太阳感到开心的是，自己的小孩也很喜欢织里，虽然才来中国几个月，却已经能说很多中国话了，也有了自己的小伙伴，还迷上了中国的动画片。

说起生意，韩太阳说，他的企业是集设计、研发、生产、销售于一体的，因为开业时间不长，所以优势还没有完全显现出来，再加上疫情反复，来拿货的客人并不算多，但销量已经在稳步增长了。

“我很看好织里，依托这里的童装全产业链，我相信经过两三年的时间，我们肯定能走出自己的路！”韩太阳的脸上总是洋溢着灿烂的笑容，特别是在说起自己创业计划的时候。

近年来，织里依托“南太湖精英计划”，向全球英才发出“英雄帖”。以设计人才为例，首年入住童装设计中心的高端人才，可以享受织里镇政府房租减免和物业费减半的政策，考核优秀者还能享受更多优惠。

此外，织里还大力推动岗位结构调整，试图通过产业转型升级和城市功能提升，吸引更多高端人才，以产城“更新”实现人口更新。这是大卫、李颉、王修雄、李璇、韩太阳等人来到织里的大背景，也是织里放眼长远进行人才布局的一招妙棋。

40多年前，一批敢闯敢试、既懂创业又能创新的新老织里人锚定童装产业发力，织里才慢慢有了今天的繁华；适应产业转型需求、推动城市升级发展，一批又一批人才已经再次聚焦织里，相信当产、城、人将激荡起新一轮共振与共鸣，更美好的织里明天也将如期而至！

义皋古村新颜（张栋摄）

湖州市第一人民医院医疗保健集团吴兴院区（张栋摄）

织里镇中学（张栋摄）

湖州市吴兴实验小学（张栋摄）

织里文体中心（张栋摄）

上林村波斯荡公园（张栋摄）

吴兴大道（张栋摄）

后 记

三年前，在省里的一次会议上，我从时任省委主要领导口中第一次听到“织里”这个名字。这位领导在会上公开为织里点赞，称经历一次群体性事件后，织里的社会治安大为好转、社会治理卓有成效，织里就这样走进了我的视野。

来浙日久，不时会接触到一些与织里相关的人和事。各种传闻听得多了，就想着亲自去走一走、看一看。织里果然是个平实而有魅力的地方，那些用勤劳双手展创奇迹的织里人和那些不畏艰难、矢志登攀的织里故事，都深深吸引着我。

提到织里，人们印象最深的当属童装产业与社会治理。织里童装的确名满天下，但以今日织里之产业布局反观童装产业，也只能说童装仅是织里众多产业中的重要组成部分。这些年，“织里之治”的确名声在外，但社会治理也只是织里经济社会发展的众多亮点之一。真正了解、认识织里，还需从产、城、人融合发展的角度，认真梳理这里从街到镇、从镇到城的变迁，耐心倾听这里的新老居民从打工到创业、从漂泊到安居的故事，从中自能领悟改革开放的波澜壮阔、新时期发展的百舸争流。

谈及织里，很多人容易将其与“童装之都”简单画等号。其实，织里的发展的确离不开童装，童装产业也是织里发展的标志性产业，但童装产业远不是织里发展的全部。改革开放初期，织里人以敢想敢为、创新创强、开放开明的精神发展起了童装产业，这在当年是一个了不起的创举。织里童装产业能够越做越大，靠的是企业创新发展、政府担当作为。经历两场大火、一次群体性事件的阵痛，织里的童装产业开始迭代升级，织里的产业结构变得日渐多元。如今，童装产业的方兴未艾，电子信息产业、铝制品制造业的稳步发展，都预示着织里更加美好的未来。

今日织里之成就，是10万织里本地人和35万新织里人勠力同心创造出来的。为什么“扁担街”和“扁担客”最初偏偏出现在织里？一个比较令人信服的答案是：老底子的织里人不但有敢想敢为的性格，更有根深蒂固的创业基因。说到这里，就不能不提起织里人的优秀代表凌濛初，就不能不提到曾经名噪一时的晟舍书船。是织里这片土地的千年滋养，是太湖南岸鱼桑文化的温柔浸润，让老底子织里人能够在“穷则思变”与“富而不骄”间自由切换。对于新织里人来说，他们带来的是劳动技能与聪明智慧，他们得到的是新型城镇化的建设成果与公共服务均等化的发展红利。而新老织里人的和谐共处、携手同行，正是今日织里的最美风景。

关注织里、走进织里，每每都可在镇志、典籍中找寻到千年织里文脉相传、商脉绵延的丝丝缕缕，都可在与新老织里人的交谈中感受到他们对脚下这片土地的深爱与吃尽千辛万苦也要把企业做大的创业激情。织里的新型城镇化发展之路是新老织里人踏准时代节拍一步步走出来的，织里的精彩故事是成千上万新老织里人用自己的打拼经历原生态演绎出来的。正是这些普普通通的创业者各不相同却又有规律可循的创业故事，让我看到了为织里发展立传、为织里人创业立传可以写出打动人心的精彩故事的可能性，聚焦织里和织里人的报告文学创作计划由此萌发。

从一条老街起步，逐步到一个集镇，再到一座城市，织里镇的从无到有，等同于用40多年时间完成了一次高质量推进新型城镇化的发展奇迹。45万新老织里人是创造织里镇破土而出奇迹的英雄，尽管他们来自天南海北，但他们都背负一个共同目标，那就是让每个人的日子都好起来，让大家共同的家园越来越宜居。可以说，织里创造性发展童装产业的过程，也是其高质量推进新型城镇化的过程；而织里高质量推进新型城镇化的过程，同样也是其高质量发展建设共同富裕示范区的过程。以产业发展带动城市发展，以城市发展带动人群融合，这正是高质量发展建设共同富裕示范区的题中应有之义。当下，织里的城乡居民收入比仅为1.59：1。这一成绩展示的，恰是织里高质量推进新型城镇化的成果。而织里高质量推进新型城镇化、高质量发展建设共同富裕示范区的特别之处在于，这里不仅产业兴旺、城乡宜居，还有令人期待的后发优势——在南太湖沿岸，依托溇港文化，义皋、伍浦、庙兜等古村落发展动能充沛。传承溇港文化、留住太湖乡愁，现代织里的共同富裕之路正呈现生活富足与精神富有交相辉映的动人场景。

在织里走访的时间越长，越能感受到织里老一代创业者与“创二代”始终专注于做精产品、做强企业、做大产业的执着追求，越能感受到织里企业家富起来之后坚持做公益、做慈善、做志愿者的本色与初心。

新闻报道也好，文学创作也罢，不将镜头和笔触对准创造奇迹的那群人，便是最大的失职。秉承这样的创作初衷，以织里发展和织里人创业为蓝本的报告文学，力求通过描摹各行各业创业者、建设者的群像来展示织里与时代同行的坚定选择，力求通过记录织里高质量推进新型城镇化进程来反映织里如何高质量发展建设共同富裕示范区的点点滴滴。

从选题确定、实地采访到谋篇布局、细心打磨，这部报告文学作品历时三年才拿出初稿。在创作和编校过程中，郭杨、王丽玮等参与了相关章节的采写工作，织里镇党委、政府相关同志在联系采访对象、提供历史素材方面给予大力支持，出版社相关领导及编辑精心润色初稿，我的家人和朋友也为这部作品的创作与勘误给予很多帮助，在此一并致谢。

图书在版编目（CIP）数据

此心安处 ：高质量推进新型城镇化地方实践的织里样本 / 李中文著. —杭州 ：浙江人民出版社，2022.3

ISBN 978-7-213-10507-4

Ⅰ. ①此… Ⅱ. ①李… Ⅲ. ①纪实文学-中国-当代 Ⅳ. ①I25

中国版本图书馆CIP数据核字(2022)第030006号

此心安处：高质量推进新型城镇化地方实践的织里样本

李中文 著

出版发行：浙江人民出版社（杭州市体育场路347号 邮编 310006）

市场部电话：(0571)85061682 85176516

责任编辑：郦鸣枫 赖 甜

营销编辑：陈雯怡 陈芊如

责任校对：杨 帆

责任印务：刘彭年

封面设计：王 芸

电脑制版：杭州兴邦电子印务有限公司

印 刷：浙江海虹彩色印务有限公司

开 本：710毫米×1000毫米 1/16 印 张：21.5

字 数：209 千字 插 页：6

版 次：2022年3月第1版 印 次：2022年3月第1次印刷

书 号：ISBN 978-7-213-10507-4

定 价：68.00元